清扬婉兮 著

无尽之夏

ENDLESS SUMMER

天津出版传媒集团
天津人民出版社

图书在版编目（CIP）数据

无尽之夏 / 清扬婉兮著 . -- 天津 : 天津人民出版社 , 2020.6

ISBN 978-7-201-15937-9

Ⅰ . ①无… Ⅱ . ①清… Ⅲ . ①长篇小说 - 中国 - 当代 Ⅳ . ① I247.5

中国版本图书馆 CIP 数据核字 (2020) 第 077610 号

无尽之夏

WUJIN ZHIXIA

清扬婉兮 著

出　　版　天津人民出版社
出 版 人　刘　庆
地　　址　天津市和平区西康路 35 号康岳大厦
邮政编码　300051
邮购电话　（022）23332469
网　　址　http://www.tjrmcbs.com
电子信箱　reader@tjrmcbs.com

责任编辑　岳　勇
特邀编辑　张素梅
封面设计　王　鑫

制版印刷　北京雁林吉兆印刷有限公司
经　　销　新华书店
开　　本　620 × 889 毫米　1/16
印　　张　16
字　　数　158 千字
版次印次　2020 年 6 月第 1 版　2020 年 6 月第 1 次印刷
定　　价　49.00 元

楔　子

我走进清晨的花园，
路过每一朵带着露珠的花，
玫瑰花、鼠尾草、迷迭香，
我深深地凝望它们，
晨露和花香染了我的衣裳。

我走进清晨的花园，
路过每一朵带着露珠的花，
夜息香、九重葛、无尽夏，
我问你啊！
夏天就要过去，
我的爱人啊！
他在哪里？
为何还不回家？
花儿给我回答：在你眼，在你鼻，在你耳，在你心；
流浪的人，住在爱人的心上。

目 录

Contents

Chapter 1

/ 漫天星辰都幻化成雪，

而你，就是我的宇宙 /

1

笔尖在试卷上落下最后一个标点，风打着旋儿，将一片银杏叶吹落到桌上，她捡起那片叶子，看着叶片的脉络发了一会儿呆，教室前面的钟指向下午五点十分。她深吸一口气，将手移向抽屉里的书包。

林稚子有一个紫色印花的书包，平日里课本、文具、习题卷子占百分之五十的地盘，剩下的百分之五十用来装零食，侧兜里装的是她的小发卡、黑发圈和护手霜，另一边的侧兜里是她的 Hello Kitty 水杯，而现在，书包里只有一样东西——自制的防狼喷雾剂。若问林稚子这样一个品学兼优的学霸在书包里藏防狼喷雾剂做什么，当然是用来防色狼，NO！ N0！ NO！单纯美好的校园里怎么会有色狼呢？她要对付的，是一群心狠手辣的“红太狼”。

在每个平静祥和的校园里都横行着这样一群女生——她们自诩“我文身、抽烟、喝酒、说脏话，但我知道我是好姑娘”，她们的才艺是打架，她们飞扬跋扈、恃强凌弱，课堂上敢和老师叫板，后脑勺长了“反骨”，脑子里有一个江湖；她们年纪太小，恋爱太早，男神竟然被挖墙脚？是可忍，孰不可忍！“红太狼”龙美放出狠话“林稚子你找削”。对了，她还给自己的帮会起了个霸气的名字——美团。

林稚子觉得很无辜，她不过是和校篮球队前锋齐林在学生会见过几次，对方就古典而认真地写了洋洋洒洒的万字情书来。她把这封情书扔进了垃圾桶里，却被好事的值日生捡到公之于众，龙美的脸都气绿了。谁都知道，齐林是龙美的菜，她倒追了很久也没有拿下。但是菜吃不到嘴里，别人也别想动筷子，林稚子这根刺，算是在龙美眼中扎下了。

连日来，龙美对林稚子采取了各种各样的打击报复：在体育课上，趁机给她一个过肩摔；在女厕所里，她被“贴心”地邀请一起抽烟；放学后，她们必定在校门口等着她，先载她来一段飞车惊魂，最后将她扔进小巷的垃圾堆里，让她足以铭记一生。天知道她对齐林那样的肌肉男丝毫不感兴趣，可龙美不听她的解释，反而愈演愈烈。林稚子也反抗过，可是以一己之力收效甚微。最后，作为化学天才的她，才研制出这款防狼喷雾剂来。

考场的时钟指向了五点二十分，还有十分钟考试就结束了，今天是周五，考完最后这一门课就放假了。当然，作为学霸，林稚子一点儿也不为成绩担心。她盯着时钟掐分算秒，希望时间快一点儿，再快一点儿。

午后的天空云谲波诡，瞬间阴风大作。教室外的银杏树高大浓密，叶已落尽，灰青枝丫仍遮住了一半的天空，树冠摇晃，阴云压在树顶上，快要下雨了。

考试结束的铃声响起时，大雨如期而至。林稚子深吸一口气，抓起早就收拾好的书包和早上看过天气预报特意带的雨伞，一口气冲进了雨中。

学校大门是不能走了，她知道龙美她们肯定早早交了卷子在那里等着，学期最后一天了，她们怎么会放过最后一次折辱她的机会？

林稚子已经踩好了点儿，学校后面有一道小门，专供食堂送菜车和送煤车走，如果正好开着，她就可以溜之大吉；如果没有，可以从围墙旁的一棵柳树爬上去翻过墙，如果还是不幸被她们堵住了，那只有使出撒手锏——她自制的防狼喷雾剂了。

一口气跑到后门，却让她大失所望，小门紧锁，还好，柳树下不知被谁堆了几块砖，仿佛是特意为她垫脚一般。她喜出望外，收起雨伞，利落地爬上了树，谁知刚刚踩上大树杈，就听到身后有人大喊：“林稚子！”

她一紧张，手里的伞掉了下去。转身一看，龙美前呼后拥，身旁有人帮她撑着伞，其他人则将柳树团团围住。龙美自诩为微胖界的翘楚、吃货中的头牌，即使是在这种打架斗殴的时候，也不忘悠闲地喝着奶茶，抬头瞥了林稚子一眼，故作深沉地说：“爱了就爱了，做了就做了，何必再挣扎，把自己弄得像笑话。”

人为刀俎，我为鱼肉，林稚子自认倒霉，只好装作可怜道：“我做什么了？我都说八百遍了，我跟那什么麒麟神兽一点儿关系都没有！”

她话音刚落，龙美便怒目圆睁地道：“还说没关系？神兽是你叫的吗？那是我给齐林起的昵称，也是你叫的吗？给我打。”

一个矮个儿女生听到指令，捡起林稚子的雨伞，对着树上的她一顿乱戳，无奈林稚子处于地利，高高在上，众人只能望树兴叹，气得龙美直骂人：“猪啊！把她给我摇下来。”

那女生闻言，马上扔掉伞，兴奋地摇起树来。柳树柔软，林稚子在树杈上站立不稳，晃晃悠悠地往左边倒去，她定睛一看，忽然尖叫起来——她的脚下，是后厨的一个泔水桶。

女生们不约而同地狞笑起来，龙美津津有味地喝了一口奶茶，笑道：“亲爱的，用点儿力气摇，咱们的女神如果能在泔水桶里洗个澡，那滋味，一定很爽。”

上次在垃圾堆里的滋味已经让林稚子领教过了，她有点儿怕了。手足无措之际，她忽然想起防狼喷雾剂来。她一只手紧紧握住树枝，另一只手艰难地伸进书包去摸索。树下有两个人手脚并用地摇起柳树来，防狼喷雾剂还没掏出来，她忽然失去了平衡，重重地朝树下摔了下去。

“啊！”脚踝处传来一阵钻心刺骨的疼痛，她表情扭曲着，痛楚地叫出声来，可“美团”们并没有打算放过她。龙美使了个眼色，女生们摩拳擦掌地围了上来。

林稚子虚张声势地带着哭腔嚷起来：“你们别太欺负人了，明天我就叫我哥哥过来揍你们！”

龙美嘻嘻哈哈地笑起来：“得了吧！你连个表哥都没有！”

“住手！”这时，众人的耳边忽然响起一个清冷的声音，那声音被深冬的冷雨筛过，更显凛冽阴寒。

女生们纷纷回头，不禁立刻屏息，她们看到一位身材颀长、异常美貌的少年。在此之前，林稚子一直以为“美貌”是用来形容女生的，可是眼前的少年用“美貌”来形容一点儿也不过分。一张精致细腻如白瓷般绝美的脸庞，眉目秀气，头发是淡淡的栗金色，目光似初春雪层下最清澈的泉流，那眼神里似乎有一丝怒气，但被秀色掩盖掉，被众人忽略掉了。

龙美收回花痴的目光，定定神，脱口而出道：“你是谁啊？”想想不对，又清清嗓子道，“你谁啊？”

“我是稚子的哥哥。”

2

湖水一般的目光骤然逼近林稚子，他伸出手，温柔地扶起了她，柔声问道：“你没事吧？”

林稚子只想尽快离开这里，虽然脚踝传来刺骨的痛，还是佯装无事地说：“没事。”

“走吧！我送你回家。”少年撑起伞，揽着她向前走去。

林稚子虽然有许多疑问，但当务之急是尽快离开这个是非之地，于是顺从地跟着少年离开，可刚刚迈出一步，就痛得直不起腰来。

龙美也不甘示弱，挡在他们面前道：“帅哥，你不能就这么带走她，懂不懂江湖规矩啊？”

少年松开林稚子，把伞交到她的手上，缓缓地走向龙美，带着神秘莫测的微笑，调侃一般地问道：“江湖规矩是怎样的？”

他身材高大颀长，龙美看他只能仰望，顿时只觉英雄气短，有点儿镇不住，便虚张声势地问：“干吗？你想打人？”

少年勾起嘴角，轻轻地笑了：“打人？多没有技术含量，不如，我们进行一场智商的碾压？”

龙美屏息，脸上又浮现出那种花痴的表情，眼神迷离、声音虚软：“碾压？嘻嘻！碾压就碾压，谁怕谁？”

雨越来越大，林稚子站在原地，有点儿恨铁不成钢，这个不知从哪儿冒出来的“雷锋”，虽然是在帮她，可明显有点儿智商不足的样子，龙美把读书的心思全用在歪门邪道上了，他怎么会是她的对手？此时不跑，更待何时？

雨水打湿了少年的头发，一滴水落在他的鼻尖上，显得有些傻气，又有些可爱，他清清嗓子，故弄玄虚地道：“就给你们来个简单点儿的，脑筋急转弯好了。听好哦！王二小在山坡上放的是山羊还是绵羊？请回答！”

“啊？”龙美顿时傻眼，“山羊和绵羊有什么区别吗？我只知道懒羊羊和美羊羊！”

少年得意地轻笑起来。

龙美气急败坏地向手下求助道：“你们知道吗？赶快想想啊！想不出来，下次涮羊肉不带你们了啊！”

女孩儿们面面相觑，七嘴八舌地议论着：

“绵羊吧？”

“山羊？蒙一下。”

……

林稚子憋住笑，给少年使使眼色，他走过来，看看她的脚，皱皱眉，忽然俯身下蹲，做出一个背她的动作。林稚子略一犹豫，但想到此地不宜久留，便咬咬牙，爬上了他的背。

龙美依然挡着道不让过，少年仍好声好气地道：“愿赌服输哦！智商不够，赶紧让路。”

大姐大的智商和自尊一同被碾压了。龙美完全傻眼，眼睁睁地看着那美貌的少年背着林稚子走出了她的视线，半晌，她才回过神儿，对着雨中大喊：“喂！你叫什么名字？”

已逃离魔掌远去的两人愉快地哼着歌：“……那放牛的孩子王二小……”

林稚子终于憋不住笑出声来：“哈哈哈！你也看过这道脑筋急转弯题？”

少年背着她，侧脸笑道：“还不是跟你学的？”

“跟我？”林稚子一愣，才反应过来自己此时正趴在一个陌生少年的背上，顿时有些不自在起来，警觉地问道，“对了，你是哪个班的？我好像没见过你啊？”

“你当然没见过我了，我是……”

话音未落，忽然被一个怒气冲冲的声音打断：“林稚子，你为什么不回我的信？为什么躲着我？他是谁？”

一个怒发冲冠、皮肤黝黑的少年挡住了去路，来人正是害她有今日之惨状的始作俑者齐林。她顿时火冒三丈，脱口而出道：“躲你？我正要找你算账呢！”

“嘘！”背着她的少年转头轻轻地“嘘”了一声，示意她不要说话，又转头对齐林慢条斯理地说道：“你问她为什么不理你？你答对我的题，我就告诉你。说说，青蛙和癞蛤蟆有什么区别？”

齐林顿时恼羞成怒：“你骂谁？你谁呀？”

少年微微一笑，道：“我没骂谁，我在夸你啊！我告诉你青蛙和癞蛤蟆的区别哦。青蛙思想保守，不思进取，所以只会坐井观天；可癞蛤蟆思想前卫，有远大目标，所以才有了‘癞蛤蟆想吃天鹅肉’这句俗语。所谓长得丑不可怕，目标一定要远大。加油哦！”

齐林气得结舌、羞愤不堪，眼睁睁地看着那少年背着林稚子从身边走过，擦肩而过时，少年还不忘补充一句：“忘记自我介绍了，我是稚子的哥哥。以后不要欺负她，不然我会去学校打你哦！”

“就你？打我？”齐林轻蔑地扫了他一眼。

少年不甘示弱，脖子一梗，威胁道：“我打不过你，但我可以叫一车面包人打你。”

齐林一愣，刚才还是剑拔弩张，听到这话，却忍俊不禁。

林稚子觉得丢脸极了，忍着笑，用手点了点少年，示意他快走。路边正好驶来一辆空的出租车，两人上了车，林稚子坐在座位上笑得前仰后合，少年一头雾水，问道：“你在笑什么？”

“你以后不要再说那种吓唬人的话了，一点儿都不吓人，逊毙了好吗？面包人是什么鬼？”

“哥哥保护妹妹，不都是这么说的吗？”少年一脸无辜，长长的睫毛带着水气低低垂下。

司机有点儿不耐烦地转过头问道："去哪儿？"

不待林稚子回答，少年脱口而出："湖滨花园。"

林稚子一怔，身体下意识地与他隔开一点儿距离，警觉地问道："你怎么知道我家住哪儿？你到底是谁？哪个学校的？你认识我？"

"我也住湖滨花园啊！"

司机有些好奇地从后视镜看了看他们，林稚子见状，噤声不再问了。

3

出租车在湖滨花园门口停下了，路程不长，十五元钱，少年却一点儿也没有要掏钱的意思，反而悄悄催促林稚子："付车钱啊！"

林稚子一边从小钱包里拿钱，一边不忿地嘟囔："也太不绅士了吧？"

少年显得很无辜地耸耸肩、嘟嘟嘴，道："可是，我没钱啊！"

第一次见一个男生将没钱说得如此坦诚，林稚子也不忍再说什么了。下了车，他依然主动俯身背她，她试了试用脚踩地，疼痛不但没有消失反而加剧了，于是只好暂时信任这个来路不明的少年。看他长得那么好看，应该不是坏人吧？——她天真地想。

湖滨花园是本市有名的高档小区，倚湖而建，景色宜人。几年前，林厚朴的医药公司颇挣了些钱，全款买下一套跃层花园洋房，林稚子的房间朝南，推窗就是湖景。她曾经以为，一家人住在那样的大房子里就是幸福了，可是现在她才明白，房子不是家，相爱的人住在一起才是家。

到了家门口，她略犹豫了一下，转头看看那少年，他却并没有要走的意思，反而一脸期待地看着她，说：“不请恩人进去喝杯茶吗？”

她深吸一口气，拿出钥匙，希望爸爸出差已经回来了，或者妈妈今天不加班。

推开门，屋里一片漆黑，少年熟门熟路地摸到开关打开了灯，然后扶林稚子到沙发上坐下，不由分说地帮她脱掉球鞋，径自去卫生间接了一盆热水，绞了一条热毛巾，轻轻地为她敷了敷右脚踝，然后又走进书房，拿了一瓶云南白药气雾剂，对着她的脚踝喷了喷，温柔地说：“今天太晚了，就先这样吧！明天再去医院看看。”

林稚子瞠目结舌，看着他在自己家里如入无人之境，帮她拿拖鞋、倒水，找拖把拖干地板上洒的水迹，又拿杂志给她、煮面给她，熟悉得好像在这个屋子里已经生活了很久。她心里疑窦丛生，后知后觉地害怕起来，警觉地质问：“你到底是谁？”

少年做完了这些事，在另一张沙发上坐下来，长长地伸了个懒腰，玩味地笑笑说：“好累啊！你还真是有点儿重呢！是不是该减肥了？”

“我问你到底是谁？为什么我还没说，你就知道我家的门牌号？你怎么知道这双红色的拖鞋是我的？你怎么知道药在哪儿放着？”林稚子陡然提高了声音，不敢再细思下去。

他狡黠地眨眨眼睛，故作玄虚道：“我知道的多着呢！我还知道，王二小那个脑筋急转弯，是你去年暑假在这个客厅里给来度假的小表弟出的题，而青蛙和癞蛤蟆这道题，是你在学校拒绝一个男生的表白时说的。对不对？”

偷窥狂？跟踪癖？变态色魔？无数可怕的猜想从心里冒出来，林稚子已经悄悄地在书包里摸到了那瓶防狼喷雾剂，紧紧地握在手里，开始下逐客令：“这么晚了，你是不是该回家了？”

“回家？这里就是我的家啊！我晚上就睡书房，哦！如果你晚上不方便需要照顾，我也可以睡你房间。啊！啊！哎哟！”少年忽然尖叫一声，几乎惊跳起来，双手捂住眼又跌坐在沙发上。只见林稚子拿着那瓶防狼喷雾剂，“噌”地站起来，对着他就是一阵狂喷，口中喊道：“你赶紧给我老实交代，你到底是什么人？跟踪、偷窥我有什么目的？”

少年放下捂着眼睛的手，清亮的双眸黯然失色，酸痛赤红，眼泪直流，视线模糊，他试图睁开眼睛，面前的女孩儿变成了一团模糊的影子。他甩甩头，揉揉眼睛，可怜巴巴地求饶：“别喷了，别喷了，我说，我说。”

“快说！”

他直了直身子，眼睛依然无法睁开，清了清嗓子说：“其实，我是你的专属雨伞精灵。”

“雨伞精灵？”林稚子觉得不可置信。

“每个人的伞下都有一个雨伞精灵，我们像守护神一样保护着雨伞的主人，保佑他们在雨天出行平安，但我们一般不会现形让人类看到，除非到了我们认为必须出现的时候。”

林稚子忽然笑起来：“编，继续编，你几岁了啊？童话故事看得走火入魔了吧？还雨伞精灵？”像她这样的理科学霸，早已对小仙女、白雪公主、精灵王子的这类故事免疫了，这能骗到她？

少年的视力渐渐恢复，他定定神说：“少女，你这样不好，希望你永葆天真，相信奇迹的人才会遇见奇迹。”

林稚子见他似乎恢复常态了，于是又加强戒备，恐吓道：“你别乱动哦！不然我还会喷你。”

少年露出痛苦无奈的表情：“你到底在瓶子里装了什么东西啊？

我要是被玩坏了，还怎么保护你啊？”

林稚子得意扬扬地道：“保护我？你还是先保护好自己吧！这可是化学天才少女秘制的防狼喷雾剂，专门对付你这种偷窥跟踪狂。”

他微微皱眉，眼睛又恢复了光芒，语气温柔地重复了一遍：“囡囡，我是你的专属雨伞精灵，你应该相信我。”

听到“囡囡”这个小名，林稚子心里一紧，“囡囡”是南方一些地区对小女孩儿特有的昵称，在北方城市并不常见。以前外婆常常这样叫她，妈妈也就随着外婆这么叫她，如果不是特别熟悉她们母女日常生活的，根本不可能知道。她迟疑了一下，试探着问道：“你说你是精灵，你会什么魔法吗？七十二变什么的？”

他绽开一个温暖明亮的笑容：“七十二变，那是孙悟空好吗？我只是一个小小的雨伞精灵，所以，并没有太高深的魔法。”

“就说你是骗人的吧！”她不屑地嘲讽道。

他淡淡地微微一笑：“可是，飞行和隐身还是会的。”

说着，少年忽然凭空在她眼前消失了。偌大的房间里忽然陷入一种短暂的寂静，林稚子只能听到自己剧烈的心跳声和微微的呼吸声，她的胸口起伏着，大口喘着粗气，瞠目结舌地站在原地，想喊，却觉得嗓子干涩，发不出一丝声音。耳边忽然又响起那个温柔的声音：“现在相信了吗？”

她浑身一颤，只见少年又出现在她的身旁，眉眼含笑地看着她。她惊跳起来，踉跄地退到了几米之外，忽然失声尖叫起来，一慌张，手中的防狼喷雾剂掉在地上，滚落到了一边。情急之中，她一把抓住了挂在门口玄关处的雨伞，像个失心疯一般朝少年挥舞着，口中胡乱叫嚷着：“走开，你，你不要靠近我，走开！”

伞被少年紧紧地抓住，稍一用力，她就被他拉入怀中，她奋力地挣扎着，表情惊恐至极，害怕得说不出话来，耳边却传来柔声的安慰：“囡囡，别怕，别怕，我不会伤害你。”

她渐渐地在那个轻如羽毛的怀抱中安静了下来，又被他抱起，轻轻地放在沙发上，她心有余悸地看着他，一言不发。

见她这么惊恐，他觉得特别愧疚，可她夸张的样子又让他哑然失笑，他无辜地问道：“我是精灵，又不是鬼，有那么可怕吗？我常常照镜子，觉得自己长得帅哭了好吗？”

“有什么区别吗？都不是人类，就这么悄无声息地隐藏在周围，想想就毛骨悚然。”她的语气渐渐平缓。

“精灵和鬼分属不同的世界观体系，我们就不要讨论了。林稚子同学，我必须要提醒你一件事，这把紫色的雨伞千万要保护好，不要损坏了、丢失了，否则，我就会永远离开你了。”少年认真地说道。

林稚子这才注意到这把紫色带花边的尼龙纺绸雨伞。外婆祖上是江南制伞大户，伞是外婆手工制作的，特别结实，伞面上有一朵清秀的梅花，这把伞或许真的有什么渊源也未可知。外婆前几年去世了，这把伞便成为林稚子的一个念想，一用就是好几年。伞是好伞，可她对这人，不，对这精灵并不感兴趣，她才不愿家里忽然多出一个似人非人的异类来，打扰她平静的生活。

她撇撇嘴，心有余悸，又半信半疑：“现在就离开啊！谁稀罕你一样。你真的是精灵吗？这世上真的有精灵？你有其他同伴吗？每把伞都有雨伞精灵吗？其他人能看到自己的雨伞精灵吗？我不是在做梦吧？”

少年摇摇头道：“不，那些闲置的或者没有固定主人的伞，被视为是没有生命的，所以并没有精灵。”他俯身行了一个虔诚而优雅的礼，轻轻地牵住她的手，郑重地介绍道，“我叫灏，是你的专属雨伞精灵，我会保护你、陪伴你，我会护你左右，佑你平安。”介绍完，他又俏皮地补充了一句，“主人，现在需要我为你做点儿什么？”

林稚子戒备地抱住双臂，站起来，一瘸一拐地朝自己的卧室走去，警告道：“我不用你做任何事，我累了，现在要休息了，你自便，只是希望你不要来打扰我，更不需要你照顾我睡我房间。”

灏的眼睛笑成两道好看的弯月牙，他做了一个“OK”的手势，轻轻地为她拉上门，然后听到里面传来“吧嗒”一声，反锁的声音。

雨后的夜空漆黑如墨，一轮又圆又小的明月挂在窗口三分之一处。林稚子紧绷了一天的身体终于放松下来，竟然很快就睡着了。她做了一个梦，梦到自己睡在云朵上，那朵云又白又软，就像童年在外婆的棉花地里摘下的棉花，她恍惚从田里玩闹回来，手掌还沾着泥污和青草香，膝盖流了一点儿血，她觉得有点儿痛，心里却充满了快乐，于是扑在那个棉花山上睡着了，不知过了多久，外婆轻轻地抱起她小小的身体，柔声叫着：“囡囡，醒醒！醒醒！吃饭啦！”

好甜好香的梦。

4

冬日稀薄的阳光从落地窗照进来，面包和煎蛋的香味在房间里弥漫铺展，她是被那个温柔的声音唤醒的：“囡囡，醒醒，醒醒，吃饭啦！”

她睁开惺忪的睡眼，一张清秀的俊颜出现在眼前：“囡囡，吃早餐了。”

她一个激灵坐起来，裹紧被子：“你怎么进来的？我记得我是反锁了门的。”

灏耸耸肩道：“这个，很简单，我是精灵。”

“出去，我要穿衣服。”她恶声恶气地命令道。

灏顺从地转身朝外走去，促狭地小声嘟囔道：“那种身材，也没有什么好看的。”

“你什么意思？你给我站住，把话给我说清楚。”

灏转身，笑得意味深长：“记得夏天的时候，有一天下雨，你回家后把伞挂在了浴室的挂钩上控水，然后就去洗澡，所以……我真的不是故意的。”

“啊！”林稚子忽然发出一声尖叫，将一个枕头狠狠地砸过去，灏已灵巧地闪身，出了卧室。她抓狂地仰天长啸，跳下了床。

林稚子洗漱完来到餐桌前，还是暗暗吃了一惊，刚才的火气也平息了一点儿。吐司香肠抹着她最爱的千岛酱，蛋被煎成可爱的心形，蔬菜水果沙拉是西蓝花和圣女果拼成的果树，真正的秀色可餐。灏绅士地拉开椅子请她坐下，做了一个“请”的手势，得意扬扬地说：“怎么样？厨艺还不错吧？”

林稚子高傲地扫了一眼，揶揄道：“哟！田螺姑娘啊？”

“不不不，精灵也是分性别的，我也就是个田螺先生。”灏故作姿态地用手指拨了拨额前的头发。

林稚子很久没在家里吃过早餐了，望着眼前的美食，早已馋虫大动，一边吃一边问：“你真的是精灵？精灵也会做人类的饭菜？看上去还挺有模有样的。”

灏坐在桌子对面，端着牛奶，如品红酒一般优雅地喝着，继续向林稚子炫耀道：“不，并不是所有的精灵都会做饭，我是一个特别上进好学的精灵，以前你在客厅看美食节目，我会隐身在旁边看看，就学了几招，怎么样？味道还不错吧！”

一口面包噎住，林稚子愣住了，想想过去无数个日子，在她以为独处的时候，有一个人，不，有一个精灵如影随形，无处不在，无声无息，而她却浑然不知，想想这种感觉还真是令人悚然。

“你怎么了？”灏不明所以地望着表情奇怪的她。

林稚子站起来，说：“没什么，我喝杯冰啤酒冷静一下。”

打开冰箱门，她忽然发现冰箱里似乎少了点儿什么，便头也不回地问道：“我放在冰箱里的那个装着红色液体的玻璃瓶怎么不见了？你看见了吗？”

灏依然优雅地吃着早餐，头也不抬地回答：“你是说这个辣椒汁吗？我还做了土豆煎饼，觉得这个用来蘸汁不错，你要不要试试？嗯，可能还要放点儿醋。”

只见灏正将他口中所说的“辣椒汁”倒入一个小碟子里，然后夹起一块土豆饼轻轻地蘸了一下，动作优雅地送进了嘴里。林稚子想去阻拦，已经来不及了。灏的脖子忽然伸直，眼睛睁大，一只手骤然抓紧脖子，飞快地跑进卫生间，剧烈地呕吐起来，过了一会儿，才气喘吁吁地出来问：“你这个恶毒的人类，这是什么毒药？”

林稚子紧张地端了一杯水给他，倍显无辜地解释道：“怪我喽？你不是对这个家门儿清吗？你不是把这儿当成自己家一样吗？那是我自制的防狼喷雾液，是还没用完的，谁让你拿来当蘸汁了？活该！”

灏接过水一饮而尽，才觉得胸口里灼烧的感觉减轻了一些，他喘了口气，怨怼地说：“最毒妇人心啊！我要是被毒死了，等会儿谁带你去医院啊？”

被灏一提醒，她才猛然觉得，脚踝的痛不但没有减轻反而加重了。

“咔嚓！”这时，忽然传来门锁转动的声音。是妈妈？爸爸？天啊！他们要是看到家里多了一个陌生男孩儿，不知道会怎么想。林稚子正惊慌失措，转头一看，灏已不见了踪影，算他识相。

5

唐细辛看到女儿，微微一愣，一边换鞋，一边问道：“今天怎么没去上学？”不待林稚子回答，她又自嘲而疲倦地笑笑道，“瞧我这记性，考完试了吧？已经放假了？”

林稚子的慌乱被一阵酸涩代替，望着眼前仅仅四十出头的女人，她的头顶已长出新生的白色发根，却无暇去打理；岁月在她的眼角已凿下清晰的皱纹，她每天奔忙在诊室和手术台之间，面对生命最血淋淋的真相，疲惫、机械、麻木，如同被丢进一块盐碱地里，而她没有能力也从来没想过要去摧毁它。林稚子很想像别的孩子一样，一进门说一声“妈，我饿了”，然而母亲从来没给过她这样的机会。在林稚子眼里，唐细辛就是一个人形陀螺，被一根无形的鞭子抽着，在自己既定的轨道上不停地转，不停地转……

“嗯！是啊！放假了。”林稚子不动声色地回到座位上，招呼妈妈吃饭，“又做了急诊手术忙了一晚上？没睡觉也没吃饭吧？”

“是啊！白天三台大手术，晚上临时又加一个急诊，我现在脑子都是蒙的。”

“医院是不是缺人手？离开你地球就不转了，医院就开不下去了？”林稚子的言语中还是不小心带出了埋怨的情绪。

唐细辛坐下来，宽容地笑了笑，道：“瞧你这话说的，救死扶伤是医生的天职嘛！不过你说得也没错，医院确实缺人手，现在医患关系这么紧张，听说医学院的报考率都下降了。”

林稚子生气地撇撇嘴，怨道：“还说报考率，我也是高三生了，对我不闻不问的，有你这样的吗？”

唐细辛像个犯了错的孩子，浅浅的皱纹嵌入一个僵掉的笑里，尴尬地为自己开脱道：“我知道你肯定会考得好，从小到大，你的学习从来没让我们费心过。妈妈相信你。”

林稚子噘噘嘴，不置可否，闷声闷气地说：“快吃吧！要凉了。”

这时，唐细辛的目光落在满满的一桌早餐上，略一犹疑，转头朝卧室看了看，问道：“怎么做了这么多？你爸也回来了？他不是说出差了吗？”

“没，没回来，我一个人。”林稚子紧张起来，有点儿结巴地解释，“我估计你该回来了，就多做了点儿。”

“瞎说，这怎么还有一副碗筷，还有一块饼被咬了一口？你带同学来家了？稚子，我告诉你，女孩子，不要乱交朋友。”唐细辛忽然警觉、关心起女儿来。

妈妈审讯的口气让林稚子莫名反感，又有些慌乱，正在这时，灏忽然出现在妈妈身后，双手比画着、张着嘴巴不知想表达什么，她一愣，眉毛一皱，眼睛一瞪，露出一脸疑惑不解的表情：“啊？什么？”

唐细辛看在眼里，下意识地看了看身后，并没有发现什么异常，一头雾水地问道：“你在和谁说话？稚子，你没事吧？”

灏无奈地摊摊手，再次隐身了。

林稚子回过神儿来：“啊！我？我在和你说话啊！我没有乱交朋友，真的是我一个人在家，那个饼是我咬的，筷子也是我的，不小心掉地上脏了，还没来得及收走，我就重拿了一双。”

唐细辛这才放下心来：“好了，我知道了，妈妈相信你，就是给你提个醒。”她抬头看看墙上的钟，皱皱眉，将一块饼三两下塞进嘴里，又一仰脖喝下半杯豆浆，就起身一边脱衣服，一边往浴室走，“我等会儿还有个会诊，冲个澡就得走了。”

浴室里很快传来“哗啦啦”的流水声。

灏出现在林稚子面前，两个人开始小声地互相埋怨——

“你好笨啊！撒谎都不会。”灏埋怨她道。

“求求你不要再出现了，我的生活已经一团糟了，你不要再给我添乱了好吗？”

“我明明是在帮你。”他白皙漂亮的脸气得涨红。

“告诉我，你怎样才可以消失在我的生活里，精灵先生？”

灏故意冷笑了一下：“没听说请神容易送神难吗？”

“我没请你啊！”

……

说话间，唐细辛以最快的速度洗完澡，头发没吹干，就穿戴整齐地出来了，和林稚子匆匆打了个招呼，又风风火火地出了门。

林稚子长呼一口气。

一顿早餐，吃得险象环生、心惊胆战。

待她回头一看，灏已经麻利地收拾好餐桌，并准备好了她的随身小包，将鞋子拿到她的脚旁，毕恭毕敬地捧起她的脚，一边为她穿鞋，一边说：“主人、女王陛下，不要再生气了。现在，我陪你去医院，我背着你，你带着钱，你一定要带着钱啊！我没钱。”

6

早晨的医院总是人满为患，林稚子在排队一小时后，才得到医生亲诊两分钟，然后面无表情地开了一张单子，让她去二楼拍片子。灏背着她，缴费、上楼、拍片、等候、取片、下楼，最后医生拿到片子后淡淡扫了一眼，轻描淡写地说："没伤到骨头，就是软组织挫伤，没事，吃点儿药，多休息就行了。"

林稚子看到灏长嘘口气，额头渗出细密的汗珠，比她还紧张。

拿了药后，他背着她往医院门口走去，三步一停，两步一歇，本就白皙的脸变得更加苍白，汗珠从额头滚落下来。林稚子觉得很受伤："我真的很重吗？前几天才称过体重，还不到九十斤哪！"

灏将她放下来，俯身喘着气，望望正午十二点的太阳，说："不怪你。我没有告诉你，雨伞精灵也有一些禁忌，雨伞精灵非常惧怕阳光，只能在阴雨天出门，如果在阳光充沛的天气里在户外行走太久，就会有强烈的不适，会损耗寿命。"

林稚子的脸上浮现一丝担忧，旋即又被一丝窃喜代替——原来精灵也有弱点，如果给他点儿苦头，他会不会知难而退自己离开呢？她不动声色，假装关切地询问："还有什么禁忌？告诉我，我下次注意哦！"

灏不知有诈，直言相告："还有，千万不要把伞搞丢了！我只能在伞的五十米半径之内活动，如果伞被另一个人拿走，我也只能依附在伞上，认另一个人为主人。"

林稚子不怀好意地笑起来："太好了，等会儿我就找个地儿把伞丢掉，谁捡到伞，你就归谁了。"

灏信以为真，一把拉住她的手，澄澈的目光里浮出一丝忧色："别啊！我被丢掉了，谁背你回家呢！要丢，也等回家后再丢吧！"

看他说得那么真诚，林稚子也不忍再戏弄他，笑道："也对！那就再给你一次机会吧！"

两人在医院门口上了一辆出租车。车子经过市内一个著名的公园，围墙内，高高的摩天轮载着一群欢笑的人们慢慢升高，空中不时传来快乐、癫狂的尖叫。林稚子看了一眼，轻轻地叹了口气。

“好像很好玩？”灏问。

“是啊！当坐在上面慢慢转动，到达顶端的刹那，那一刻的快乐无以言表。据说摩天轮的顶端，就是幸福的高度，从那个角度往下看，一切都很渺小，所有的不快乐都显得那么微不足道。可是，我记得上一次坐摩天轮，还是小学毕业的那一年。我们已经很久没有一家人一起出去玩过了。”林稚子幽幽地说。

出租车徐徐前行，车内静静的，仿佛有淡蓝色的忧伤在弥漫，司机适时打开音乐，一首悲伤的老歌流淌而出：“我想要有个家，一个不需要多大的地方……”

不同时代的歌曲，情感构造却是相通的。林稚子吸了吸秀挺的鼻子，眼圈泛红。

灏主动请缨：“我陪你去啊！我也想玩。”

林稚子苦涩地笑了笑，不置可否。出租车在一个十字路口遇到红灯，停了下来，行人匆匆从车前走过，她忽然身体前倾，眼睛亮了——一个身穿黑衣的中年男人牵着一个妙龄女子的手，匆匆走过人行道，男子不知说了什么，女子娇俏地笑起来，侧身在男人脸上亲了一口。

她怀疑自己眼花了，那是爸爸吗？他不是去上海出差了吗？难道说这世上有长得如此相像的两个人？她马上拿出手机，拨通了爸爸的电话，电话很快接通，传来爸爸爽朗的声音：“稚子，有事吗？考完试了吗？放假了吧？你吃饭了吗？”他一连串问了许多问题，但似乎每个问题都不需要答案，有一点儿不耐烦。

绿灯亮了，出租车启动，一辆洒水车经过，一路播放着欢快的《真善美的小世界》。她木木地问：“爸，你在哪儿啊？什么时候回来？”

“我在上海出差啊！再过个两三天就回来。你有事吗？”电话里似乎很安静，忽然，隐隐传来《真善美的小世界》的音乐声。林厚朴果然说了谎，他就在这座城市里，刚刚还从她眼前经过。

“没，没事。”她挂断了电话，木然地将目光转向窗外。

那个人就是她的父亲林厚朴，可和他俪影双双的，不是妈妈唐细辛，而是另一个女人，那女人看上去很年轻，比她大不了多少。

“囡囡，你没事吧？”灏显然也看到了林厚朴，在林家的日子里，他当然认识那个家的男主人，一个气宇轩昂的成功人士，他要为自己苍老疲惫的灵魂和身体找一个地方安置，这是欲壑难填的人类喜欢玩得情感游戏，有时和感情又完全没有关系。但灏知道，这些令林稚子很伤心。

她转过头，仿佛是在对空气说话：“你说，上海的洒水车是不是也唱《真善美的小世界》？”

“囡囡，别想那么多了，敏感的人不容易快乐。你看，你的快乐总是有限制，而你的智慧却总是飞扬无拘，这样不好，你应该学会做一个快乐的笨女孩儿。你生活中的难题，我会帮你解决。”他轻轻地握住了她的手，有一种微妙的暖意静静地抵达林稚子的心底。

7

阳光下的小小庭院，是一片枯萎的花丛，了无生机。他曾经见过这里盛夏时的情景，是一片绣球花和白色香雪球搭配种植的花境，香雪球密集盛开，如同一块巨大的白色花毯，间或开放着紫色和蓝色的绣球花，午后的阳光暖暖地照着，所有的色彩都带着迷人的光泽，如同一个梦幻仙境。

庭院靠近书房的地方，有一个小小的玻璃花房，花房里没有花，摆满了瓶瓶罐罐和一些奇怪的玻璃仪器。当初林厚朴装修花房时憧憬闲暇时可以坐在里面喝喝茶、晒晒太阳，后来越来越忙，花房疏于打理，这里就成了林稚子的实验室。

林稚子指着那些精美的瓶瓶罐罐，如数家珍地对灏介绍着自己的研究成果——一个蓝底红玫瑰的小铁盒里，装满细腻白香的粉末，是用紫茉莉种子提炼研制的妆粉；一个画着青罗美人的小瓷瓶里，是她调制的美发木樨油；还有一个粉色玻璃瓶里，是她才调制出的一味绣球花香水，前味是柑橘和牡丹，中味是玫瑰和桂花，后味是绣球花和秋葵子，几乎可以和一些国际大牌香水媲美。她轻轻地喷了一下，从香雾中穿过，一脸陶醉，深深地吸了一口气："太美妙了。"

"吃饭啦！"灏系着一个粉色的花边围裙，手持着一个汤匙，活脱儿一个花美男厨师形象。但林稚子并没有多看一眼，只是陶醉在香味里，一瘸一拐地走到他跟前，扬扬手臂，撩撩头发："你闻闻，这个味道是不是很有意境、很魅惑，令女性魅力大增，让男人心驰神往？"

灏后退一步，双臂抱怀，故意露出惊恐的表情："你要做什么？要对我使用美人计？有什么企图？我可是有节操的。"

林稚子展颜一笑，拍了拍灏的肩膀："放心吧！有节操的伙夫，我要做的是保家卫国的宏图伟业，你不懂的。"

这天夜里，她做了一个梦。梦中的天空晦暗苍茫，大风卷着尘埃遮天蔽日，硝烟弥漫，远处传来枪炮轰鸣，残垣断壁，城池破碎。她身着战袍，横刀立马，变成盖世英雄，她执起长戈，朝那看不见的敌人冲去。

在梦里，她觉得自己很强大，可以保护家园，保护妈妈。

她只是想保护自己的家。

林厚朴没有食言，两天后，“出差”回来了。

林稚子的质问显得拐弯抹角：“爸爸，上海的洒水车是不是也播《真善美的小世界》这首音乐？”

林厚朴一愣：“什么？怎么想起来问这个？我没注意。”

“还是注意一下吧！不然说谎容易穿帮。”她目光凛冽，冷冷地盯住他。

在商界摸爬滚打多年的男人是何等聪明，马上听出了女儿的话外之音，旋即恍然大悟，轻描淡写地解释：“你是不是在哪儿看到我了？没错，我是提前回来了，公司有些事要处理，才没有直接回家。怎么了？小秘书，行程都要向你汇报啊？”

有了爸爸的解释，她也仿佛给自己找到了一种心理安慰，说：“那个女的，是公司下属吧？”

林厚朴马上心领神会，淡淡地说：“哦？你说小罗？那是销售部的一个女孩儿。”说着，他伸手摸了摸女儿的头，“小丫头，别瞎想了。”

父女俩进行完这场简短的谈话，林厚朴进屋拿了几份文件，给女儿留下一笔钱，说公司还有事，就又匆匆离开了。

相信他的话吗？鬼才相信。林稚子在心里进行了自问自答。

第二天中午，唐细辛拖着疲惫的身体走进家门。林稚子心里暗喜，她正愁她的计划无法实施呢，妈妈就回来了，真是天赐良机。她一瘸一拐地迎上去，甜甜一笑：“妈妈回来了。”

唐细辛这才注意到女儿的脚，一脸关切地问：“你的脚怎么了？”

林稚子轻描淡写地道：“没事，下雨路滑扭了一下，医生说没事，休息几天就好了。”

唐细辛不放心，亲自看了看她的脚，确定没有大碍，这才转身进了浴室。

每次回家，唐细辛做的第一件事就是洗澡，在她洗澡的时候，林稚子开始手忙脚乱地准备，调制面膜、挑选衣服……等唐细辛顶着一头湿漉漉的头发出来时，林稚子如一个专业的美容师一般，请妈妈躺在贵妃榻上，亲自用面膜刷为她一层层敷上面膜，再轻轻地为她吹干头发，抹上木樨油润发。

林稚子看到妈妈发间夹杂的白头发，只觉得一阵心酸，忍不住悄悄拔掉了一根。唐细辛正闭目养神，心里颇觉欣慰，忽然感到一丝疼痛，心里也不免感怀：“稚子，妈妈是不是又长了许多白头发？和你同学的妈妈比起来，妈妈是不是显得很老？”

林稚子想如实相告，又怕她受到打击，于是轻描淡写地说：“没有，妈妈是省医院的一枝花，据说患者多看一眼，疗效堪比止痛药。”

唐细辛略带羞涩地笑了，伸手拍了拍女儿的腿，嗔怪道：“你这孩子，没大没小的。”

“不过，你确实太累了，需要好好休息。听我的，现在就去睡个美容觉，等会儿起来吃女儿为你准备的牛排大餐，爸爸说他今天也回家吃饭。”

唐细辛却不以为意地苦笑了一下，心里隐隐觉得愧疚，她摸了摸女儿的头发，说：“等忙完这阵子放假了，我们一家去三亚玩。”

“等有时间了……”“等我休假了……”“等你大一点儿了……”同样的话林稚子不知听过多少遍，她已经有了免疫力，不会寄予期盼，那样，承诺落空时，失望就会少一些。

唐细辛太累了，做完皮肤护理就顺从地回屋睡觉去了。

林稚子打开冰箱，拿出了牛肉、西蓝花、黑胡椒，却一筹莫展，于是想起那个已隐身了半天的人。她低声喊起来：“灏，可以出来了。喂！人呢？死耗子、臭耗子，听见没有啊？”

待她一回头，灏已站在她身后，他眉头一皱，有些愠怒道：“叫谁耗子啊？真难听，我叫灏，水势浩瀚无边的意思。”

“不用解释，我语文学得还行，就是厨艺不行，你不是说我遇到难题时，你都会帮我吗？这顿烛光晚餐，你来搞定。”林稚子像个女王，冷冰冰地发号施令后，就将灏一个人关在厨房，自己则出去筹谋全局去了。

“人生如戏，全靠演技”，这句话果然是有道理的。理科生林稚子用自己浮夸的演技，在电话里为爸爸表演了一个不受父母关爱、突发阑尾炎疼得死去活来的悲情少女的角色。半个小时后，当林厚朴火急火燎地赶回家时，牛排大餐已上桌，桌旁坐着一脸坏笑、阴谋得逞的女儿和刚刚睡醒、被女儿捯饬得水润光滑的妻子——只见唐细辛薄施淡妆，穿着一套白色的碎花家居服，显得年轻而淡雅。

林厚朴只觉得眼前一亮，却吝于对妻子的赞美，只是淡淡地问：“你今天休假？”

唐细辛细细地切着牛排，点了点头。

灯光柔和，音乐流淌，气氛很好，林厚朴似乎心有感触，声音涩涩地说：“其实，你不用这么辛苦，我会让你和孩子衣食无忧，让你们生活得很好。”

唐细辛忽然有些哀凉地笑了，眼角绽开细纹，说：“工作的意义，并不只是挣钱啊！当然，也不见得是为了理想，也许，只是想让自己充实一点儿、忙碌一点儿，把时间充满，把思绪填满，会忘记许多烦恼。”

林厚朴不以为然地道：“你能有什么烦恼？”话说到一半，他心虚地抬眼看了一眼妻子，又不言声了。

这一刻，林稚子忽然意识到，父母之间有一种带着禁忌的默契，那是一种轮廓完美的裂痕，是她试图修补却无法做到的。妈妈曾说过，再高明的医生和医术，也无法挽救放弃自救的病人。

或许是为了让女儿心安，唐细辛调整了语气，甚至伸手覆上林厚朴的手背，极力像一对亲密的夫妻那样，她说：“过年你安排一下，我们带孩子去旅行一趟吧！全家人很久没有一起出过远门了。”

林稚子也在旁边帮腔：“是啊，是啊！高三生学习压力好大，好想出去度个假啊！”

林稚子本以为爸爸会满口答应，谁知他目光躲闪，犹豫了一下，模棱两可地答道：“好啊！当然好啊！我把公司的事安排一下，到时看情况。”

林稚子看到妈妈握着刀叉的手一紧，提起一口气，又咽下了，淡淡地回答：“好。”

这顿美味的晚餐，忽然让林稚子觉得索然无味起来。她情感的天平自然地倾向妈妈，她想安慰她，于是为她盛了一碗奶油蘑菇汤。唐细辛端起汤碗，热气扑着脸，眼睛有些湿，有光在闪。

当唐细辛喝完汤再抬起头来时，林稚子忽然发现，妈妈的脸不知不觉布满了红斑，并且长出密密麻麻的红点。唐细辛浑然不知，只是忽然觉得痒，下意识地用手挠了挠。

林厚朴也看到了，他皱皱眉，问道：“你的脸怎么了？”

“脸？”唐细辛摸了摸脸。

“过敏了吧？用了什么伪劣化妆品？早就跟你说过了，女人年纪大了，就要用点儿大品牌的护肤品，不比年轻人了，擦点儿橘子汁都能当爽肤水，年纪大了就得好好保养，你看看你现在这样子，还怎么出去见人？”话虽说得没错，可从林厚朴嘴里说出来，却显得那么刺耳。

林稚子忽然意识到是自己给妈妈用的自制护肤品出了问题，但她不知道是哪里出了问题，面膜、粉底、腮红，她都在自己的手背和脸上做过很多次测试，纯天然无污染、温和安全，从来没有出过状况。

“砰！”唐细辛忽然狠狠地将手中的牛排刀拍在桌上，她双目赤红，死死地盯住林厚朴，一字一顿地大声质问：“年纪大怎么了，年纪大就应该马上去死吗？林厚朴，不要为自己的错找借口，我衰老、变丑、饭做得不好吃、脾气不好，这都不是你出轨的理由……”

林厚朴涨红了脸，慌乱地看看女儿，气急败坏地低声呵斥：“你疯了吗？胡说什么？别在孩子面前瞎说。”

唐细辛一时被气昏了头，从怒火中回过神儿，看到女儿一脸诧然，忙解释道：“稚子，妈妈被你爸气糊涂了。”

“我知道。”林稚子淡淡地答道。

林厚朴露出尴尬的表情，为自己找补：“别听她瞎说，你妈妈就是爱猜疑。稚子，爸爸太忙了，以后会尽力抽时间多陪陪你和妈妈。”

“我知道。”

她知道，她什么都知道。

为了掩盖真相，暂时跌入一个谎言。爱情无以为继，婚姻千疮百孔，却要找一个借口，继续跌跌撞撞地走下去。

晚餐就这样结束了。唐细辛去洗手间洗了脸，戴了围巾、口罩，说医院还有事，便又要出门；临走时，她的情绪已稳定平和，还不忘给林稚子吃一颗定心丸：“爸爸妈妈可能有一些误会，但是，我们会处理好的，不要担心。”

唐细辛前脚刚走，林厚朴就接了一个电话，也准备走了，临走时也不忘给女儿吃一颗定心丸：“我抽空会找你妈谈谈，没事，你放心。”

人去屋空，餐桌上一片狼藉，一块黑胡椒酱沾在白色的印有小雏菊的桌布上，看上去肮脏丑陋。记得这块桌布还是两年前她和妈妈一起在家居店挑选的，现在，它已经不被喜爱了。

“灏，灏，灏——”她声嘶力竭地对着空气大喊起来，声音在空旷的房间里发出微微回响。

灏马上毕恭毕敬地出现在她面前，一脸无辜地问：“女王，什么事？”

“我实验室的瓶子，你是不是动过？”她大声质问。

震耳的声音吓得灏后退了几步，他瑟缩道：“昨晚上你看书不理我，我觉得无聊，就在实验室玩了一会儿。”

“果然是你。你都玩什么了？你给粉底里加什么了？腮红里放什么了？”

“加，加什么了？我不知道啊！就是实验室里的那些东西，我不认得啊！”灏无辜地解释。

“那都是化学用品，你知不知道啊？我妈要被搞毁容了，我精心策划的烛光晚餐，就被你这么毁了。你，你，你……”林稚子冲上去，用力推了灏一把，气急败坏地说，“你哪儿是守护精灵啊？你明明就是老天给我派来的瘟神，成事不足，败事有余，我现在就把你丢掉。”

说着，林稚子抓起挂在门口玄关处的伞，打开窗户准备扔出去，却被灏横身拦住了，一双黑曜石般的眼睛如小鹿一般无辜地看着她，楚楚可怜地恳求道：“别丢，囡囡，别丢，我保证以后再也不会犯这样低级的错误了，我保证以后不那么贪玩了。”

“别啊！”林稚子忽然莞尔一笑，计上心来，说，“你不贪玩了，谁陪我玩啊？给你个戴罪立功的机会，明天陪我去公园坐摩天轮吧！”

“明天？”灏犹豫了一下，转头看了看窗外的晴空，想了想，说，“好吧！”

8

一大早，客厅就隐约传来电视声。林稚子懒洋洋地爬起床，来到客厅，接了一杯水坐下来，灏正拿着遥控器，目不转睛地看着早间新闻。她一把抢过遥控器换了一个台，嗤之以鼻道：“一个精灵还关心起伊拉克和利比亚的局势了。”

灏马上抢过遥控器又换回早间新闻，眼睛一眨不眨地道：“别换，我不是看新闻，新闻完了有天气预报。”

林稚子又抢过遥控器干脆关掉了电视，说：“天气预报有什么好看的？我昨晚都看过了，今天天气晴朗，万里无云，是个适合出游的好天气。”

听罢这话，灏哭丧着脸，一脸的委屈，小声嘟囔：“天气晴朗，万里无云，你是适合了……”

林稚子虚张声势地挥挥雨伞：“怎么？我不是主人吗？我说话不管用了？你不是要戴罪立功吗？”

灏瘪瘪嘴，噤声了。

半个小时后，两人来到那日经过的公园门口。这年的冬天是个暖冬，天气晴朗，万里无云，又逢寒假，公园里小朋友陡然多起来，每一项游乐设施前都挤满了排队的人。林稚子财大气粗，每到一个售票口，就拿出一张大钞给灏——

“去排队。”

“去买票。”

“再玩一下这个。”

……

作为一个脚上有伤的病人，林稚子亲身诠释了什么叫“身残志坚”，短短三个小时里，她拉着灏玩了疯狂老鼠、过山车、划船、碰碰车；她是玩碰碰车的高手，追得灏无处可逃，几次将他的车子撞开，两人都乐得很开怀，仿佛烦恼尽消。灏笑得像个孩子，眉眼间带着不羁的调皮，因为玩得太过起兴，将雨伞精灵的禁忌都忘到了九霄云外。

最后，两个人来到摩天轮的售票处。

冬日正午的阳光是蜜糖的颜色，温暖而不燥热，灏却渐渐体力不支，觉得一阵晕眩，摆了摆手：“休息一下吧！”

林稚子心怀叵测，已买好了两张票，故意说：“要不你到树荫下休息一会儿，我一个人去。”

灏犹豫了一下，甩甩头，打起精神，虚弱地笑了笑，固执地说：“不，我和你一起感受幸福的高度。”

林稚子狡黠地笑了笑，有一种阴谋得逞的暗爽。

坐上了座位，系好安全带，摩天轮慢慢转动升高，速度也越来越快。毕竟好多年没坐过了，林稚子也很紧张，手心一直在冒汗，她想起新闻里很多游乐设施出事故的报道，一颗心揪了起来，有人开始吓得尖叫，她也吓得闭上了眼睛。忽然，她的手被紧紧握住，掌心传来的勇气和温暖瞬间抵达心底，灏说：“别怕，有我呢！”

摩天轮越来越快，当旋转至最高点时，所有的人都尖叫起来，林稚子睁开眼睛，望着下面渺小的人影、低矮的树丛，脱口而出：“我要快乐，我要幸福！”

那一句呐喊，被风带走，被尖叫声淹没，只有他听到了。

从摩天轮下来，灏还一直拉着她的手，她正欲甩开，一回头就看见他脸色苍白如纸，唇色发青。忽然，他虚弱无力地向草地上倒去，气若游丝地说：“完了，今天在外面的时间太久了，我要死了，这可真是舍命陪君子了，囡囡，你不会忘记我吧？”

林稚子吓坏了，她无助地跌坐在草地上，扶着他，心乱如麻。明明这是她一手策划的阴谋，现在阴谋就要得逞了，她为什么会如此恐慌？他猝不及防地出现在她的生活里，就像她的手中忽然多了一团小小的火苗，她惧怕被它灼伤，又怕它被大风吹熄、雨水扑灭，她那样贪恋攥在手中的一点儿光亮和温暖。她手足无措地大喊起来：“灏，你醒醒，你不能死，你不能消失啊！我是你的主人，我命令你，不许死，你不能死！”

可灏的意识越来越薄弱，他轻轻地合上双眼，睫毛如黑色蝶翼般覆上眼睑。他如睡着一般，薄薄的嘴唇紧紧地闭着，再不能吐露一字一句。她摇了摇他，又学着电视里的样子掐了掐他的人中，又意识到他并不是人类，这一招对他不管用。情急之中，她忽然看到不远处一个绿化工人正拿着水管给新种下的草皮浇水，她喜出望外，飞快地跑过去，从绿化工人手中抢下水管就拖向灏，朝他一通喷洒。很快，灏被淋得浑身湿透，绿化工人追过来，一脸惊诧地道：“这是恐高症晕了吧？大冬天的，救人可不能这样救啊！会生病的。”

林稚子心乱如麻，胡乱回答：“顾不了那么多了，死马当活马医了。”

“死马？”绿化工人直怀疑她的脑子坏掉了。

灏渐渐地恢复了意识，慢慢地睁开了眼睛，他甩了甩头发，迟疑地看看她，说：“我没死？”

林稚子感觉就像被捉弄了一般，狠狠地瞪了他一眼，拿着水管又对着他喷洒一通，气呼呼地说：“你没死，我快被你吓死了。”

灏也不躲闪，反而很享受似的闭着眼睛。绿化工人见状，忙夺下水管走开了。林稚子敲了敲灏的头：“起来啦！赶紧回家了。什么精灵？

我看你不光是瘟神，八成还是个鲤鱼精，离开水就不能活了？以后再也不带你出来玩了。”

9

接下来的日子一直天气晴好，为避免发生上次的状况，林稚子再也没有带灏出过门。她每天在家里吃吃喝喝，对灏吆五喝六、颐指气使，过着女王般尊贵的生活；吃饱喝足后，她就钻进自己的实验室里去捣鼓那些瓶瓶罐罐，这时灏便在客厅里看电视，如果他胆敢来叨扰她，她会拿出自制的香水对着他，一下、两下、三下……灏就会像杀虫剂下的虫子那样，蜷缩了、不动了、晕了。

林稚子以此为乐，每次都能笑很久。

待灏从香味中晕头转向地清醒过来，他总是一脸贱兮兮的幸福感，陶醉道：“你对我这么做，像不像犬溺为记？”

“什么？”

“小区里的那些小狗啊！撒尿占下一块地，留下自己的气息作为标记，使那块地有了家一般的安全感。你这种行为就是犬溺为记，画圈占地，宣告此处是你的势力范围。你都宣告我是你的人了，你不会再赶我走了吧？”

“去你的。”林稚子拿着香水又对他喷了几下，骂道：“骂谁是小狗？你才是小狗，你才是小狗。”

灏躲闪着，陶醉在沁人的香氛里，赞道：“这种香味还真的很特别，清淡得似乎没有，但每个细胞都能感觉到它是真实存在的。你是用什么调制的？”

望着那些枯枝败叶，想起夏天时院林稚子的目光投向院中，望着那些枯枝败叶，想起夏天时院子里花开时热闹的场景，说：“我给这款香水取名‘无尽之夏’，名字就来源于院子里种的那些绣球花，它们是绣球中的王者。无尽夏，其实它是绣球的一个变种，花期是 6 月到 9 月，比普通绣球平均要长 10 到 12 周，整个夏天都在开花，绽放、凋谢无穷尽也，就仿佛夏天永远不会结束，就像和夏天在热恋，要拼命留住这爱人一般。这就是‘无尽之夏’的由来。我想留住那种花开一夏的味道，所以调制了这款香水。”

灏目光灼灼，似有所思。

这样的嬉闹时刻，又带着一种寂静，缓缓地被收入时光的香水瓶里。后来，在遥远的法国，林稚子每每想起这段时光，就打开一瓶香水，那种寂静的、带着欢愉的香氛便很快弥漫开来。

林厚朴和唐细辛好像约好似的，一同回过家一次，仿佛是为了弥补上一次晚餐的不愉快，两人卖力地在女儿面前表演着恩爱，唐细辛亲自下厨做饭，吃饭时夫妻俩互相夹菜，言笑晏晏；吃完饭林厚朴亲自洗碗，也没再离开，一家人坐在一起看了一会儿电视剧，聊了聊林稚子的学习、高考志愿，然后便互道晚安，林厚朴与唐细辛一起回屋休息去了。他们用实际行动证明，上一次只是夫妻间一场普通的吵架，他们依然是一对情比金坚的爱人，他们的婚姻坚如磐石。

街上年味渐浓，唯独林稚子的家里冷冷清清，一点儿过年的气氛也没有。她每天在家坐吃冰箱空，到了大年二十九，别人家里已经杀鸡炖肉、发面蒸馒头，而林家的冰箱里却一片菜叶也没有了。林稚子决定担起小主人的责任来，出门采办年货。

平日里唐细辛采购，都是开车去附近的一个大型超市，林稚子不会开车，又腿脚不便，就决定去附近的一家便民菜市场。

天阴着，早晨落了些薄雪，地面湿润，空气冷冽，但对于灏而言，这是适合出门的好天气。

林稚子的脚伤已好了许多，但仍要慢慢走才行，灏几次俯身要背她，她都严词拒绝了，灏气呼呼地数落她：“少女，你可以坚强，但可别逞强啊！”

好在菜市场很近，出了社区再过一条街就到了。林稚子从没逛过菜市场，也从来都不知道这里是如此热闹鲜活，新摘的各色蔬菜整齐地码在摊位上，馒头坊氤氲在一团白气里，飘溢出小麦的香味，老太太们在猪肉摊前挑肥拣瘦，从水产摊前走过，池里的鱼会冷不丁打个挺，溅出水来，林稚子忙跳脚躲开，险些跌倒，灏适时扶住了她，她却并不领情，白了他一眼，道：“我自己会走。”

这时，忽然有人轻佻地笑起来，声调夸张：“哈哈！冤家路窄！”

林稚子回头一看，只见龙美站在一个蔬菜档口里，腰上系着一个收钱的腰包，俨然一副小老板的架势，正对着她古怪地笑。

林稚子一愣，没想到会在这里遇见龙美。她只听说龙美的父母早已离婚，她妈妈是个卖菜的，可她没有想到，在学校里飞扬跋扈、不可一世的龙美，会像个懂事的乖乖女一样，来帮妈妈卖菜。林稚子扫了龙美一眼，不想与她有太多纠缠，心想惹不起躲得起，拉了灏就欲走开。

龙美不依不饶地道：“哎哎哎！别走啊！你竟然对我的菜不感兴趣，这简直是对我专业技能的全盘否定，对我职业生涯的严重侮辱，这些菜可是我一大清早四点就去批发市场挑选的，你看看，多新鲜、多水灵啊！”

林稚子心里微微一颤，仿佛有一只手在那里轻轻拂动了一下，她停下脚步，迟疑地开腔：“贩菜，起那么早？怪不得你整天迟到。”

说者明明心里怀着一丝悲悯，可听者却感到了歧视和恶意，龙美脸色一讪，半是自嘲半是讽刺地道：“穷人的孩子早当家嘛！生活不是游乐场，不是你家的后花园，对有些人来说，生活就是战场。打仗，你懂吗？每天早上一起床，就跟打仗似的，哈哈哈！”最后，龙美有些愤懑和自嘲地笑起来。

林稚子不知该说什么好，只好指着一棵花菜，问：“这个多少钱？”

龙美顿时“龙颜大悦”，答非所问地道：“算你便宜，算你便宜，还要点儿什么？你慢慢选。”她扯下一个塑料袋递给林稚子，然后眼神移向灏，开启搭讪模式，“喂！帅哥，你芳名啊？不对，你贵姓？你真的是林稚子的哥哥？林稚子可是独生女啊？表哥？堂哥？你在哪个学校上学？其实我很喜欢猜脑筋急转弯哦！你什么时候有空，咱俩再来一场智商碾压？”

灏得意一笑：“手下败将哦！”

龙美有点儿急了：“不不不，那天不算，我已经猜出来了。我唱给你听。不是他贪玩耍丢了牛，那放牛的孩子王二小，小……林，林稚子？”她忽然结巴起来，朝林稚子挤了挤眼睛，林稚子不明就里地问：“怎么了？”

只见有两个文质彬彬的男子站在了菜摊前，一个站在林稚子的身旁，另一个站在她的身后，灏见状，将她朝自己怀中拉了拉。

龙美笑得很尴尬，朝来人打招呼道：“杰哥，买菜啊！”

被称为“杰哥”的男人在菜堆里翻拣了一下，狡黠地看了看身后的男人，笑了笑，说：“不了，买点儿排骨去。”

说罢，那两个男人转身匆匆离开了。龙美唉声叹气，回头骂林稚子道：“笨死了。”

林稚子后知后觉，忽然警醒，一摸口袋，发现钱包不见了，她恍然大悟，才知道刚才那两个人是小偷，顿时火冒三丈，将质疑的矛头指向龙美：“你，你跟他们同谋？”

“别胡说啊！我从来不干这种偷鸡摸狗的事。”龙美辩解道。

一旁的菜贩是个中年妇女，也看到了刚才的一幕，低声帮腔道：“那几个人，手里有刀，是惯偷，谁敢惹？我们只能给顾客使个眼色提个醒。”

林稚子急了，转头将一腔怒火发在灏身上：“怎么办？家里的钥匙也在钱包里。你真没用。”

灏一脸淡然，自信地说：“那我帮你拿回来好了。他们应该还没走远。”

一想到灏的“智商碾压”，低幼的脑筋急转弯，口误的“面包人”，林稚子连忙拉住了他，想想还是自认倒霉算了，龙美和那个女摊主也劝他——

“千万别，我都不敢惹，你就算了吧！”

“那俩蹲过监狱，犯过命案，可不是善茬，算了吧！”

灏轻轻抽开她的手，淡淡一笑：“我不会再给他出脑筋急转弯的，放心吧！”

说罢，灏转身朝那两人离去的方向寻去，很快就消失在人群中。

林稚子无心挑菜了，龙美也无心卖菜了，两个人开始互相埋怨：

“都怪你，这事是在你的地盘发生的，他要是出点儿什么事，我跟你没完。”

“我也不想啊！你怎么不拦住他。不就是一点儿买菜钱吗？值得吗？”

女摊贩又开始为龙美帮腔：“你不能怪美美，以前有个顾客在这儿买菜被杰哥偷了，美美出头理论，后来就被杰哥打了，那眼圈青了好一阵子。”

就在林稚子和龙美互相埋怨、心急如焚得正打算抄家伙冲出去的时候，灏竟然回来了。他毫发无伤，一身落拓，走在人群中，是那样醒目，其他人都成了大光圈拍摄下的虚化背景。远远地，他扬了扬手，挥了挥手里的钱包。他竟然真的拿回了钱包。

林稚子紧张地拉住他，上下打量，左右端详，小声问：“精灵被人类打了，会流血吗？”

龙美发出啧啧惊叹：“大侠，请受我一拜。太帅了，没想到你是高手啊！你是用无影脚还是流星拳？收我为徒吧！”

“嗯？”灏一愣。

林稚子马上拒绝道：“醉翁之意不在酒，你省省吧！你不是在校外有男朋友吗？还惦记着齐林，现在又打我哥的主意？”

被人一语道破，龙美恬不知耻地“嘿嘿”笑了，一边称菜，一边调侃地唱道：“大叔欧巴小鲜肉，光是这样还不够。路见帅哥一声吼，该出手时就出手，风风火火闯九州……”

林稚子对龙美这种滥情轻佻的女生很反感，她厌恶地皱皱眉，拿了菜放下钱，拉了灏欲离开，龙美却正色认真地道：“其实，我只和比我强大的男生谈恋爱，这样才比较有安全感。我谈过很多次恋爱，也打过很多场架，悟出了一个道理，恋爱，就像打架一样，要棋逢对手才有意思。”

林稚子撇撇嘴，拉着灏离开了。出了菜市场，她仍不忘追问：“你到底怎么拿回钱包的？听说那两个人很会打架。”

灏神秘莫测地笑笑，俯身对她附耳道：“我给他们出了一道比较难的脑筋急转弯，估计他们现在脑筋还没转过弯呢。”

“什么？”

“隐身啊！”

两个凶神恶煞的地痞，大白天活生生地看到一个人在眼前凭空消失不见，想想那副吓尿了见鬼了的表情，林稚子终于绷不住笑出声来，捶打着灏的肩，道：“蔫儿坏！”

雪渐渐大了，雪花如小飞侠一样四处冲撞，落在脖子里凉凉的，林稚子笑过之后，心里也凉凉的。她想起龙美，虽然心里知道职业没有贵贱，但看到平日不可一世的龙美居然“屈尊降贵”帮妈妈卖菜，她心里无法不感怀。她第一次发现，从前对龙美的认识就像一张平面图，在龙美头脑简单、强悍粗暴的外表下，也有坚强和脆弱，也有清醒和自知；让她耿耿于怀的是，同样是荆棘青春，不同的成长轨迹，就像是时光对生命的塑形，有人被打磨成蚌里的一颗珍珠，有人却长成田里的一株秕谷。林稚子有些心疼龙美，她在不健康的家庭环境里长成了秕谷，同时也为自己难过，她也并不是那颗珍珠。

10

烟花在黑色的天幕中此起彼伏，带着欢愉的呼哨响彻夜空，风里飘香裹蜜，家家张灯结彩，又是一年除夕夜。林稚子和灏一起合作，做了一顿丰盛的年夜饭，菜已渐渐凉了，春晚的音乐已响起，餐桌前，她打起了盹儿，可爸妈还没有回来。

灏终于忍不住了，轻轻地敲了敲桌子：“囡囡，咱们吃吧！菜都凉了。”

林稚子睁开眼，看看墙上的钟：“再等等吧！妈妈会回来的。”

一个小时前，林厚朴打来电话，说要去欧洲谈一笔重要的生意，临时决定的，他已经在机场了。林稚子当时就气炸了：“什么生意比过年全家团聚还重要？”爸爸一句话就堵了回来：“人家又不过春节。”

时针指向晚上八点，手机铃声忽然响了起来，是妈妈，林稚子心里“咯噔”了一下，接起电话。果然不出所料，唐细辛在那头心急如焚又愧疚万分地说：“我已经在回家的路上了，可刚才值班的医生打来电话，说一个病人术后突发并发症，现在很危险，我得马上回去看看。乖！你先吃饭，别等我了。”还不待林稚子回答，她已匆匆挂了电话。

林稚子望着一桌子的美味，瞬间胃口全无。

灏看了看她脸色，小心翼翼地说：“这个鱼，我拿去热热吧！”

“不用了，不吃了。”她意兴阑珊地一头栽进沙发里，拿起遥控器换台，可换来换去，全是歌舞升平的晚会，台上台下一片欢愉的笑声，她却一点儿也笑不出来，一气之下，索性关掉了电视。

窗外的爆竹声震耳欲聋，屋里却静悄悄的，连呼吸都可闻。两个人大眼瞪小眼，灏百无聊赖，到窗边去看烟花，忽然计上心来，提议道：“不如，我们去公园玩？”

林稚子眼睛亮了一下，只犹豫了三秒钟，就同意了。

大雪纷纷，天地苍茫，深夜的公园大门紧锁，林稚子找到一处缺损倒塌的围墙，两人轻易地进入了公园。没有鬼影幢幢、鬼气森森，大雪覆盖的游乐场，有说不出的静美，摩天轮不转了，旋转木马不动了，云霄飞车不见了，地上的落叶也静静地躺在雪层下。

林稚子兴奋地尖叫着，因为穿得太臃肿，步子是蹒跚的。雪仍在大片大片地落下，迷了眼，在睫毛上融化了，她什么都看不清，却觉得好美。她黯然地想，生活不也是这样吗？什么也看不清，却觉得好美。

不用排队买票的感觉太好了。林稚子大摇大摆地坐上了旋转木马，灏轻轻地打开了电源开关，灯光亮起来后，四周宛如白昼。旋转木马转动了起来，灏也坐上她身旁的一匹白色木马。漫天的爆竹声掩盖了旋转木马的音乐声。她轻轻地将脸贴在木马的脖子上，闭上眼睛，就仿佛回到了童年，她被妈妈抱在怀里坐在旋转木马上，爸爸在旁边为她们拍照，她做着鬼脸，笑得睁不开眼。

“囡囡！”

甜美的回忆被人打断，林稚子睁开眼睛，只见灏微微地笑着，眼里波光荡漾，他深情地伸出手来，她没好气地打了他的手背，讽刺道：“没事学人家演偶像剧，谁要拉你的手？”

灏吃痛地收回手，委屈地说：“我是提醒你，旋转木马停了，我带你去玩别的。”

她这才回过神儿来，原来木马早已经停了。

从木马上下来，他们又玩了过山车、海盗船、跳楼机、云霄飞车，林稚子的尖叫响彻夜空，也没人听到。吐故纳新，呐喊完，她只觉身心舒畅，这真是不错的解压方式。

雪终于停了，层层白雪将地面覆盖，踩在雪上发出“嘎吱嘎吱”的声响，林稚子一时兴起，提议道：“不如我们堆个雪人再回家吧？”

两人一拍即合。于是，他们合力堆起雪球，很快就做好了一个雪人，又从公园湖边找来废弃水桶做雪人的帽子，灏甚至将一个破灯笼的绸布拆下来，给雪人做了一个小裙子，可是雪人还缺少一双眼睛。林稚子对着没有眼睛的雪人叹气，灏眨眨眼睛，从口袋里拿出两枚黑黑圆圆的东西来，然后嵌入雪人的脸上，雪人的眼睛黑黑的、亮亮的。

有了眼睛的雪人，立刻变得相当漂亮了。林稚子饶有兴致地问：“它的眼睛是什么东西啊？”

“是你夏天吃过的荔枝核，这两颗滚到了沙发底下，我就收藏起来了。”灏坦然地说。

“噫？！”林稚子像看怪物一样看着灏，露出被恶心到了的表情。

见过收藏邮票、字画的，她自己小时候也收藏过糖纸和贴画，可她还是第一次见有人收藏被口水嘬过再吐出来的荔枝核。林稚子心里有些崩溃，为什么她遇到的精灵是个奇葩？

林稚子嫌恶地瞪他一眼，起身和雪人自拍合影，一不留神，灏闪进了镜头，得意地笑着。她推开他，再拍，他再来，再推开，如此反复几次，他终于认输，恹恹地站到了旁边，踢踢踏踏地踩着雪生闷气。

午夜十二点的钟声，就在他们的推搡和笑闹中响了起来。无数烟花在深靛蓝的夜幕下绽放，林稚子抬头望了一眼，幽幽地说："不知道妈妈回家了没？"

灏也抬头望了一眼夜空，幽幽地说："我也很想念妈妈。"

林稚子惊奇地转头，第一次听他说起精灵族的事。

在南部神秘的肚脐山里，有一个无人知晓的精灵国。精灵国里的精灵和人类一样，生儿育女，繁衍生息。每一年的花期，年满十五岁的小精灵会接受任务，飞出精灵国，去广阔而未知的人类世界，只有任期结束，才可以重返精灵国与亲人团聚。灏已经陪伴守护了她三年之久，也就是说，他已经三年多没有见过父母了。

"任期？嘿嘿！记得你说过伞毁坏了，生命就终结了，这样任期也就结束了吧？想见妈妈吗？我可以帮你。嘿嘿嘿！"说着，林稚子拿起伞朝湖边走去。

灏悔之晚矣，大呼救命，连忙追过去夺下她手中的伞，后怕地抱在怀里："你想干什么？我不是想回家，我只是想告诉你，每个人来到这个世上，都有自己应该承担的责任和使命。或许，做一个兢兢业业救死扶伤的医生，就是她的使命吧！如果这份使命同时又带给了她充实和满足，你为什么不能理解她呢？"

他的眼睛在雪色和烟火的掩映中，如星光一般亮。她怔了怔，略带讽刺地笑了笑，拍了拍他的肩膀，道：“傻瓜，走吧！回家吧！”

除夕夜的大街，空旷寂寞，公交和地铁早已停运，出租车也几乎绝迹，他们在天寒地冻里等了很久，也没等到一辆车。

林稚子还没彻底痊愈的脚又隐隐作痛起来。公园离家有五站路，如果步行回家，她不敢想象。灏忽然大臂一揽，将她搂入怀中，她正要推开，只听他严肃地说：“抓紧我，别乱动。”

恍惚中，林稚子竟然发现自己的双脚已离开了地面，身体忽然变得轻盈无比，转头一看，灏正一只手臂揽着她，一只手臂伸展着——天啊！他们在飞！

小时候，她无数次想象过能像小鸟一样在天空中自由自在地飞翔，没想到此刻竟然真的实现了。他们飞过灯火通明的楼群，越过积雪的树梢，风柔柔软软的，已有了春的气息，空气中带着被烟火灼过的冷冽味道，偶尔有一朵烟花在远处炸开，烟花不寂寞呀！有人欣赏的烟花怎么会寂寞呢？一切都是那么美。

春天已经带着希望与力量悄悄地来了。这一刻，林稚子觉得忽然充满了力量。

那个雪人，在春天的阳光里渐渐融化，黑黑的眼睛随着融化的雪水落入泥土里——两颗荔枝核，一颗被雀儿衔走，另一颗在泥土、雪水和阳光里悄悄发芽，长成一棵好看的小树苗，一株没有人注意的小树苗。

11

除夕夜，唐细辛并没有回来，后来的几天里倒是回来过，但都是早出晚归，来也匆匆，去也匆匆。有一天晚上唐细辛难得清闲在家，母女俩坐在沙发上看电视，林稚子欲言又止，思忖了很久，想和妈妈谈一谈，正要开口，发现她已经合上眼睛睡着了，还打起了小小的鼾声。

然而有了灏的这个寒假，林稚子并不感到孤单和乏味。每天早上，是锅碗瓢盆交响曲作为 morningcall 叫她起床。灏大厨一日三餐变着花样不重复地做给她吃，林稚子一个寒假整整胖了五斤，灏还为她安排了康复瑜伽，她的脚伤也一天天好起来了；她喜欢一个人下五子棋，一人分饰两角，如精神分裂一般，灏便主动来陪她下，无奈技艺不精连连输棋，林稚子觉得无趣，无情地嘲讽道："你一定是精灵世界里最笨的吧？也敢跑出来混人类世界？"灏不气不恼，趁机拍马屁道："这就是田忌赛马，关键是我遇到的对手智商太高了。"林稚子听了嘿嘿直笑，灏也跟着嘿嘿笑。

寒假很短暂，过完元宵节，很快就要开学了，而林厚朴还没有回来，期间给林稚子打过两个电话，都只是不咸不淡没有什么意义的问候，让她心里颇有怨气，故而对他很冷淡。

开学这天，灏一大早就打开窗户将手伸了出去，对着屋内惊喜地尖叫："下雨了！下雨了！"

林稚子已穿戴整齐收拾停当，却神秘地笑了笑，拿了一把红色的雨伞准备出门。

灏拿起那把紫色的雨伞堵在门口道："为什么不带我？"

"我的脚伤已经好了。"

"龙美再欺负你怎么办？我会保护你的。"

林稚子讥讽地笑了起来："你如果再用脑筋急转弯来打败她，我会很丢脸的，你知道吗？我们人类是很爱面子的。"

灏软磨硬泡撒娇卖萌不成，忽然语气一变，威胁道："你不带我，我，我就晚上把你的睡相偷拍下来，发到你们学校的贴吧里，流口水、磨牙、说梦话、踢被子，哼！”

林稚子被气得七窍生烟，不由得对灏刮目相看，他的呆萌和蠢笨都是装的吧？人类尔虞我诈的生存技能，他已经运用得炉火纯青了。她缴伞投降，放下红雨伞，乜了一眼，便气呼呼地往外走，说：“迟早让你知道得罪我是什么下场。”

出了门，林稚子如女王一般在前面走着，和灏约法三章：“把我送到学校门口，你就自己去玩吧！好好感受一下人间繁华，放学再来接我。记住，不要在人前突然现身或隐身，你要知道，我国法律规定，吓死人要偿命的。”

这一招唬住了灏，他认真地点点头，俏皮地笑道：“不会的，不会的，我会做一个安静的美男子。”

到了学校，灏一直送她到教室门口，女生们纷纷扭头看他们，不禁啧啧惊叹，毕竟像灏这样的极品帅哥并不多见，即使本校校草也黯然失色，男生则徒生羡慕嫉妒恨，有人暗暗地怪叫：“哇哦！”毕竟这是冰山女神林稚子第一次和男生保持在十厘米以内的距离。

林稚子把伞推向灏，催促他道：“赶紧走吧！记住我说的话。”

灏这才恋恋不舍地转身走了，刚走出两步，听到林稚子又叫住他，只见她脸上带着促狭的笑容，故作亲昵道：“灏，别走丢了哦！”其实，面对一个威胁要将她的睡相发到网上的人，她的内心想法是：走丢才好呢！

12

开学的第一天，同学们相见甚欢，自习课上，大家三五一堆嬉闹聊天，说着春节趣事、假期见闻。贝妮被几个女生围着，正拿着手机眉飞色舞地讲述自己在寒假期间的欧洲十日游。

贝妮，财阀格格党，性格开朗，高调张扬，父母都是商界名流，且和林厚朴私交不错。但贝妮除了会弹钢琴，无论外表还是功课都在林稚子之下，不知不觉她就将林稚子当成了假想敌，表面以姐妹相称，暗地里的“宫心计”都能自编自导八十集电视剧了。

“这是我在法国圣心大教堂拍的照片，是不是很有文艺范儿啊？”贝妮翻动手机屏幕，等着收获赞美。

“哇！好漂亮！”

格格党的身边，永远有一群追随者，可贝妮还觉得不够，一抬眼便看到一旁默默翻书的林稚子，她诡秘一笑，走近林稚子，道：“稚子，你猜我在巴黎遇到谁了？”

“谁啊？哪个大明星？”林稚子抬眼，懒洋洋地问。

“我们碰到你爸爸了，他也正好在巴黎旅游。诶？你爸怎么没带你和你妈妈啊？你猜他和谁在一起？”贝妮俯下身来，意味不明地笑着。

林稚子心里一紧，想起那次在十字路口遇到爸爸和一个妙龄女子的一幕，不由得慌了，声音也有点儿发颤：“谁啊？”

“一个漂亮的小秘书哦！我还拍了照片，要不要看看？”

贝妮晃了晃手机，林稚子匆匆一瞥，只见一个狐狸脸、长卷发的女子小鸟依人地倚在林厚朴的怀中，姿态暧昧，关系不言自明。仿佛有一枚小型炸弹在她的胸口炸开，让她瞬间感到窒息，她伸手去抓手机，贝妮却一闪身，已回到了自己的座位上，几个八卦的女生围着她，脸上带着被八卦激奋的热情，叽叽喳喳地道：“给我看看，给我看看！”

林稚子正要发飙，只见一个风一般的身影在众人眼前一闪，还不待贝妮反应过来，手机已被龙美抢了去。龙美一边翻动照片，一边皱眉道：“什么啊？全是你搔首弄姿凹造型，对不起，我的审美太狭隘，欣赏不了你的美。”

贝妮气急败坏地夺回手机，手忙脚乱地翻着，那张暧昧的照片已不翼而飞，贝妮气坏了，大叫道：“龙美，你，你删了那张照片？”

龙美故作无辜道：“什么照片？哪张照片？我只是看了看啊！你不要冤枉好人啊！”

贝妮本想在同学们面前狠狠地打击林稚子一次，挫一下她的自尊心，现在却失去了筹码，兴不起风浪，只好作罢。

林稚子骤然收紧的心脏又慢慢舒展开了，她朝龙美的座位望了望，龙美正好转过头，两人四目相视，龙美淡漠地扫了她一眼，又转过身去。

13

放学时，雨渐渐绵密起来，灏没有按时来接她，林稚子有些心慌，虽然很希望灏消失在她的生活里，但那个呆子如果就这样走丢了，她为什么会觉得有一点儿难过呢？她犹豫了一下，抱起书包顶在头上冲向了雨中。春雨无声，沾衣欲湿，头发很快被打湿，学校大门的门廊下已站了许多避雨的同学，林稚子站在了一个靠前的显眼位置，希望灏可以一眼看到她。

龙美撑着一把大伞慢慢地走过来，站在了她的身旁。虽然很不愿意，但林稚子还是觉得应该说一声谢谢。她嗫嚅着，用细如蚊蚋的声音说：“谢谢了。”

龙美心领神会，满不在乎地笑笑，道：“江湖义气，路见不平而已！”

“为什么帮我？”林稚子才不信她是什么江湖义气。

仿佛有一层水汽蒙上龙美的双眼，她的目光投向远处，幽幽地说：

“也许，只是因为我痛恨第三者。”

一阵风裹挟着雨丝钻进脖子里，林稚子心里微微一颤，她隐约记起同学间传言的有关龙美的身世。听说龙美的父母在她咿呀学语时就离了婚，爸爸是个赌鬼，脾气暴躁，妈妈怀孕七个月时还被他抓着头发往墙上撞，后来终于艰难地离了婚，龙美跟了妈妈，因为妈妈是净身出户，抚养费自然是没有的，无奈之下才在市场租了摊位卖菜养家。只是时隔不久，那个男人就迎娶了新人，改头换面如同换了一个人，温柔体贴、赚钱养家，俨然一个绝世好男人。龙美把对父亲的恨转嫁到了那个狐媚的第三者身上，转嫁到了世上所有的第三者身上。她对林稚子刚才岌岌可危的处境，产生了一种莫可名状的同情。

一想到自己被这个劣迹斑斑的问题女生同情，林稚子心里那道自尊筑起的无形壁垒似乎正在一点点坍塌。她目光复杂地看着龙美。

龙美忽然“嘿嘿”地花痴般地笑了，两眼放着精光，一脸痴迷地说：“也许，我只是想泡你哥而已。”

还不待林稚子回应，一个颀长的身影闪入她的眼帘。灏撑着伞大步流星地走过来，语气焦灼地道：“我没迟到吧？囡囡，你没淋到雨吧？”

一腔无名怒火便转移到了灏的身上，林稚子用书包打了他几下，生气地质问：“你干什么去了？怎么现在才来？”

灏一脸委屈地道：“一言难尽，一言难尽啊！”

一旁的龙美挤出一个粉丝般痴迷的笑容，故作可爱地对灏挥了挥手。灏没心没肺，也一脸暖笑地对龙美挥了挥手。

林稚子忙钻入伞下，拉着灏的胳膊走开了，一路埋怨道：“去哪儿玩了？害我淋雨。”

灏如实相告：“我先去了图书馆，本来想多看看书，免得你整天说我智商不够、学渣，可是才看了一会儿，就发现好几个女生总拿着手机对着我拍照，所以，我就离开了。”

“然后又去哪儿了？”

“看到路边有一家奶茶店生意不错，我就进去喝了一杯，可是，我没有钱。”

林稚子扭头同情地看看他，说：“然后呢？被当成吃霸王餐的了？你被打了一顿，扔了出来？”

灏一双星眸无辜地看着她，说：“没有，有一个女生帮我付了钱，然后向我要了电话号码，我就留了你的电话号码。”

林稚子惊奇地睁大眼，啧啧叹道：“你，你这么快就学会泡妞了？还留我的电话号码？找打啊？”说着，她又抓起书包狠狠地砸去。

两人玩闹间，林稚子忽然听到一声刺耳的汽车喇叭声，她抬头一看，爸爸开着车，摇下车窗，远远地喊着：“稚子，上车！”

上一次爸爸接她放学是什么时候？她已经记不清了。好像是小学三年级，那天爸爸下班早，骑着一辆笨重的自行车来接她放学，他还给她带了一个小小的纸杯蛋糕。她坐在自行车的后座上，吃着那个纸杯蛋糕，蛋糕的奶油流到了裙子上，可她觉得很开心。

汽车的喇叭声又响了起来，是不耐烦的催促，林稚子一个激灵，忽然意识到自己现在在爸爸眼中的形象——他的乖乖女正和一个美少年姿态亲密地同撑一把伞，并且行为轻佻暧昧。她连忙肩膀一耸，嫌恶地甩开灏搭在她肩膀上的一只手，迅速地拉开两人之间的距离，低声说：“我爸来了，看见你了，你现在千万不能隐身啊！他可是有心脏病的。你自己回家吧！回家的路知道吧？记住，千万不要在人前隐身，吓死人要偿命的。”

还不等灏回答她，她已离开雨伞，冒雨跑向爸爸的车。

“稚子，那个男生……”在这种情形下，不问一句就不是合格的父母。

林稚子连忙解释：“千万别误会，只是一个普通同学，见我没带伞，顺便学了下雷锋。”

林厚朴当然不信，质疑道：“人家帮你，怎么你还用书包砸人？”

“呃？”她一时大脑短路，不知如何回答，想起贝妮手机里的那张照片，她忽然有了底气，先发制人地道，“你这是在关心我吗？你要是真的关心我、在乎我，就不会大过年把我一个人扔家里，自己去欧洲逍遥游。”

林厚朴理亏，脸色一讪，辩解道：“瞎说，爸爸真的是去谈生意了，哪有功夫和心情游玩。再说，这不是一结束就赶回来了，想好好补偿一下你和妈妈，我们一家人去吃大餐。”

林稚子撇撇嘴，见自己蒙混过关，便暂且放过他，挤出一个皮笑肉不笑的表情。

汽车发动，缓缓行驶在雨中。父女俩都各怀心事沉默不语，林厚朴几次欲言又止，看到女儿一脸漠然地望着窗外，只好作罢。

14

从医院接了唐细辛，林厚朴驱车来到一家法国餐厅。餐厅装潢优雅、环境清幽，有乐手在演奏小提琴曲，且是唐细辛最喜欢的《夜曲》。他们定的位子，放了一大束香水百合。看得出，林厚朴为这次晚餐花了心思。

唐细辛落座，似乎有些感动，吸了吸鼻子，嘴角又略带嘲讽地笑了笑。

林厚朴神情自若地点菜，依然带着一种掌控全局的自信。点好菜，又适时地拿出带给妻女的礼物。给林稚子的，是一台小巧的平板电脑；给妻子的，则是一枚精美的红宝石戒指。也许是女孩儿的天性使然，林稚子看到那枚深邃纯净的红宝石，眼睛不禁一亮，啧啧叹道：“好美啊！快戴上吧！”

唐细辛却只淡淡地扫了一眼，便将盒子盖上，轻轻地推到手旁，说：“我什么时候戴过这些乱七八糟的东西？不过，还是谢谢了。”——这声“谢谢”说得言不由衷，傻瓜都听出来了。

林稚子一抬眼，却发现爸爸正挤眉弄眼地使眼色，她有些不明所以。爸爸见状，忙正正色，尴尬地笑了笑。唐细辛仿佛明白了什么，一个激灵，拿过首饰盒，又重新打开看了看，露出赞许满意的表情，说：“你爸爸的眼光一向是不错的，知道红宝石是我的幸运石，红色衬我的皮肤。”说着，她戴上了那枚戒指，在女儿面前炫耀了一下。

林厚朴忙不迭地附和道：“没错，你皮肤白，戴红宝石好看。细辛，尝尝这个法式焗蜗牛，是你喜欢吃的。”

林稚子心里响起一个鄙夷的声音：演，继续演。她已渐渐明白貌合神离已久的父母为什么在她面前这么卖力而别扭的演戏，但她真的很想告诉他们一声，其实不必。人人都该有自己的责任，男人的、女人的、孩子的，如果说她自己的责任就是好好学习，考一所好大学，那么父母的责任就是为她创造一个好的氛围和环境，而他们这一身漏洞百出的演技、欲说还休的隐情，却恰恰带给她更加沉重的负担。是她，将已经不再相爱的人捆绑在一起，他们的牺牲，令她压抑和蒙羞。

菜依次上桌，林稚子却没什么胃口。而父母仿佛约好了似的，一直不遗余力地秀恩爱、飙演技。爸爸给妈妈夹菜，妈妈给爸爸盛汤，回忆他们初识、恋爱的种种，说起女儿刚出生时的趣事、囧事，当说到囡囡尿湿了爸爸的背，夫妻俩都开心地笑了起来。林稚子相信他们这次的笑是发自内心，可是就在这时，他们的手机依次响了起来。

“丁零零！”林厚朴的手机铃声永远是那种老式的电话铃声。

“苍茫的天涯是我的爱，绵绵的青山脚下花正开……”唐细辛的手机铃声还是林稚子很久之前摆弄她的手机时给她下载的，她永远没有时间关注这些小事。

电话响了很久，两个人面面相觑，谁都没有接。

林厚朴说：“吃饭，吃饭，今天有天大的事也不管了。”

唐细辛有些犹豫，却也附和道：“对，难得一家人一起吃顿饭，不管了。”

大家继续埋头吃饭，过了一会儿，刚刚平息的手机铃声又响了起来，这一次，是林厚朴的。

“接吧！万一有什么急事呢？”林稚子说。

林厚朴如遇大赦，忙拿起手机，起身走了几步，去角落里接听。林稚子轻蔑地笑了，看他的表情，不用听也知道，肯定是那个女人打来的。

接完电话，林厚朴一身轻松地回到座位：“公司的一点儿小事。”

唐细辛也在接电话，正一脸的担忧和焦急，对电话那头连声应答：“放心吧，院长，我马上赶过去。”但是她挂了电话，并没有表现出要马上赶过去的意思，只是释然道，“我今天休假，不用管它。厚朴，你不是说还定了电影票吗？”

他们不急，林稚子却有些急了。外面的雨已经停了，这顿饭也已吃了长达三个小时之久，她开始隐隐有些担心，不知道灏是不是已经安全到家了，毕竟外面下雨路滑、社会复杂，而他只是一个不谙世事的雨伞精灵。

林稚子站起身来道：“其实，我今天还有许多作业要回去做，就不陪你们去看电影了。”说完，她逃也似的离开了餐厅。

林厚朴心生感触地道：“高三学生，开学第一天就有许多作业，这负担也太重了。”

唐细辛若有所思地道：“所以，我们还得继续演下去，不能让她分心。”

15

偌大的房间里一片漆黑，林稚子打开灯，先看了看玄关处的挂钩，并没有那把紫色的雨伞，再看看地面，一丝水渍也无，种种迹象表明，灏还没有回来。她感到一丝慌乱，就像走楼梯忽然踩空，心里“咯噔”了一下。她下意识地朝屋里喊道：“灏，死耗子，出来吧！别隐身了，你的主人回来了，还不出来迎接？”

房子太大，响起微微的回声。林稚子抬头看看，墙上的钟表已指向十一点。她鞋也没换，三步并作两步跑上楼，推开每一道门喊道：“灏，死耗子，你给我滚出来，你再这样，我对你不客气了啊！”

没有人回答她，每一个房间，都没有灏的身影。

她慌了，又急匆匆地下楼，准备出门去找，此刻心里一阵懊恼，心想，灏要是有一部手机就好了。刚刚打开门，手机铃声响了起来。她连忙接起，传来一个甜美的女声：“灏，你好，我是今天在奶茶店请你喝奶茶的那个女孩儿，你睡了吗？明天你有没有空……”

林稚子顿时火冒三丈，毫不客气地问：“你谁啊？一个女孩子，还有没有廉耻，懂不懂自重，半夜三更给男孩子打电话？”

女孩儿一愣，反问道：“你是谁啊？”

她脱口而出："我是他女朋友，怎样？"

"啊？他都有女朋友了。骗子！"女孩儿气愤地挂断了电话。

"你是谁的女朋友啊？"一个温柔的、略带戏谑的声音忽然在林稚子的耳边响起，她一回头，就看到一张灿如暖阳的俊颜，心里的石头顿时落了地，可怒火却不能平息，她又气又恼地抓起他手里的伞就向他挥去："你做什么去了？为什么现在才回来？"

灏一边躲闪，一边嘻嘻笑道："你很担心我吗？"

"谁担心你啊？你丢了才好呢！我担心我的伞，那是外婆留给我的传家宝。"

灏被逼退到墙角，故作可怜地求饶："别打了，我好不容易才逃脱魔爪回来，能不能对我好一点儿？"

林稚子的怒火顿时偃旗息鼓，一口气憋在喉咙里，问道："什么魔爪？你遇到坏人了？发生什么事了？"

"龙美，就是那个龙美，你刚走，她就挡住我，非要拉着我比试，给我出了一百道脑筋急转弯，一百道啊！"

林稚子忽然"扑哧"地笑了："脑筋急转弯，那不是你的强项吗？"

灏一脸委屈地道："我只会王二小和青蛙那两道。"

林稚子笑得更欢了，见他安然无恙，也就放下心来，将伞扔给他，调侃道："她已经对你很仁慈了。少年，要想在我们的世界里混，多学点儿技能吧！"她转身上楼，走了几步又回头，道，"我明天早餐要吃牛肉馅儿饼，喝豆浆，不放糖。"

回到房间，她做的第一件事，就是从抽屉里翻出一个旧手机来。

灏走进来，恭恭敬敬地请示："冰箱里没有牛肉了，吃鸡蛋饼可以吗？"

"也行。"她将旧手机扔给他，"这个拿上，去充充电，研究一下怎么用，明天我给你办一张卡就能用了，以后你的行踪要时刻汇报，要随叫随到，懂吗？”

没想到灏瞥了一眼，又扔回给她，说：“我是需要一个手机，可是我不要这个。”

林稚子一脸的不可置信：“你还敢挑三拣四？”

“我要智能手机。”

林稚子被气到无语，拿起那款老旧的摩托罗拉 A6188，说：“这可是智能手机的鼻祖，可是我爸那样的成功人士用过的，你凑合着用吧！”

灏却一脸正经，认真地说：“我要你那种，就是苹果被咬了一口的那个。”

真是不当家不知柴米贵啊！一部苹果手机多少钱知道吗？卖肾的故事听说过吗？林稚子强忍着气愤，拒绝道：“不行，我没钱。”

“那，普通的智能手机也行。”他退让了一步。

“不行，你就拿那种老人机就行了。”她态度坚决地道。

“那我只好把你的睡相拍下来……”灏笑得很温柔。

话音未落，林稚子咬牙切齿地笑道：“好，我答应你，明天就买给你。”

16

手机买回来了，是一款白色的国产手机，即使如此，灏也爱不释手，一路上一直低头研究。林稚子提醒他小心走路，他冷不丁地抬起头来，对着她按下拍照按键，林稚子龇牙咧嘴的样子被他拍了下来——她的嘴巴张成一个鸭蛋形，眉毛蹙着，正用手指着前面，提醒他“前面有车”，一副嫌恶的表情，又透着一种小母亲般的关心。灏饶有兴趣地欣赏着，林稚子也凑过来看，惊呼太丑，要他赶紧删掉，灏不肯，两人就争抢起来。

他们走的是背街小巷，正打闹时，一个穿运动衫的身影跑了过来，后面还有人在追，待那人跑近了，他们才发现竟是龙美，而追她的正是在菜场偷林稚子钱包的杰哥。此刻，杰哥凶神恶煞，见龙美慢下来，他狞笑着亮出了一把匕首，骂道："妹妹，哥哥今天要好好给你教教乖，治治你爱管闲事的毛病。"

一向在学校横行霸道的龙美，此刻也面露惧色，下意识地往灏的身后躲去，谄媚地对杰哥笑道："杰哥，你误会了，误会了。"

"好啊！你好好给我解释解释。"杰哥越走越近，目露凶光。

灏微微一笑，对杰哥说："帮帮忙，也治治我的毛病，我也正好爱管闲事。"

杰哥定睛一看，他认出了灏，想起当日灏在眼前凭空消失，他的脸色倏忽变了，心里打起鼓，表面却强撑着："一边去，这是我和小美的事，别多管闲事啊！"

灏勾勾嘴角，淡定一笑，像一阵风一般疾步向前，大家还没反应过来时，他已一把抓住杰哥的手腕，用力一扭，杰哥吃痛地龇牙咧嘴，匕首应声落地。杰哥仍不甘示弱，挣扎着反手一击，又被挡了回去。杰哥行走江湖，颇会几招拳脚，怎甘心在一个"小白脸儿"手里吃亏？他暗地一个扫堂腿，不料被灏灵巧躲过。灏反手一拳，几招制敌，杰哥应声倒地，被灏的膝盖死死抵住。刚才还张牙舞爪的男人，像一个被捉住的大虫子，蠕动着挣扎了几下，最后认命似的不再挣扎，只喘着粗气。

龙美惊得嘴巴张成一个"O"形，半天才反应过来，惊叫起来："哇！男友力爆棚啊！好帅啊！"

林稚子虽然吃惊，表面却不动声色，走过去淡淡地说：“别逞强哦！”

“小弟，哦，不不不，大哥！我叫你大哥总行吧！大人不记小人过，您别和我计较。”杰哥服软示弱。

“下次再让我看到，我还会多管闲事的。”灏松开了他，站直身，一脸泰然地掸掸衣服。

杰哥挣扎着站起来：“不敢，不敢，姑奶奶，惹不起，惹不起。”最后他落荒而逃。

这不算英雄救美？龙美觉得是。她一脸花痴地凑上来，亲昵地挽住了灏的胳膊：“这可真是英雄救美啊！太帅了。”

灏淡淡地瞥了她一眼：“你美吗？”

龙美也不恼，道：“我就是美啊，我叫龙美嘛！”

林稚子不知为何有点儿生气，她上前一把拉开龙美附着在灏胳膊上的“魔爪”，对灏斥道：“赶紧走了！”

“别急，别急！这么难忘的时刻，我一定要和男神拍照留念的。”

龙美拿出自己的手机，打开自拍模式，紧靠着灏。两张面孔出现在镜头里，灏忸怩躲闪，龙美嫣然一笑，“咔嚓”一声，一张完美的自拍合影出炉，龙美心满意足地欣赏了几眼，藏宝似的收起了手机，又一把揽住灏：“你们去哪儿玩啊？带上我，反正闲着也是闲着。”

虽然已和龙美冰释前嫌，但要变成亲密的玩伴或朋友，林稚子还是难以做到，她躲瘟神似的拉着灏紧走几步，与龙美拉开了一段距离，解释道：“我们还有点儿事，先走了。”

两人甩开了龙美，灏很不解，问：“其实龙美人不坏，为什么这样躲着她？”

林稚子登时脸色一变：“怎么，你想和她交朋友吗？英雄救美上瘾了吗？叫声男神你就找不着北了吗？还和人家合影，当自己是大明星啊！”

“你好像在生气？你为什么生气？”灏一脸茫然地问。

林稚子矢口否认：“没有。”

两人走到一处街心花园，一簇九重葛开得正好，灏来了兴致，用新手机对着花朵拍了好几张照片，并兴致勃勃地招呼林稚子：“你不来拍照吗？这一株花好漂亮。”

林稚子的无名之火渐渐地消了，也来了兴致，站在花前摆了姿势，任灏给她拍了好几张照。最后，她又拉着灏和自己在花前合影，学着龙美的口气酸酸地调侃道：“这么难忘的时刻，我一定要和男神拍照留念的。”

林稚子淡淡微笑着，灏主动配合，露出大男孩儿的温柔笑容。“咔嚓”一声，手机相册里留下一张漂亮的照片，没加滤镜，也不用P图，显得那么青春无敌，林稚子很满意，却故意挑灏的毛病：“瞧你，龇牙咧嘴的，笑得真丑！”

话音刚落，她忽然发现，照片中那个被她说笑得很丑的灏瞬间消失了，屏幕上只剩下她依然在傻笑。她惊诧地回头看看身边的灏，又看看屏幕：“怎么回事？这是怎么回事？刚才明明拍到你了啊！我们同框啊！”

灏没有看林稚子的手机，眼睛远远地望向天边，说：“不用大惊小怪，我们永远不可能同框留下照片的。我们精灵族有规定，不能在人间留下影像，不能留下任何痕迹。”

“哦！这样啊。”林稚子怅然若失，怔怔地望着屏幕上的那张照片。

回去的路上，林稚子有些郁郁寡欢，一直把玩着手里那把紫色的雨伞。快到家时，天空飘起毛毛细雨，灏打开伞揽着她，两人同撑一把伞，慢慢地走着。她仰头望着已经有些泛旧掉色的伞布，感伤地问："你知道我为什么一直留着这把旧伞吗？"

"因为你知道这里面寄居着一个超帅的雨伞精灵吧！"灏自吹了一把。

"因为，这是外婆留下的。"林稚子喃喃地说。

雨忽然下大了，两人跑到小区里的一个凉亭下躲雨。灏收了伞，两人倚栏坐着，像古人凭栏望，追忆一段往事。雨水落在池塘里，涟漪一圈圈地荡开。

她外婆家是江南制伞世家，保留着最传统的制伞手艺，虽然传统制伞业在现代工艺的冲击下已经式微，但外婆和外公仍用自己的双手辛勤养育了几个子女长大成人。

唐细辛后来考进北方的一所高校，并在学校里与林厚朴相恋，毕业后两人结婚育女。每年，夫妻俩都会携女一起回到苏州老家。在外婆家的那几日时光，是林稚子一年里最美好的记忆。她看着外婆那双粗糙如老树皮的手，灵巧地处理那些已经晾干成型的竹子，制作成伞骨、伞柄，还要在伞面上作画。这些都是外婆亲力亲为，每一道工序都不能马虎，做出的雨伞轻盈美观，收放自如，有别于普通雨伞的笨重粗糙，完全是一件艺术品。

那一年，外婆亲手制作了一把紫色尼龙布雨伞，并在伞面的一角手绘了一朵梅花，象征着她名字里的"梅"字，她把雨伞送给了林稚子，林稚子爱不释手，大晴天也打着在太阳底下转圈，心里有说不出的欢喜。可是舅舅家的表姐也看中了那把伞，当玩具似的和稚子争抢起来，最后得胜，撑着伞回家了。手心手背都是肉，外婆打不得骂不得，只好安慰林稚子，说第二天就给她做一个一模一样的。林稚子乖巧，说行，可第二天他们就要坐火车离开了。那天，外婆竟一夜未眠，一直在作坊里忙碌着，要重新为她做一把伞。因为时间太紧，那把伞终究没能做成。临行前，林稚子看到了那把未成形的雨伞，伞柄和伞面还没有粘贴合缝，伞面的那朵梅花也还未干。外婆歉然地笑笑，说：“囡囡，等伞做好了，阿婆给你送去。”

那句话言犹在耳，而恍惚间，已过去了数年。那把伞，外婆没能亲手送来，就生了急病去世了。她和父母奔赴葬礼，在外婆的遗物里，发现了那把紫色的雨伞。后来，那把伞被她带回，一直使用至今。

“听妈妈说，外婆年轻时很爱拍照片，是个大美人；后来，家里发生了一场大火，家里的大小物件，包括外婆的那些照片也都被烧没了。而我，竟然连外婆的一张照片也没有。”

“她会知道，你一直记得她。”

“不，我已经渐渐不记得她的长相了。有时，外婆的相貌浮现在我的脑海里，像一轮月亮，毛茸茸的边角轮廓，很模糊，有时钻到云层里，根本看不清。我，已经忘记她的样子了，有一天，我也会忘记她。”

“可是，被爱的感觉是不会忘记的。”灏试图安慰她。

雨停了，风静树止，林稚子转过脸凝望着他，口吻如这阴天一般冷静，轻轻地说：“灏，有一天，你也会离开，有一天，我也会忘记你。”

他会在什么时候离开呢？他也想过这个问题。伞灵族群有自己的法则，如果伞灵专属的伞毁坏，那么伞灵的任期也将结束，他将回到自己族群中去接受新的任务，失去和上一个主人有关的所有记忆。他，也会不记得她。比起失去，遗忘才是更令人悲伤的事。

灏抓紧了雨伞，说：“走吧！我们回去吧！”

17

餐桌上摆着冒着热气的牛肉饼、热牛奶，林稚子洗漱完毕，享用着美味的早餐，望着窗外阴霾的天气，说：“今天是个好天气哦！你等会儿送完我，可以顺便去市场买点儿菜。”

灏正在清理厨台，淡淡地看看窗外，说：“好天气？今天阴转中雨，好天气？”

林稚子怔了一下，想说什么却没有说，她把剩下的最后一口饼咬进嘴里。什么是好天气？还不是因为你，所以下雨就是好天气。

吃完早餐，换了鞋，灏已经将她的书包整理好了，林稚子伸手去拿，发现他正将一包姨妈巾装进书包里，她顿时红了脸，扯过书包嘟囔道：“装那个干吗？”

“据我了解和推算，你的姨妈快来了，有备无患。记得有一次你弄到了裤子上，自己不知道，还招摇过市，结果被同学嘲笑了。”

他淡淡地说着，没发现她的眼中慢慢凝起一簇怒意，她用书包狠狠地打了他一下，恶狠狠地道：“原来那次你也知道，为什么不现身提醒我，还看着我出丑？！”

灏躲闪了一下，揉了揉被打中的胳膊，说：“其实，那只是小事一桩，人生窘困、丢脸、失望、难过的事多着呢！”

“什么意思？”

说话间，灏已拿起那把紫色的雨伞，径自打开了门。林稚子紧追了两步：“等我啊！”

灏转过头笑了笑，道：“不同路哦！今天我不能送你了。”

“什么意思？你干吗去？”她追问着，那人却已走出了好远，根本没有要停下等她的意思。林稚子愤然，怒骂了几句，只好回屋又拿了一把伞。

灏站在医院门口，望着门口“安平妇幼医院”那几个大字，深吸了一口气，信步走了进去。

这是本市最大、设施最好、医资最为雄厚的一家妇幼医院，环境优雅，有初孕的妇女挺着肚子从诊室里走出，有一家几口眉眼含笑地围抱着婴儿，有失望的老妇怨怒冲冲地甩手离去，也有稚气未脱的少女坐在休息椅上，焦急地等待着……哭声、泪水、欢声、笑声，充斥着众生的形形色色，一道门进进出出。灏犹豫了一下，穿过一道楼梯，绕道来到门诊大楼的后面。

门诊大楼的后面是一片幽静的绿化带，有一丛茂盛的灌木，正好可以藏身。从一扇半开的窗户望去，正是某一知名产科医师的诊室。此刻，那位医生正在坐诊，对面坐着一对男女，女人正值妙龄，身形窈窕，看不出已经怀孕了；男人四十多岁，已不年轻了，一脸宠溺地看看女子，又态度谦卑地听着医生的医嘱，和平日里在妻子面前的刻薄模样判若两人——没错，他是林厚朴——林稚子的父亲、唐细辛的丈夫。

灏打开手机的拍照功能，正打算拍下这一幕，忽然，身后伸出一只手，在他的手机上一点，镜头前置，手机屏幕里出现了他和龙美的脸。他一惊，转头一看，龙美正龇牙咧嘴地笑着：“男神，拍张合影呗！上次不知道怎么回事，没拍好。”

灏正色道：“别闹！办正事呢！”

“正事？”龙美循着他的目光望去，只见诊室里那对男女正起身，男人小心翼翼地扶着女子，关怀备至。龙美惊呼道："林稚子她爸？这对狗男女！"

灏正要用手机抓拍，这时，医院的保安不知何时溜达到他们身边，喊道："喂！你们两个，说你呢！在那儿干什么呢？"

灏一惊，手一哆嗦，手机掉到了地上，气得龙美暗骂："真没用。"她没搭理保安，拿出自己的手机准备抓拍，却发现诊室里的那对"狗男女"早已不见了踪影。

龙美把气都撒到了保安身上，转头埋怨道："都怪你，猎物跑掉了吧！"

那保安被训得一愣一愣的，拎着警棍，朝窗内瞥了瞥，并没有发现什么异常，又回过头来训他们："说你们呢，在这儿鬼鬼祟祟干啥？"

"干啥？"龙美露出一副失忆的样子，看了看灏，问道，"是啊？我们在这儿干啥？"

"我，我……"灏结巴了，身为一个精灵，他还没有学会说谎。

龙美"嘻嘻"笑了起来，自来熟地拍了拍保安的肩膀："哥啊，你不认识我了？我是来给后厨送菜的啊！刚才还是你帮我开的那道铁门呢！"

不远处的甬道上，果然停着一辆助力三轮车，三轮车上还残留着一些菜叶。小保安却不依不饶，指着灏："他呢？他干啥的？我刚才没看见他啊！"

"他当然是和我一起来的，他，他刚才去上厕所了呀！"龙美眨眨眼，拉着灏走过去，将他推上了驾驶座，自己侧身坐在了车厢里。

这真是赶鸭子上架，灏骑着车，踩了几下，车头歪歪扭扭地动了起来。他一紧张，手紧紧地握住了车把，却不小心按到一个按钮，车子忽然加大马力狂奔起来，他顿时手足无措，惊呼：“怎么办？我不会开啊！”

“左，朝左，左拐。”龙美也慌了，坐在后面瞎指挥。

三轮车在医院并不宽敞的甬道上东奔西突，行人纷纷躲闪，两边的灌木没长脚，就遭殃了，被撞得歪七扭八，纷纷倒地。三轮车撞上一道墙，终于停了下来。两人跌坐在一棵花树下湿润的泥土上，一棵垂丝海棠折了腰，花瓣落了一地，两人面面相觑。

小保安带着几个人赶了过来，手持警棍将他们团团围住，然后他们被带到了保卫科。

一棵金球桂树、两棵垂丝海棠，还有几棵冬青。保安队长说：“看你们都是学生，算便宜点儿，赔两千吧！”

“敲诈啊！那么几棵小树，要两千？”龙美跳起来道。

保安队长倒是和颜悦色，竟是个被保安事业耽误了的文化人，慢条斯理地说：“你们不懂行情。安平医院可是绿化示范单位，这几棵树都是好品种，那棵金球桂树，每年秋天要香好久呢！还有那棵垂丝海棠，可是挂着名牌、写着产地的，《红楼梦》中贾宝玉院子里的西府海棠就是这种，你说值不值？”

保安队长的一席话说得龙美哑口无言，她想了想，说：“我没钱。”

“妹子，你不能让我难做啊！我这也是秉公办事，这每棵树都是有标价的。你，想想办法吧！”保安队长说。

灏迟疑了一下，正要开口，被龙美一个眼神杀了回去。龙美肩膀一耸，鼻子一抽，一手掩面，就开始哭起来：“保安叔叔，你就行行好！放了我吧！我和老妈相依为命，老妈就做点儿卖菜的小生意，根本不挣钱，这几天她生病了，才让我来送菜，谁知道我今天闯了这么大的祸，我妈肯定要骂死我了！呜呜呜！上个月她光买药就花了几千，根本没有钱啊！呜呜！怎么办啊？”

龙美演技炸裂，眼角竟然真的淌下几滴泪水来，灏信以为真，拽了拽龙美的胳膊：“要不，要不……”

“要不你个头啊！你有钱吗？你爸妈养育你们兄妹二人容易吗？儿行千里母担忧，你出门在外还给你妈添堵，合适吗？”

灏愣了一下，小声说：“你怎么知道？”

“知道什么啊？我就知道你妈妈也不容易，没有钱啊！呜呜呜！”龙美拿眼梢偷偷一瞟，又哭了起来。

“行了，别闹了。”保安队长终于失去了耐心，厉声呵斥了一句，做了一个决定，“这样吧！你们赔一千五，另外那五百，我垫了，行了吧！”

话都说到了这份儿上，龙美的演技也不好再发挥了，士气顿时偃旗息鼓，她和灏面面相觑，几秒钟后，灏迟疑地说：“要不，我找……嗯！只能这样了，就这样吧！唉！”

一分钱难倒英雄汉，龙美垂下了头。

尽管很不情愿，灏还是拨通了林稚子的电话。林稚子果然很生气，在电话里骂他，但还是答应马上过来。

此时正好是午饭时间，手下的人帮保安队长打来了饭，香味扑鼻，龙美仍试图套近乎：“叔叔，您看这菜还是我早上送来的，您就大发慈悲，放了我们吧！”

保安队长笑笑，不置可否，继续低头吃饭。

林稚子在医院里七拐八拐，才踅摸到保安处，一看灏竟然和龙美混在一起，顿时气不打一处来，怒骂道：“车撞树上了，你撞猪上了吧？你跑到这种医院来做什么？”

金主在此，龙美被指桑骂槐也只好忍气吞声，假装没听到。灏小声恳求："回去再说吧！"

林稚子交了罚款，领着两个"肇事者"朝外走，一路像个事儿妈一样絮絮叨叨地数落着："我的钱也不是大风刮来的，我就是个学生，钱都是父母的，父母挣钱容易吗？"

龙美想起林父在诊室对情人关怀备至的嘴脸，冷笑一下，阴阳怪气地说："容易啊！有的人挣钱就是容易啊！给小三儿花钱一点儿也不心疼呢！"

林稚子抽抽嘴角，像是心上有一根刺，被人抽动了一下。她像是被人捏了短处，提了一口气想骂人，却找不到合适的词。

"吃东西能堵住你的嘴吗？"灏冷不丁地从口袋里掏出一块巧克力递给龙美，龙美马上眉开眼笑，剥开巧克力塞进嘴里，做了一个心领神会的"OK"手势，露出甜蜜陶醉的表情。

一看龙美还有巧克力吃，林稚子更是不忿，正要发难，灏又拿出一块巧克力："这个是白巧克力，你最爱的。"

自己还有多少生活细节被他窥探了呢？林稚子有点儿恼火，但那点儿恼火，很快被白巧克力的甜蜜压了下去。她用眼皮翻翻他，朝前走去。

龙美去取她那辆被扣押的三轮车。车头有点儿变形的小三轮，停在甬道旁的停车场的角落里，像一个受了委屈的人。

林稚子并不愿意等她，催促灏道："赶紧走了，我下午还要回去上课，不像有些人，整天逃学旷课。"

说话间，一对男女走向三轮旁的黑色轿车，两人谈笑风生。

"老公，你说咱们的孩子叫什么名字好？"女人问。

"这个我早都想好了，男孩儿就叫骓，女孩儿叫雅，随我们稚子的名儿。"

女人不满地撇嘴："干吗要随老大，老大的名字就不是认认真真取的……"

听到"稚子"，听到那个熟悉的声音，林稚子的心里"咯噔"了一下，她迟疑了一下，下意识想要逃，转了身又忍不住回头，声音发涩地叫了声："爸！"

正打开车门的男人迟疑了一下，转身看到女儿后，不禁脸色一窘，眼里兴奋的光也熄了，语无伦次道："稚子，你怎么……什么？你跑到这里做什么？！"

"还是先问问你自己吧，你呢？你来这儿做什么？喜当爹？"林稚子的眼里燃着两簇火焰，死死地盯住眼前这个男人，像要吞了他。

那女人听到这话，顿时跳脚，横眉一挑："老公，你听听，这孩子怎么说话呢？没教养。"

"闭嘴！小孩子，别瞎说。"林厚朴的尊严被挑战，面子被践踏，为了维持一个父亲的尊严，他声色俱厉地斥道，"回家去！有什么事回家说！"

灏一闪身挡在林稚子的面前，对林厚朴提高分贝，厉声道："不许对她发火，你没资格。"

这个容貌清俊的美少年和女儿站在一起，让林厚朴本能地产生了一种怀疑和误会，为父的责任和拳拳爱女之心让他顿时警觉起来："他是谁？你们来医院做什么？林稚子，你……你马上回家去，在家等我，马上回去！"

林厚朴气急败坏钻进了车里，重重地关上车门，载着女人匆匆离去。

龙美摆弄好车头，骑上了三轮车："上车吧！姐们儿带你们去兜兜风。"

天空落起零星小雨，林稚子怔怔地站在原地，灏撑开了伞，说："我都说了，人生窘困、丢脸、失望、难过的事多着呢！"

林稚子咬咬唇，眼看泪水要落下来，她一把推开灏，朝前跑去。

18

那天，林稚子没有回家。

龙美骑着她那辆脏旧的三轮车，说要带他们去一个好地方。三轮车出了城市，拐上安静的乡间公路，一路上绿树成荫，空气湿润，龙美大声唱起了一首《卖菜歌》："曾梦想开奔驰宝马，看一看世界的繁华，这情景注定只能在梦里出现，这辈子没法儿实现……"

林稚子笑得差点儿从车上滚下来。

三轮车行至一段坑洼处，"吭哧吭哧"颠簸了几下，不动了。龙美试了试，告诉他们，三轮车没电了。

不远处，有一爿小店，正好是家修车铺，没什么生意，几个大叔正围着一个矮桌打麻将。龙美说要充电，一个老伯指了指墙角一根插线板，又转头打麻将去了。

插好了电，三个人坐在小凳子上等。百无聊赖之际，龙美开口："要不，咱们玩脑筋急转弯吧！"

灏闻言色变，忙起身走开了。林稚子撇嘴道："无聊！"

那边有人输了牌，有人骂骂咧咧，最后拌了几句嘴，牌局散了，就剩下一位老伯。牌桌上麻将乱作一团，老伯叹着气，独自再把"城墙"垒起来。

龙美眼睛一亮，试探道："大爷，我们陪你打一圈好不好？"

"会吗？"老伯打量着几个稚气未脱的孩子。

龙美拍胸脯道："放心吧！我妈每次上厕所都是我替她，从来没输过。"

牌桌再次支起来，林稚子和灏不情不愿地被吆喝到牌桌上，龙美打包票道："放心吧！不会的，我教你们。"

一圈下来，龙美发现灏才是那个高手，但是这个高手自己并不想和牌，而是一直给林稚子做老师。

"哎呀！你要记牌啊！你不是数理化学霸吗？玩的就是相邻数嘛！对！就是这样。六条有两个在龙美手里，一个被大爷打下去了，你就别想了。你还想要七饼？我给你啊！你想要的我都给你，只要我有，都给你。"

大爷叹着气笑。龙美看不下去了，摔了牌，说："不玩了，不玩了，这样怎么玩？这也能秀恩爱？什么哥哥？表哥、堂哥？你爸爸根本不认识他啊！"

"要你管！"林稚子撇撇嘴道。

大爷打圆场，要再玩一圈，于是重新洗牌。

灏温柔地说："这次你一定能和牌。"

林稚子笨手笨脚地把牌码到自己面前，重新认识这些陌生的麻将牌。她还是不知道怎么记牌、算牌，她去摸的牌，都是正面朝下，她不拿回来翻过来看一下，就猜不出那张牌代表的是什么数字。她也猜不出别人下一张要打什么牌，她只知道自己想要什么牌，但要摸到想要的那张牌，只能凭运气。

这是林稚子第一次打麻将，她感到一种奇妙的乐趣。谁会想到，早晨还在学校认真听讲的好孩子，现在会坐在一家乡村修车铺的门口打麻将。同时，她又从打麻将中悟出一些浅显的人生道理，生活如同一桌麻将，对于她这个生手来说，无论什么结局，她只能接受。

就在这时，灏放出一个七万，林稚子接受了她和牌的事实。龙美气得要奓毛。

三轮车的电瓶充满了电，可以重新上路了。再次上路后，林稚子已开心了起来，她也学着龙美唱起那首《卖菜歌》："经历了城管追杀工商的收费，这笑容依然纯真。"三个人哈哈大笑起来。

不知不觉，三轮车已开出离城四十里。在这座城市南郊的大山里，有一处温泉山庄，龙美曾给这里送过菜。她将三轮车停在一道围墙旁，熟门熟路地带他们来到山庄后面的一处泉水。泉眼无声，潭水清澈，蒸腾着白色的水汽，被林遮树掩。

龙美脱掉外衣，只留下胸衣和底裤，年轻的身体，紧致而修长，只是后背和手臂上隐隐有一些暗红如蚯蚓般的瘢痕。她回头笑笑，像一尾鱼一般，纵身跳进泉水里。水中激起水花，她很快不见了踪影。

林稚子站在水边犹豫着，用手摸了摸水，温泉水滑，她心动了，正打算脱衣服，看到灏在一旁，又害羞起来。灏明白了，转过身，说："你自便吧！我去前面看看。"

当龙美从泉水中潜出，伸手拉她时，她没有拒绝。

水温舒适，林稚子伸展手臂，划水的手臂不小心触到了龙美手臂上凸起的疤痕，奇妙的触感让她触电似的缩回手，龙美却不以为然地笑了："我妈打的。"

林稚子听了，心里颤抖了一下，相依为命的母女，不是更应该彼此爱护和珍惜吗？

"我考试不及格的时候，我丢了两块钱的时候，她都会打我。我和同学打架，把对方的头打破了，他爸妈找到家里，她不分青红皂白，抄起一个细竹竿就抽我。她从来不会问为什么。"

这就是破罐子破摔的理由吗？林稚子很想问龙美。

“一个单亲妈妈，想让女儿有出息，给自己争口气，其实有什么错呢？没错。一个没有爸爸的孩子，想要多一点儿理解，多一点儿关心，也可以理解吧？可我们就是没办法做到。”龙美转过身游开了几米，说，“我是说啊，有的人和父母的缘分很浅的，看开点儿啦！”

氤氲的水汽柔化了少女的轮廓，使得龙美看上去有几分甜美，林稚子有些动容，说：“其实，你也没那么坏啊，干吗整天装出一副女魔头的样子。”

“对啊！你看，我在路上走从来都是循规蹈矩，不敢闯红灯翻栏杆，多么守规矩的孩子。”龙美自夸道。

林稚子就顺嘴赞道：“对，好孩子！”

这时，龙美诡异地坏笑了一下，向林稚子游近，从后面揽住她，说：“其实，我也没那么好啊！”

说着，她猛地一按，将林稚子拉下了水。

潜入水底，会有瞬间的失聪，适应以后，就会觉得眼前的世界清明起来。两人如同鱼在水底潜游，自由自在，隔了一会儿，才探出水面，龙美放肆地笑着：“想哭吗？来吧！”她拉着林稚子再次潜入水中。

林稚子想哭，却发现自己哭不出来，眼泪被泉水淹没，哭声变成了鼻涕泡泡，没有人能看到，也没有人能听到。她在水底潜伏了许久，她知道，自己哭过了。

浮出水面后，龙美的脸红扑扑的，不知是因为热还是羞于出口，她犹豫了一下，说：“我也想离开这里，离开那个家。林稚子，你帮我补补课吧！我还，还来得及吗？”

很难想象，一个横行霸道的校园女魔头，会说出这番话来。林稚子有点儿感动，天真地应承下来：“来得及啊！想学习，什么时候开始都不晚。哪有什么天生的学霸，哪有永远的学渣，你要相信自己。”

这是一个学霸的自我修养和心声，她真心觉得，想考个好成绩，是一件很简单的事。两人愉快地击了掌。

这时，灏四处溜达回来了。

“天色不早，该回家了。”他把一个小盒子放在池边。

那是一包两条装的纯棉碎花的少女内裤。林稚子和龙美的贴身内衣都湿透了。

龙美游到岸边，眼睛一亮，拿起小盒子，面露羞色：“古有董永窃衣，一段情传为佳话；今日有小哥哥池边送小内内，哇！人家好害羞啊！”

灏转过身，淡淡地说：“你想多了。我给稚子买的，你如果也需要，有多余的就顺便用用吧！”

有什么东西轻轻地击中了林稚子的心，那些属于少女的小隐私、小尴尬被他一览无余，她的心被轻轻地打扰了。

林稚子和龙美上了岸，换上了干爽的新内裤，穿好衣服后，又坐着三轮车回去了。

回去的路上，龙美用一副过来人的口气为林稚子出谋划策。

“男人变心，那是九头牛也拉不回来的。如果他要离婚，就让他净身出户，可别学我妈那么傻，临了一套房子还让那个男人骗走了。”龙美提起自己的亲生父亲，一直以“那个男人”称呼，她对他几乎已经毫无印象，但仇恨的种子从小被一个怨恨的母亲深种，所以提起父亲，她总是咬牙切齿。

“不稀罕，我和我妈能生活好。”林稚子正在气头上，有骨气得很。

“傻瓜！”龙美爆了粗口，说，“你马上要上大学了，做什么不需要钱啊！这世道，有钱才是王道，可别便宜了那对狗男女。”

当意识到龙美说的“狗男女”指的就是自己的爸爸，林稚子后知后觉有点儿不爽，她瞪了一眼，龙美无所谓地撇撇嘴。

一直沉默不语的灏忽然说：“我觉得龙美说得有道理。”

龙美得意地挑挑眉。林稚子爹毛了，从三轮车上跳下来，站在路边怒骂：“你脑子是不是坏掉了？她说得有道理，有什么道理？哈巴狗！你给她做小弟吧！”

龙美停了车，嘻嘻笑道：“我可不可以理解为你在吃醋啊？嘻嘻嘻！”

灏很委屈地道：“好好的，你怎么骂人呢？”

“你还没告诉我，早上和她一起在医院做什么？”

“我……”灏有口难辩，只好支支吾吾。

请原谅一个失意人的喜怒无常，林稚子沿着乡间公路暴走起来。龙美追上来，好声好气地相劝：“是我骗他去的，好了吧！我在追求小哥哥，你看不出来吗？哈哈哈！山谷里寂寞的角落里，野百合也有春天。”

说着说着，龙美又唱了起来，林稚子被气笑了，渐渐没了脾气。

19

林稚子和灏回到家时已是晚上十点。窗口亮着灯，家里有人。灏悄悄隐身，林稚子一个人进了门。

客厅里，唐细辛和林厚朴正襟危坐。林稚子一边换鞋，一边故作轻松地和妈妈打招呼：“咦！今天休假吗？”她的目光掠过父亲，没有正眼瞧他，她用无视来表达无声的愤怒。

林厚朴更加愤怒。他在妇幼医院看到女儿和一个男生暧昧地在一起，就产生了一种联想，这联想让他深深地意识到自己的失职。送完情人后，回到这个家，他在这里等了一天，打了无数个电话，等不及了，便又打电话叫回了妻子，两个人互相埋怨着，一起等着。

林厚朴抛出了一连串的问题："你去哪儿了？为什么不接电话？一直和那个男孩儿在一起吗？你们去那种医院干什么？"

"哪种医院？那种医院怎么了？"林稚子反唇相讥，她以为林厚朴对自己的"罪行"会藏着掖着，在妻子面前会有所顾忌。

"小人"坦荡荡，大约是没有多少愧疚之心了。林厚朴一脸坦荡，说："我的事会和你妈妈解释说明，我和你妈妈之间的事也会解决，但无论如何，你是我们的女儿，我们对你都有不可推卸的责任。"

"谢谢了！你们教养得很好，我身心健康，品学兼优，热爱奖状，从小就特有理想。"林稚子阴阳怪气地说。

唐细辛叹了口气，和声问："囡囡，告诉妈妈，你去哪儿了？我打电话问过老师了，她说你下午没有去学校。"

一张赔偿花木的收据摆到茶几上，轻易地就打消了他们的疑虑。夫妻俩面面相觑。

林稚子在他们面前的沙发上坐下来，是审问的姿态。

夫妻俩你一言我一语：

"无论怎么样，我们都是爱你的、关心你的。"爸爸说。

"如果离婚，你是想和妈妈一起生活吧？"妈妈小心翼翼地问。

林稚子恨妈妈懦弱无能，但她什么也没有说。

"稚子，爸爸不会让你的生活质量受到任何影响，房子、车子、存款、股票都给你和妈妈。我知道我是有过错的，如果有什么方法可以弥补，我都愿意去做。"

客厅里，空气似乎都变得稀薄了，让人窒息。林稚子听到这些话，泪水还是忍不住滚了下来，她站起来，横眉怒目地道："用不着，别以为这样就能买个心安，收起你虚伪的嘴脸。"

“林稚子！”唐细辛声音发颤，呵斥女儿，“不要对爸爸这样说话。其实，不能怪你爸爸。我对他早已没有感情了，离婚，也是我提出的。只是，你快高考了，我们怕影响到你，所以迟迟没有去办。囡囡，婚姻的事，一句话说不清楚，你长大就知道了。”

唐细辛这番隐忍的话并没有得到丈夫的感激，也没有得到女儿的理解，林稚子残忍地嗤笑了一下，说：“用不着，知道他们叫我什么吗？学霸！学霸就是天塌下来也能考第一。你们那点儿事，影响不了我。要离赶紧离，别耽误你们追求自由和真爱。”

话说得很硬气，她的泪却如雨水，一直流个不停。她终于松了一口气，这两个人不用再在她面前演戏了，同时她又感到一种深深的背叛，他们双双背叛了她。在两个背叛者面前，她不愿意失态，转过身，从齿缝里咬出三个字：“赶紧离。”然后回到自己的房间，重重地关上了门。

当林稚子躺在自己的床上，平静下来后，并没有感到太多的悲伤，只感到疲倦，想蒙头大睡一觉。一缕鼻息拂过她的脸，一睁眼，看到灏站在她面前。他像忠实的仆人，汇报起自己的工作：“给花儿都浇了水，乌龟也喂过了，明天要用的课本都装好了，帮你放了洗澡水，要不要洗洗？外面那种野温泉，还是不太干净的。”

野温泉？听到这样的名词，她觉得有点儿好笑，又觉得暖心，便笑了。

浴室就在她卧房内，水流哗哗，掩盖了屋外夫妻二人的私语。她正打算起身去洗澡，屋外的谈话声停止了，有人敲了敲门，她应了一声，妈妈进来了。灏迅速隐身消失。

明明不是自己做错事，唐细辛却自觉在女儿面前矮了三分似的，柔声说：“囡囡，你在外面吃过饭了没？要不要吃东西？”

“不要，我已经吃过了。”林稚子生硬地回答。

“离婚不是什么大不了的事，现在离婚的人很多。我们也会和以前一样爱你，这个不会变的。你不要难过。”唐细辛说着这些陈词滥调，林稚子听得生厌，反唇相讥：“我才没有难过，我为什么要难过，又不是我被人抢了老公。”这话一出，她马上后悔了。

“林稚子，你……”唐细辛要斥责她，却说不出话来。

房间里没有开顶灯，床头的一排小射灯光线昏黄，更映出唐细辛一脸的倦色和暗黄。林稚子心里一紧，她内疚了，为刚才的粗暴无礼、没心没肺。她爱她啊！爱这个给了她生命的女人，爱这个糙得像一根葡萄藤的女人。她穷途末路，她明明还爱着那个男人，却还要帮他掩饰。

林稚子心疼了。人生里有很多这样的欲语还休、口是心非，这一刻，林稚子不想再伪装了，她抽抽鼻子，垂眸道：“妈妈，我刚才……我不是故意的，如果你们离婚了，我当然是和你一起生活啊！你知道的，对吧？”

她似乎变回了童年时的那个小女孩儿，想拉拉妈妈的衣襟，想被她抱一抱，但她最终什么也没有做。

唐细辛眼里泪光一闪，哽咽了：“我知道。”

浴缸的水满了。隐在浴室里的灏关上了水龙头，哗哗啦啦的水流声停止了。唐细辛回头看了看，放心了——女儿依然这样整洁自律，并没有被他们的婚姻变故影响丝毫。

“那你洗完澡早点儿睡吧！”唐细辛叮嘱了一句，走出了房间。

过了一会儿，林厚朴在外面敲了敲门，隔着门说：“稚子，爸爸要回公司处理一些事。有事给我打电话啊！”

她赌气没有吭声。

过了一会儿，门一开、一关，她知道，他走了。

无尽之夏
ENDLESS SUMMER

林稚子进了浴室，褪了衣物，缓缓滑入浴缸中，水里散发出一股薰衣草与绣球花混杂的幽香，她沉入水中，微微闭上眼睛。

“今天的香味闻起来特别舒服，以前怎么不觉得。”她看似自言自语，其实是在对浴帘外的人说话，她知道他在。

“你平时闻太多了，闻多了就会头晕，鼻子就对香味免疫了。”他果然就在浴室。她已经不会对他突然出现在哪里而一惊一乍了，只是心平气和地躺在浴缸里，为鼻子和身体做放松。

“你说，他们是从什么时候开始不再相爱的？”她问。

“唉！这个问题，你问一个毫无恋爱经验的精灵，不太合适啊！”他叹了口气，有点儿忧伤。

她本就是随口问问，没指望得到什么答案，于是便随口说道：“哦！没有恋爱过，真可惜。我初中时还暗恋过学校篮球队的前锋呢。”

“就是那个五大三粗、黑得像炭一样的家伙吗？”灏忽然提高声音，“林稚子，你真是品位堪忧。”

“噢？你都知道啊？你这个窥私狂人，干吗这样说人家，谁黑得像炭，你白啊！”

帘子外的那人笃定地答了一句：“我白啊！”

这话让林稚子没法儿反驳，她轻轻地嗤笑了一下，撩了撩水，却听到灏又说：“我想了想，其实我有恋爱经验，我喜欢一个女孩儿喜欢很久了。”

她不疑有他，“嘻嘻”地笑着问：“你们精灵族的女孩儿吗？”

“我只知道，爱，可能是突然发生的，但是，不爱，肯定是聚沙成塔，一点点由失望累积的吧！”他回答了她的问题，又补充道，“他们早已经不再爱对方了，并不是谁先背叛了感情，所以不需指责和怨恨谁。”

旁观者清。在这个家里，灏比任何人都看得清楚。

经过一天的折腾，从武火攻心的怒气，到文火煎熬的怨怼，那些情绪已被温泉洗涤，被家里浴缸中的热水褪去，她释怀了，她原谅了他们。

林稚子沐浴、更衣完毕，躺回床上。灏端来温的牛奶，她饮下牛奶，一夜好眠。

20

期中考试成绩出来了。老师们总能迅速地将一个年级的几百名学生根据成绩排名。这一次，林稚子“退步”了，屈居年级第二。她瞟了一眼，没有在意，打算回教室，一抬眼看到龙美正站在身旁。

龙美望着榜单上自己的名次，依然玩世不恭地“嘻嘻”笑了两声，然后想起那天恳求林稚子给自己补课的话，自觉那是因为泡温泉泡得昏了头，说了胡话，有点儿不好意思起来。

林稚子也想起那天的约定，主动说：“其实，你的成绩也没那么惨，恶补一下还有救。”

“真的吗？真的吗？”龙美众目睽睽之下，不顾大姐大的威严，屁颠儿屁颠儿地跟上。

比龙美成绩更差的是贝妮。有些人可能天生不是学习的料，从小父母就给贝妮报了各种补习班，可最后贝妮总能考出一个“感人”的成绩来。

贝妮和龙美一样，偶尔会觉得有点儿不好意思，但那点儿自尊心像雪片一样薄脆，转个身就不见了。有句话说，“条条大路通罗马”，而她根本不用担心——她就生在罗马啊！

课间的时候，贝妮来找林稚子说话，她看不出林稚子的心情好坏，只是很平常地通知她：“明天我过生日，在金地，你来哦！”

林稚子怔了一下。自从那次照片事件后，两人不知不觉就疏远了。贝妮的身边依旧围绕着各种塑料花姐妹，不曾缺少友谊，不管这友谊是真心还是假意。而林稚子也对贝妮很失望，决计不再理她。

贝妮似是看到了林稚子心里的小情绪，忽然声音低了一些，补充了一句：“我要去法国读书了，等办好了就走。”

这话从贝妮那样没心没肺的人口中说出，竟有了几分感伤，令林稚子无法拒绝，她说：“你的生日，我当然要去啊！”

第二天，林稚子和灏一同去了贝妮的生日派对兼欢送宴。

灏本来是不肯去的，因为那天天气很热，他怕自己“牺牲”在路上，但是林稚子为贝妮准备了一份特别的礼物，自己单枪匹马拿不了。

“金地”是一家五星酒楼的名字，在本市首屈一指。贝妮订了一间叫“乌镇”的包间。包间不小，席开两桌，林稚子进去时才发现，班里几乎一半的人都来了。

蛋糕、鲜花、美酒都不缺，包装精美的礼物堆在一起，林稚子带给贝妮的礼物，看上去毫不起眼儿，却格外与众不同。她让灏把箱子放在桌子上——那是一箱“老干妈”，有牛肉酱、油辣子、香辣酱。她听去国外留学的同学说，在国外，最想念的人，不是父母，不是朋友，是“老干妈”。

面对这份特别的礼物，贝妮给了林稚子一个大大的拥抱，真诚地说：“谢谢你！”

这是贝妮的十八岁生日。在童话故事里，美人鱼长到十五岁就可以游出水面，看一看外面的世界了。在现实的人类世界里，十八岁也可以做许多以前不能做的事情了，比如喝酒。生日宴上，大家祝福贝妮生日快乐，看得出她也真的快乐，故作老成地和同学碰杯，然后一饮而尽，样子很豪爽。喝了酒后，她的脸就有点儿红了，脚步也有些飘了，她开始像花蝴蝶一样在席间到处穿梭，和同学一起嘟嘴自拍。他们喝的那种啤酒其实没什么度数，但喝多了也醉人，最后贝妮又虚荣心飞起，拍着胸脯给女友们承诺："法国代购在此。"

今晚的贝妮有点儿可爱。所以当她提议再去唱歌的时候，大家都没有拒绝，毕竟高考在即，高压之下很难有这样的放松机会。

一行人挪了窝，又来到了隔壁的KTV。音乐震耳，灯光乱舞，一时间，包厢里群魔乱舞。这一次，大家喝了一点儿啤酒，兴致都有点儿高。"歌神""麦霸"齐聚，古今中外的金曲唱了个遍。林稚子不爱唱歌，瀕五音不全，就只好坐在角落里喝闷酒。

贝妮唱了一首歌，是一首韩国儿童歌曲《三只小熊》，又扭屁股又扮鬼脸，纯属搞笑——"有三只小熊住在一起，熊爸爸，熊妈妈，熊宝宝……"唱完了歌，她又喝了一口酒，忽然一阵胃液翻涌，便跑进包厢的洗手间去吐。林稚子跟了进去，轻轻地拍着她的背，给她递纸巾。贝妮接过纸巾，忽然跌坐在马桶边"呜呜"地哭了起来。

林稚子从来没见过贝妮哭。她那么骄傲，她爱笑，笑的样子真好看，一双月牙眼弯弯的，笑声如银铃，恣意张扬，仿佛从来没有忧愁，她怎么会哭呢？

门外的喧嚣声浪掩盖了门内的哭声，贝妮将脸掩在膝前，抽泣着，肩膀一耸一耸的。林稚子拍了拍她的肩，企图安慰她："出国留学多少同学羡慕啊！你不会是因为要离开了伤感得哭吧？"

"他们不要我了。"贝妮的声音更大了。

"谁啊？你是说叔叔阿姨吗？让你出去上学不是为了你好吗？"

有钱人送孩子出国上学已成潮流，司空见惯不足为奇，像贝妮这种养在温室的花朵，第一次离开父母的庇护，远赴重洋独自求学，即所谓“断奶”，她恐怕一时还不能适应。

贝妮忽然抬起头，一双眼像水洗过的湿淋淋的桃子，咬牙切齿地说：“不，不是。他们离婚了，谁都不想要我，就想把我扔到国外去。”

这真是一个惊天秘密——表面和谐美满的贝氏夫妻竟然离婚了！他们已各有所爱，要奔着自己的幸福去了，而公主一般的贝妮竟成了夫妻二人急待脱手的烫手山芋——她将成为一个弃儿。

推己及人，贝妮的泪水触动了林稚子心里一根柔软的神经，她伸手揽了揽贝妮，给了她一个拥抱和一句虚无的安慰：“不会的，他们那么爱你，怎么会不要你呢？再说，我们都长大了啊！从今天起，你十八岁了！”

“是啊！十八岁，我十八岁了。”贝妮凄然一笑，跌跌撞撞地站起来。就在半年前，急待离婚的父母在房内激烈争吵，谁也不肯要她的抚养权，最后定下良策，一是送她出国读书，二是等她十八岁再去办理离婚手续。

“明天，他们大概就会出现在民政局吧！真好！不用谁再监护我的人生了。”然后，她将被放逐到一个陌生的国度——这万千学子羡慕的留学生活，更像是一种抛弃。

她们走出洗手间时，贝妮已经清醒了许多，她故作轻松，问：“你用了什么香水？真好闻。”

“你喜欢吗？我自制的，送你一瓶。”

外面已换了天地。众人分成了几拨，“麦霸”“歌神”们仍在飙歌，一拨人在玩牌，另一拨人在玩真心话大冒险，灏被一群女生夹击，猜脑筋急转弯。灏显然已招架不住，向林稚子投来求助的目光，林稚子撇撇嘴，表示爱莫能助。无奈，他没有答出，被惩罚大冒险。一个女生狡黠地笑笑，给灏出了个难题——用布条蒙住他的眼睛，然后让他随机选择亲吻在座的一位女生。

他被女生七手八脚地用布条蒙住了眼，倒是逆来顺受，没有一点儿反抗。贝妮很快加入了起哄的队伍，林稚子意兴阑珊，看她们胡闹。

灏眼前一片漆黑，有人还嫌不够，索性关了灯，所有人都停下来加入了这场游戏。一片静寂里，传来女生们暗中“哧哧”的笑声，有人饱含期待和羞怯，欲盖弥彰地往后躲，有的男生也往人前凑，企图蒙混戏弄他。

灏缓缓地走上前，从每个人面前经过，女孩儿如花，花自芬芳迷人。他经过她时，闻到了那熟悉的香味，香味起初气若游丝，再靠近一些就会丝丝入扣，暗中抛索，渐渐浓烈起来，百合、茉莉、紫罗兰、玫瑰、薰衣草、绣球花，从四面八方，进行一场严丝合缝的包围。

他犹豫了一下，停下脚步伸出手，轻轻地攀住她的肩，抚上她的头发，忽然俯下身来。她一怔，身体紧绷起来。

林稚子得到一个吻，她体会到一个年轻的唇，湿润、滚烫、清新、热烈。他在众多女孩儿中，循着记忆的味道选择了她。她心跳得厉害，窒息一般晕眩，却忘记了拒绝。

这画面如果拍下来，多像一则香水广告。

现场欢呼起来，也有人大惊小怪地起哄：“还说是哥哥？什么哥哥啊？”

灯亮起来时，那个吻已离开了她，他也扯下了眼上的布条，目光灼灼地看着她。林稚子羞赧不堪，却又无法真正生气，甚至在同学们的起哄和讪笑中，感到一丝羞耻的甜蜜。她忽然想起了昨晚在浴室里他的那句话，他说：“我喜欢一个女孩儿喜欢很久了。”她心里仿佛有一个惊雷滚过，猛然一惊，推他了一把，就跑了出去。

天降细雨，夜深如海，灏追了出来，撑着伞默默地陪林稚子走着。雨很小，似有似无，像一个人欲语还休。走了一会儿，她终于开口：“你，回去吧！”

“不，我和你一起回去。”

林稚子停下脚步，退开一步，被细雨淋着，看着他，说：“我是说，你离开吧！离开我身边，回你该回的地方去！”

夜雨濡湿了林稚子的额发，灏又走上前一步，将雨伞举在她头顶，笃定地说：“我不走，我有自己的使命。”

她知道他又要说“佑你平安”这样的鬼话了，不由地嗤笑了一下，他忙补充道：“刚才的事，对不起！”

伞柄倾斜向她，雨濡湿了他的头发，夜灯一照，他湿漉漉的，仿佛在闪着光。她看着他，叹了口气，好看的人，总是容易得到原谅，其实，他又何须说抱歉，他又何须原谅呢！

“回家吧！”她说。她轻易就原谅了他。

21

那晚之后，贝妮没有再来上学，不久，她飞离了祖国，开始了留学生活。她在微博和朋友圈同时发出美照，脸上并无哀伤。

而林稚子被当众亲吻的事开始发酵，传为笑谈，很快传到了龙美的耳中。龙美怒不可遏，又恢复了女魔头本色，纠集“美团”的姐妹，将林稚子堵在楼梯口，找她算账。

“爱了就爱了，做了就做了，还说你和灏是表兄妹，骗鬼呢？口是心非的家伙！你明明知道我对灏一片痴心，为什么要夺人所爱？”

龙美用手指夸张地指着林稚子，目光凶狠毒辣，像是要马上大开杀戒一般。

往日重现。林稚子心里七上八下，和龙美那点儿脆弱的情谊，她并不能确定是真是假，而灏此刻并不在身边，她只能孤军作战了。

“那，只是个误会，一个意外。”林稚子小心翼翼地说。

“还敢狡辩？”龙美虚张声势地大喝，逼问道，“你们到底什么关系？”

“怎样你才相信？他真的只是我的一个远房表哥，只不过是很远房的那种。来省城看病，暂时住在我家，真的。”林稚子扯着谎话，为了自证清白，计上心来，说，“这样吧！你不是要我帮你补课吗？你以后每天来我家，让他帮你补课，他学习比我好，还比我有耐心。这你总该相信我了吧！”

话音刚落，龙美马上鸣鼓收金，眉开眼笑地道：“真的？真的吗？我每天都可以见到小哥哥了？”

林稚子悲壮地点了点头。

放学后，龙美就随着林稚子来到她家里，当灏听完其来意，他的内心是崩溃的。龙美感叹了林家的房子大，享用了灏为林表妹准备的晚餐，然后就拉着灏进了小书房，打开物理课本，眨着星星眼：“老师，您好！”

对于精灵这种高智商的物种，讲解一道物理题，抑或数学题，只是小菜一碟。灏思路清晰，循循善诱，龙美却听得云里雾里，如痴如醉，一手托腮，陷入了甜蜜的幻想中。最后，灏怒了，扔过一本练习册，说：“给！去抄吧！”

龙美嘟嘴，一脸委屈地道：“我不是来抄作业的。”

学生龙美，重又端坐桌前，做乖乖学生模样。一物降一物，就是这样吧!

唐细辛回来得勤了些，偶尔遇到龙美和灏，只当是女儿的同学，并未在意。有一天，她看似闲聊，问林稚子：“你想不想去国外读书?比如，法国？”

她是询问的语气,那一瞬林稚子的心却僵了一般,迟疑了一下,问:“我一个人去吗？”

唐细辛难得轻松地笑了笑，压低了声音，神秘地说：“医院有一个去法国进修学习的机会，领导推荐了我，审核通过了。我当然不能扔下你一个人，我托人给你办留学的手续。”

林稚子觉得羞愧，她心里嘲讽自己的龌龊——怎么可以怀疑一个母亲对女儿的爱?

“好啊！”林稚子释然地松了口气，“我最喜欢法国了。”

她很想问问妈妈，他们是不是真的打算离婚了？办离婚手续了吗？却又觉得问这些问题太唐突，只好噤声。

唐细辛似乎猜到了女儿心里的想法，主动提及：“我和你爸爸其实早就没有感情了，不存在谁背叛谁。离婚，是早已决定的了，之前顾忌你高考，想等考完再办，现在看来，也没有必要了。只是，离婚也不是那么简单的事，有很多烦琐的事，你爸爸经营公司，我有股份，要做一些更名吧！这些交给他去处理。”

林稚子想起龙美和灏的忠告，小心翼翼地问：“你，就那么信任他？都要离婚了。”

“你这孩子。不要这样说，他毕竟是你爸爸。”女人或许天生就是情感上的弱者，懦弱、天真、轻信、盲从，唐细辛就是如此。

天一天天地热起来，教室后面的黑板上天天更换着高考倒计时。

龙美性情大变，有了灏这样颜值爆表的老师，她的补习竟坚持了下来。虽然有时候在老师讲题时会插播问题，提出譬如“如果全世界的人同时放屁，会发生什么后果”诸如此类无厘头的问题，但她聪慧，不知不觉中还是进步了，在最后一次模拟考中，竟然从年级倒数前进了五十多名。虽然考三本也无望，但是临阵磨枪，再超常发挥一下，能考上个大专也说不定。

坐在小书房里，林稚子根据龙美的各科成绩，给她重新制订了一个短、平、快的学习计划。

“龙”颜大悦，豪爽地要请灏和林稚子吃冰激凌。她拿出一张大钞，指使灏：“你去买吧！”

窗外日头白晃晃，小区的路上一个行人也没有，世界就像一个大蒸笼。灏望望外面的天，拒绝了：“冰激凌吃了会发胖，我给你们做水果茶吧！”

“别这么扫兴好不好！快去！快去！”

林稚子知道灏顾虑什么，天气太热，灏不能在烈日下暴晒太久，于是，她自告奋勇：“我去吧！”

灏犹豫了一下，拦住她，拿起玄关处的伞，打开了房门，撑着伞走向烈日中。

烈日下的少年撑着秀气的伞，脚步飞快，看上去有点儿滑稽。龙美从窗户往外看，伏在桌上笑个不停：“一个大帅哥撑个小洋伞，好幻灭啊！我的男神。”

过了一会儿，灏气喘吁吁地回来了。只见他脸色苍白如纸，唇色发青，把装冰激凌的袋子往桌子上一放，便虚弱无力地伏在桌上，大口大口地喘着粗气。

林稚子吓坏了，忙接了一杯冰凉的水泼在灏的脸上，龙美吓了一跳，林稚子又去接了第二杯，又泼在灏的脸上："醒醒，醒醒啊！"

所幸并无大碍，灏被凉水一激，很快清醒过来，气若游丝地说了声："太热了。"

龙美只当灏是中暑，心里有点儿鄙夷，口中也刻薄了："这身体素质，啧！"

林稚子有些恼，嘀咕道："你懂什么啊？这冰激凌可是冒着生命危险买来的。吃吧！吃吧！"

屋内空调冷气十足，灏的脸色渐渐恢复，也打起了精神，他并没有计较龙美的刻薄，依然态度认真地给她讲题。龙美撕开了一个冰激凌，一边吃，一边盯着"老师"微微滚动的喉结、轻轻启合的双唇，刚才崩塌幻灭的形象又慢慢重塑，认真的男孩儿最帅啊！

灏给龙美讲课的时候，林稚子无事，就会去院子里侍弄她的花。夏花迷人，白绣球和金花绣球竞相开放，艳阳炙烤中，仿佛被淬出浓郁的花香，在空气中萦绕，有时她会在玻璃房里用瓶瓶罐罐调制配方，用着龙美一辈子也解不出的化学方程式。她把自己发明的香水送了龙美一瓶，龙美一嗅，龇牙咧嘴地道："不适合我。"

"不识货。"林稚子撇撇嘴，拿起香水在空中一顿乱喷。满室浓香，将人逼得无处可逃，龙美不住地打着喷嚏。

这样的日子，算不算甜蜜记忆？像一杯沉淀了渣滓的泉水，明亮、透彻、清冽，是想装在瓶里，饮到肚中的。这样的美好，根本没办法忘掉。

因为太开心，龙美即使完成了当日的学习计划，也磨磨蹭蹭不肯早走，有时在玻璃房里看林稚子摆弄化学器皿，有时和灏玩脑筋急转弯，有时窝在玻璃花房的沙发里，不说话待着也可以。

这天一直挨到傍晚，龙美被妈妈用电话一遍遍地催，才依依不舍地准备回去。出门的时候，外面正在下雨，龙美没带伞，顺手在玄关处拿了一把伞，道个别就冲进了雨中。

当灏发现时，她已跑出去很远。她带走了那把紫色的雨伞。他慌了，重又拿了一把伞，急匆匆地冲入白茫茫的雨中。天地灰白，雨水大而迅猛，如牛绳一般抽打着地面，街上行人很少，他焦灼地喊着："龙美，龙美！"

站在路边等车的龙美惊喜地回头："灏！你怎么出来了？"

灏盯着她手里的雨伞，无法直接告诉她，他和那把伞是一体的，他是来拿回雨伞的，只好委婉地说："雨太大了，我送送你。"

平日里横行校园的龙美是女魔头、大姐大，她有过好几段"恋情"，现在想来，更像是小孩子过家家的游戏，又像是哥们儿一般的友谊。被珍视和优待的感觉，让她觉得这一刻才是真正的恋爱。她收起了锋芒，含羞带怯地点了点头，顺势躲进灏的伞下，收起了自己手中的伞。

龙美一只手拿着收起的雨伞，一只手像情侣一般挽着灏的臂弯，一边走，一边偷眼望他。英俊的少年，高大得像一堵墙，挡住她一半视线，他的衣服散发着一股青草和夏木的清香，他的鼻尖停了一滴雨，看上去俏皮又可爱——他淋了雨。她猜想，他出来的时候，一定很急才淋了雨。这样想着，龙美将他的手臂挽得更紧了一些。

灏一路沉默不语，就这样身体紧绷着送龙美到了家门口。龙美把手里的伞塞到灏手中，开心地说："谢谢你送我回家，再见！"她却并没有挪动脚步，就这样站在伞下，忽然伸手环抱住了他的腰，声音颤抖着说："灏哥哥，我喜欢你。"

说完，不待他回应，她便转身逃开，进了家门。

灏慌不择路地逃开，在雨里摔了个大跟头。

22

那个意外的拥抱之后，龙美再来林稚子家补课，灏都避而不见。林稚子问起原因，灏只是淡淡地说：“我是一个有原则的人。”

问他有什么原则，他又不说。

老师罢工，林稚子也没办法。龙美再来，灏不现身，林稚子只好说这位很远房的表哥治病到了一个疗程，回老家去了。

龙美信以为真，但也猜到灏突然离开可能和她的“冒犯”有关。刚刚陷入爱河的少女失恋了，再来时就恹恹的，补课也打不起精神。林稚子不是一个好老师，比如，当龙美提出“如果全世界的人同时放屁，会发生什么后果”这种化学难题时，林稚子只会敲桌子：“认真点儿！上课呢！”

院中的无尽夏在五月上旬开始孕育第一批花朵，泛白的花球缩在叶中，日照雨淋。花球逐渐被日光着色，不断膨大。五月下旬，第一批花朵到达盛况，蓝色的花球沉甸甸地坠在枝头，美不胜收。

莘莘学子就像这花一样，要孕育整个青春的圆满。五月末，骄阳似火，全城煎熬，全城高考。

林厚朴在女儿高考的前一天回来过一次。林稚子以为爸爸是特意回来陪她，给她加油打气，但爸爸回家后只是在书房里东翻西翻地找东西。

“找什么啊？我帮你？”林稚子出现在书房门口，早已收起了那日的怨怒，变回了乖女儿模样。

林厚朴抬头，没来由地一慌，一本书掉在了地上，他干涩地笑笑，弯腰去捡那本书：“不用了，我找一份文件。”

林稚子“哦”了一声，走出了小书房，去玻璃花房给花浇水。

很快，林厚朴找到了他要的东西，匆匆装进公文包，经过客厅的时候，向女儿打了声招呼：“稚子，我走了。”

林稚子放下喷壶，疾步走出花房，倚在门边，叫了声：“爸爸！”

林厚朴停下脚步。

林稚子望着他。他有些老了，记忆中他是一个英俊的男人，而现在，鬓角白发丛生，以前，她竟没有注意到。

成人的世界，她试图去理解，她与眼前这个男人的感情，她也试图去厘清。也许，他对婚姻的失望，偶有一些瞬间也曾映射在她这个女儿的身上——叛逆、固执，独立得可怕，不够乖顺。因此他才急着要抛弃这一切，去缔结一个新的家庭，开创一种新的生活？书上说，父母与子女是前世的缘，有些人，父母缘很浅。她想，也许自己和父亲缘尽于此，何不在这有尽的生涯里，彼此温柔相待？

她说：“爸！那天，我不应该对你那种态度，那么对你说话。”

林厚朴一愣，旋即尴尬地笑了笑，更加无地自容，说：“稚子长大了。”

“爸！你都有白头发了。”

“傻！我早就有白头发了，焗油好几年了。”

这时，林稚子莞尔一笑，说：“我帮你焗油啊！过来。”

她像招呼小孩子似的，拉他进了花房，给他搬来椅子，然后开始调配膏剂和精油——当然，这些染发膏和精油都是她制作的。林厚朴起身要走，又被她按回椅子：“别动。相信我，纯植物，不含丙二胺，无刺激性，无毒素，既保持草本精华原有的鲜活成分，能有效补色，又对受损发质有良好的修复作用，你值得拥有。”

没有谁的容颜可以永驻。林稚子为林厚朴的发顶涂抹药膏，视线逼近，他眼角和额头的皱纹清晰可见，岁月如水分一般从脸上抽走，无人幸免。父女俩都沉默不语。她的手指轻轻按摩他的头部，他微微闭上眼睛，阳光在眼皮上滚动，刺痛了他似的，他的嘴角抽动了一下，说："稚子，爸爸对不起你！"

林稚子没有回应，转身去拿毛巾，语气轻松地说："等十五分钟就好了。"她背过身去，悄悄地哭了。

十五分钟后，林厚朴容光焕发，他仍要走。出门的时候，林稚子又忍不住叫了一声："爸爸！"

"怎么了？"

"明天我高考。"她提醒他。

林厚朴轻松地拍了拍她的肩膀："加油！祝你旗开得胜。"

林稚子也笑了笑，看着他走出门外，他已经不是那个为了女儿的幼儿园舞蹈表演而推掉重要会议的男人了。她失去了他。缘尽至此。

第二天是个雨天。林稚子一推门发现下雨了，惊喜地对灏喊："天气不错哦！"

"下雨算什么好天气，路上万一堵车怎么办？"灏说。

"我是说，阴雨天，你可以陪我去了。"还有一句话，她没说出口。

因为你，就算天阴下雨，也觉得是好天气。

"不下雨，我也会陪你去。"灏将铅笔、准考证、尺子装进文具袋里。

大雨不停，考点不在本校，离家有二十分钟车程，他们打车前往。在路上，唐细辛打了一个电话，说今天有两台手术，结束后来接林稚子一起吃饭。妈妈没有忘记她考试的日子。

全城高考，加上下雨，果然不出所料，全城开始堵车。他们乘坐的出租车在车流中艰难地挪动，最终堵在离考点两百米的地方。无奈，他们只好下车步行。

大雨滂沱，雨伞在头顶像一朵轻盈的花摇摇欲坠，风雨从四面八方扑上身，灏紧紧地搂着林稚子，疾步向前，像挟持人质一般。林稚子被裹挟着，几乎脚不沾地地朝前走去。

数据表明，糟糕的天气会给出行带来不便和危险，雨天开车，交通肇事案是平常的两倍。

只见一阵大风掀起伞盖，整个人似乎要被风掀翻了似的，灏紧紧地抓住伞，雨水迎面扑来。忽然，一辆白色的汽车从身后疾驰而过，灏反应迅速，闪了个身将林稚子护在身后，所幸虚惊一场，他只是被溅了一身水。

到达考点学校，有工作人员在检查准考证。林稚子轻轻地从灏的怀中挣脱出来，说："你回去吧！等会儿再来接我。"

伞被抚平，灏端正姿态，将伞交到她手中："你自己进去，我陪着你。"

他隐身在茫茫雨中，和雨融为一体。

林稚子找到考场，把紫色的雨伞合起来，放在考务老师为大家准备的一个专门用来放雨伞的蓝色塑料水桶里。

那场考试，她特别安心，她知道他就在左右，在教室或走廊的某个角落，在等待她。第一场是语文，题目难度适中，对于林稚子来说，考题都在复习范围之内，她答得很顺利。

考试快结束的时候，已经有几个人提前交了卷离开了考场。林稚子正在写作文，那一刻她文思泉涌，笔下生花，在作文中引用诗句：

“梧桐叶上三更雨，叶叶声声是别离。”写完最后一个标点，铃声正好响起。

考生们鱼贯而出，林稚子走到门边，伸手去拿自己的伞，却发现桶里面只剩下一把紫色的雨伞，但细辨一下并不是她的——她的伞，被人拿错了。

林稚子心里“咯噔”了一下，忙四下张望，发现灏并不在附近。伞和他是一体的，他不能离开伞五十米，如果她的伞被拿错了，他只能跟着伞走，像上次龙美拿错了伞一样。

一种莫名的恐慌浮上心头。林稚子冲进茫茫的雨中，一个路口一条街道地去寻找，她喊灏的名字，看到撑紫色雨伞的背影就上前去认人，却并不是他。她拨打他的电话，接通后响了很久，却始终无人接听，再打，最后关机了。

云层仿佛很低，压在她的头顶，压在她的心上，让她喘不过气来。电话无法接通，少年下落不明。林稚子心急如焚，后来急中生智，在街边的文具店买来大黄纸和笔，就地在文具店铺开，挥毫泼墨，写道：“寻物启事……”笔墨落下，她的泪也落了下来。

林稚子不记得自己是怎么考完下午的考试的，整个脑袋仿佛陷入巨大的轰鸣中，一团乱麻。下午是她擅长的数学，她却忘记了许多公式，不记得应该怎样解开那些题，最后一道附加题也没有做。

那天下午，唐细辛并没有如约来接林稚子去吃饭。她只是打来一个电话，说临时加班，语气匆忙慌乱，然后就挂掉了。

没有人注意到她，也没有人关心她，偶有同学发现她的异样，经过她身边时问她怎么了，她愣怔半天也不理人。林稚子像一条丧家犬，沿着大街小巷失魂落魄地行走，东嗅嗅西闻闻，没有人知道她在寻找什么。

回到家时，林稚子发现灯亮着，她惊喜万分，进了屋，正要喊“灏”，却发现是妈妈站在客厅里。妈妈像爸爸一样，也在家里翻找什么东西，看上去很着急。

“你不是加班吗？怎么回来了？”林稚子的语气里流露出失望。

“做完事，就回来了啊！我回来拿东西，等会儿还要出去。”唐细辛将几个证件装进文件袋里，随口嘱咐了两句，又匆匆出了家门。

屋子像一只碗，空下来、静下来，她轻轻地喊了声：“灏！出来吧！别玩了。”

周遭寂静无声，她急躁的呼吸可闻。她打了个寒战，这才发现，自己的头发和衣服都淋湿了。她走近浴室，脱掉衣服，打开喷头。热水扑上脸，和着泪水流下来。

▶▷ Chapter 2

/ 爱来的时候，要踮起脚尖去迎接，
因为一不小心，它就飞走了 /

1

五年，不过是宇宙洪荒里的一粒浮尘、一颗沙粒。在中国，七月梅雨如期而至，雨天里的白墙灰瓦静默无语，而在遥远的北半球，法兰西的七月阳光明媚，位于比利亚茨小镇的巴斯克海滩沙软水蓝，潮水拍打着海岸，海水闪耀着土耳其蓝。

林稚子躺在遮阳伞下的躺椅上，意兴阑珊。

五年前，她和妈妈远赴重洋来到这里。她读了一年的语言学校，然后成功申请到法国某知名理工大学，学习化妆品科学专业。

记得临走的那天，也是一个下雨天，她和妈妈在屋内整理行李，望着窗外阴雨绵绵，她随口说了句："今天天气不错。"

妈妈忽然发了火，林稚子从来没见过妈妈发那么大的火，她说："这是什么鬼天气，下得人都要发霉长毛了。什么天气不错？航班要是延误了怎么办？"

林稚子没有反驳，她知道妈妈只是急于逃离这伤心之地罢了。她只是想告诉已消失的他，因为喜欢你，就算阴天下雨，也觉得是好天气。

而这句话，她再也没有机会对他说了。

……

回忆如海，让人深陷。她叹口气，望向沙滩上的男男女女。

一个身材颀长健硕的男子走过来，递给她一杯果汁，在她身边的躺椅上坐下来，目光灼灼地望着她，说："这里是拿破仑三世和欧也妮皇后的爱巢，也是大文豪雨果、铁血将军俾斯麦心中的爱情圣地，他们都曾携爱人流连于此。"

林稚子被调动了兴致，赞道：“迟铭，你真是法国通，我来法兰西这么久，竟然不知最美的海滩在这里。”

“早就说要带你来，你总推说功课太忙。”迟铭怨道。

林稚子笑笑，说：“是啊！忙啊！”

她在忙什么呢？在实验室一遍一遍做着实验，在图书馆啃一部部专业书，在清晨校园的角落里练习法语，曾经的学霸光环已不再，在这所学校里，人才云集，她深刻理解了“笨鸟先飞”的含义。来法国五年，她的娱乐活动少得可怜，浪漫之都于她来说，不过是形同虚设，除了里昂州和唐细辛所居的蒙彼利埃市，其他地方她绝少涉足。这一次，是她的毕业旅行。她毕业了。

“走！我带你去冲浪！”迟铭起身去牵她的手。

眼前的少年，不！他的年龄已不适合再称为少年了。年近三十岁的男人，却有着一双黑白分明的眼睛，那眼神里尽是少年般的天真。迟铭毕业于国内知名法学院，后又随母亲移民法国，继续攻读国际法，现在供职于一家知名律师事务所，身上却丝毫不见职业特征。在他身上，没有精英的那种风刀霜剑的紧迫感、铁马冰河的壮志豪情，他爱玩爱闹，热爱旅行，和林稚子在一起，有讲不完的笑话，像个没长大的孩子一般。

两人在沙滩上玩了排球、冲浪，嬉闹了半天，热得一身汗，重又回到伞下。

林稚子喝着水，擦着额头的汗，说：“好热啊！要是下一场雨就好了。”

迟铭笑道：“这天气，怎么会下雨呢？再说，我还给你安排了很多好玩的事，下雨就没法儿玩了。”

他们休息片刻，又来到海滩边一个游人稀少处，一艘白色的游艇停泊在水面。

七月盛夏，乘船出海，夜里会看到美丽的星空。迟铭不止一次向她提起过，这一次，终于成行。

乘风破浪的感觉一定很妙。林稚子的心莫名地畅快起来，欣然上船。这时，她的电话响了起来。唐细辛在电话里说，明天是约瑟夫伯爵的生日，会有一个派对，她希望女儿能来参加。

约瑟夫伯爵，这个没落贵族的后代，因盲肠炎手术和唐细辛相识，并爱上了这位优雅的东方女士。他已向她求婚，婚礼会在秋天举行，届时，唐细辛会成为伯爵夫人，而约瑟夫伯爵将成为林稚子的继父。

“明天晚上？没问题。”林稚子答应下来。虽然她不太喜欢那个已秃顶的法国男人，但为了妈妈的幸福，她还是愿意去参加他的生日派对。

游艇开了起来，海面风平浪静，游艇缓缓前行。迟铭驾驶着游艇，林稚子站在他旁边的甲板上，眺望着远处的海平线，海鸥在身边低回，不知不觉，他们已离海岸很远。游艇忽然急速行驶，激起巨澜，水花迎面扑来，打湿了林稚子的裙子，她惊叫着往迟铭的身后躲，他坏笑着再次加速，迎着海风，兴奋地喊道：“稚子，你知道吗？我一直有一个梦想，想和相爱的人驾船环绕世界一周。听说，环球一周，需要耗时两百四十八天，船会经过赤道到达印度洋，迎接每秒钟二十几米的强风，迎接城墙一般的巨浪，经过几日几夜穿过惊险之地，到达平静之地。然后，在那星光满天的夜晚，我躺在甲板上为你念诗。”

这样的表白，热烈含蓄，却又很自然，林稚子笑了笑，没有回应。

天渐渐暗下来，落日余晖铺展在海面上，浩渺的大海中央海水墨蓝，与绛红的夕照融合，呈现出一种诡异的紫色。那种空旷开阔的视野，让林稚子感觉仿佛置身于一个梦境中的世界。游艇行驶的速度渐渐慢了下来，迎面吹来一阵湿冷的海风，她禁不住打了个寒战。迟铭停下游艇，很自然地伸出手揽住了她，问：“冷吗？”

林稚子倔强地摇摇头，望着天边云谲波诡，不禁感叹大自然的神奇，叹道：“这样的奇光异景，仿佛是到了世界的尽头，一个人，竟有点儿孤独，有点儿恐惧。”

迟铭扳过她的肩，与她对视，道：“你从来都不是一个人，就算是世界的尽头，也有我陪着你。”

林稚子不是内心冷硬的人，听到这样的告白，她不是没有感动，可不知为何，每当她决意要接受这份爱时，心里都没来由地恐慌。她总是想起一个人，想起那个人，心头就充溢着如细雨掠过的温柔，如星辰大海的恒定，如月满天心的静美。她知道，她一直爱着灏，日日夜夜，不能忘怀。

咫尺之间，迟铭闻到了她脖颈间传来的阵阵幽香。法国是香水之都，太多人在使用香水，但只有她能将香水用得恰到好处，淡淡的幽香不争不抢，仿佛已和她本身干净优雅的气质融为一体，仿佛那是她与生俱来的味道，悠远而神秘……迟铭俯下身，低头想要吻她。林稚子犹豫了一下，船忽然猛烈摇晃，她趁势躲开了。

忽然，一道闪电从黑色的夜空中劈面而至，仿佛近在眼前，林稚子吓得直往迟铭身后躲。雨点毫无征兆地砸下来，落在了甲板上。一阵飓风紧随闪电而起，掀起数米狂澜，整个游艇剧烈地摇晃起来，两个人打算立刻返回驾驶室，然后开船返航。迟铭去拉林稚子的手，忽然一个巨浪扑上了船，如同大海的触手般覆盖过来，林稚子还没反应过来，游艇一颠簸，脚下一滑，她整个人忽然失去重心，仰面向后摔去，从栏杆上猝不及防地翻了下去。

那声惊恐的尖叫，瞬间被深不可测的海水吞没。电闪雷鸣，海风怒号，一切突如其来。迟铭知道，他们遇到了极端恶劣的天气，他来不及思考，纵身跃入冰冷的海水中。

林稚子从朦胧的梦中醒来，又沉沉地睡去。她梦见下雨了，仍是高考的前夜，天气预报说第二天有雨，她四处寻找雨伞，可把家里翻遍了，也找不到那把紫色的雨伞。在梦里，她伤心地哭了。她不断地醒来、睡去，醒来、睡去，高热 39°C不退，眼角流下滚烫的泪水。泪水模糊中，她看到灏端着一只碗向她走来，他扶她坐起，碗里是一团黑乎乎的东西，他柔声说："你生病了，把药喝了吧！"

她顺从地喝了那碗药，然后娇娇地倚靠在他宽大的怀里，却仍嫌不够，又主动伸出双臂，环住他的脖颈，喃喃地道："你去哪儿了？我好想你。"

思念蓄积太久，如同水滴在云层中凝聚、碰撞、变大……稀薄的空气最终无法承托，雨喷薄而出。思念如雨般稠密，她紧紧地抱住他，说着病中的胡话呓语。她得到一个吻，那个吻热烈而真诚，从她的耳根吻到脸颊，然后寻到了她的唇；她在高热中感受到一个湿润清凉的唇，有着淡淡的甜，是林间果子熟透的味道，让人忍不住啜饮一口。这是一个没有任何技巧的吻，对方甚至笨拙地咬到了她的唇。林稚子吃痛地推开他，一激灵，彻底从高热的迷糊中清醒过来——吻她的人，并不是灏。

她又羞又愤，甩手打了他。

迟铭委屈无奈地望着林稚子。女人心，海底针，这话果然没错，刚才明明是她"勾引"他的嘛，转眼却翻脸无情。

"稚子！"迟铭受伤地叫着她的名字，为自己的行为辩解、表白，"我爱你，我爱你那么久了，这份感情，我无法回避，你也无法回避，告诉我，你也爱我。”

“不！”林稚子忽然掩面哭起来，沙哑着嗓音否认道，“不是这样，不是的！对不起！”

病中的她脸上发烫，语无伦次，迟铭不忍再逼问她，只是心疼地再次揽她入怀，像哄孩子似的轻声安慰她：“不是，不是，不是也可以，你不要说对不起，我不问了。睡吧！睡一觉醒来就好了。”

林稚子再次醒来时，已是第二天早上。她发现自己已在那天和迟铭入住的海滨别墅里，推开窗，海风潮湿，暴风雨已停，天空依然飘着细雨。她想，这是个好天气。

迟铭叫了酒店的早餐，叫她起床吃饭。林稚子依稀记得昨夜的那个吻，不禁有些尴尬，与他对坐，默默用餐，有一搭没一搭地闲聊着。

“你觉得好一些了吗？要不要去医院？”迟铭问。

昨夜喝过药后，捂被睡觉发汗，早晨起来神清气爽，病痛来得快去得也快。林稚子摇了摇头，说：“没事了，不用去医院。”

“对不起，我带你出来，却没有保护好你。”迟铭还在为昨夜暴风雨中她跌下船的事而自责。

林稚子淡淡地笑了笑，说：“这怎么能怪你呢？还记得中国有句古话，叫‘天有不测风云，人有旦夕祸福’吗？”

迟铭虽然是在中国长大的，但他已经很多年没有回去过了，母亲是享有盛誉的华裔作家，在中国有许多读者，每年总会有一两次回中国参加签售或活动，每每他要陪同，都会遭到拒绝。想到这里，他问：“毕业了，你有什么打算？是留在法国，还是回中国？”

听到这个问题，林稚子放下了手中的牛奶杯。这个问题，最近常常被问及，这是很多留学生毕业时要面临的问题，现在她也不得不认真地问问自己了……来时，稀里糊涂地就来了，那现在呢？她已得到法国多家公司的 offer，其中不乏知名公司，留下来，似乎是不错的选择。那妈妈呢？唐细辛来法国进修是医院派来的，按照约定，她两年前就应该回去了，可现在已在这里工作了两年，又有了新恋情，她会和那个男人结婚吧？林稚子不知道自己是否还应该陪在妈妈的身边。她曾经以为自己是一个独立的女孩儿，现在才发现，在人生大事上，她毫无主见。

她摇了摇头。

窗外的雨下得细密，像地面起了烟尘。这座别墅是某酒店中的一栋，窗外海景和园景皆有，景观很好。两人已吃完了早餐，林稚子提议："出去走走吧！"

"你昨晚着凉发热，还是等天气晴朗一些再出去吧！"

"没什么大碍了，走吧！"林稚子披了一件衣服，打算出门。迟铭只好撑着伞陪她出去。

雨小而细密，针尖一般，落在皮肤上痒痒的。迟铭撑的是酒店为客人准备的伞，普通的黑色长柄伞，伞布厚实，雨丝落在上面几乎不闻其声。他弯了弯自己的手臂，示意她挎着他——撑一把伞，靠近点儿才不会被淋湿。林稚子挎着他的臂弯，真厚实、真温暖。

林稚子望着他手中的伞，忽然没头没脑地问道："你相不相信，这一把伞里寄居着一个雨伞精灵？这个精灵会保佑我们在雨天出行平安。"

迟铭被她孩子般的奇思妙想惊住了，想了想，模棱两可地回答："我直到十二岁，还相信圣诞老人是真实存在的。"

"不是相信，是真的遇见过。我曾经拥有一个雨伞精灵，他陪伴我度过了人生中最灰暗的一段时间，后来，因为雨伞丢失了，他也就随雨伞走失了，我再也找不到他了。可是，我忘不了他。”

迟铭惊诧地停下了脚步，以为她夜里发热热迷糊了，仍在说着胡话，可她语气平静，一双眸子沉静温柔，并不像胡言乱语。

于是，林稚子对他讲了灏的故事，从灏的出现、陪伴，到离开，点点滴滴，如同默片里的镜头一般留在脑海里，没有一刻被她忘记过。

雨不知不觉已经停了，迟铭却忘记了收伞，他的内心是震撼的，感觉是天方夜谭，却又忍不住去相信。林稚子仰起脸，眸光似水，认真地说：“从小，我就相信童话里的仙女、森林里的精灵、平安夜的圣诞老人都是真的，后来长大了一些，就不再相信了。他的出现，让我再次找回了那份童真，也让我相信，这世间有爱情这么回事。迟铭，谢谢你的爱，而我，我决定了，我要回国，我要去找他。”

迟铭怔了一下，他知道，她又一次拒绝了他。他沉默了几秒钟，说：“回屋吧！”

下午，迟铭开车送林稚子去约瑟夫的住处。约瑟夫的住处距离比利亚茨小镇大约三个小时的车程，是一座带花园和森林的庄园。约瑟夫性喜乡下的安静，在花园里种了数千株玫瑰和鸢尾，秋天，唐细辛就会成为那里的女主人。

两人一路沉默，迟铭认真开车，也没和她讲话。林稚子百无聊赖，只好戴着耳机听着手机里的音乐，随手刷刷微博和朋友圈，然后，她看到了贝妮的留言。这些年，她和贝妮再没有见过，但两人都有彼此的各种社交账号，了解彼此在脸书等社交账号上呈现的各种虚假繁荣，最终沦为点赞和评论之交。贝妮在留言里说：“稚子，你爸爸出事了，公司破产，房子也被卖掉了，他还摔断了腿，你奶奶在照顾他。”短短数语，信息量巨大。林稚子拿着手机的手抖了一下，她呼了一口气，将手机装回包里。那年离开的时候，她才知道他和妈妈离婚前转移了大部分财产，只给妈妈留下了她们居住的那套房子，她们母女俩可支配的财产十分有限，妈妈无心恋战，就没有计较太多。在国外，林稚子虽然不用去打工，但绝不是人们以为的富豪千金。这几年，她和爸爸的联系，也仅限于逢年过节的几通电话，有时是她打给他，有时是他打给她，次数屈指可数，话也少得可怜。她在这头说："爸爸，新年快乐！"电话那头说一句"稚子啊"，就又是短暂的沉默。国内城市里连烟花爆竹声都没有，那样的新年，是有些寂寞的吧！每个人都有自己的寂寞，每个人都有自己的孤独，选择，就意味着去承受。

林稚子将头靠在座椅上，微微闭上了眼睛。迟铭看似在认真开车，其实一直留意着她，他腾出一只手，摸了摸她的额头，轻声问："还难受吗？"

林稚子摇了摇头，想和他说说爸爸的事，又觉得不妥。听说迟铭的妈妈秦阿姨在国内时是妈妈的病人，迟铭七八岁时她就和丈夫离婚了，林稚子从未听迟铭提起过自己的父亲。每个人都有自己的秘密。

"你睡一会儿吧！"迟铭说。

林稚子合上眼休息，两人一路再无话。和迟铭在一起，没话也是舒服的，他是一个让人舒服的人。

等车开到那座庄园的白色大门前，迟铭帮她取下小小的行李箱，叫了门，有管家来开门。林稚子站在门口，像往日任何一次分别一样，挥了挥手说再见，迟铭也挥了挥手，已经要上车了，又折返回来，在她面前站定，认真地说："稚子，我和你一样，我也相信童话里的仙女、森林里的精灵、平安夜的圣诞老人都是真的，信爱得爱，稚子，谢谢你！让我终于有一件事可以坚持到底了。"

林稚子听得云山雾罩，看着他走向车里，开车绝尘而去。门内，传来欢声笑语。

2

庭院中，一个小型乐队正演奏着轻松欢快的乐曲，宾朋们三五成群地饮酒谈笑，女仆穿梭其中。远远望去，唐细辛穿着一件剪裁得体的蓝色礼服，正擎着酒杯，在招待客人——她同过去那个风风火火、不修边幅的女医生已完全不一样了。

林稚子绕过草坪，进了那栋被藤萝爬满外墙的红色房子，管家引她到一间起居室，就悄悄退出了。她打开行李箱，找了一件合适的衣服换上。一件水银色的长裙，一条珍珠项链，上面只有一颗珍珠，像小灯泡一般闪闪发亮，配鞋跟细小的高跟鞋。镜中的女孩儿看上去大方得体。她要给足唐细辛面子。

她正要出门下楼去见人，楼梯里响起一串脚步声和两个人隐忍压抑的说话声。林稚子握着门把手，悄悄地停下来。听起来，像是约瑟夫对唐细辛的指责。

“亲爱的，为何没有新鲜的鹅肝？这真是太遗憾了。”约瑟夫说得并不委婉，语气也很坏，一不注意，话语里就带出某种法国乡下的侉音。

唐细辛一开始是和气地解释：“我忘记了，瞧我这脑子。对不起！”

约瑟夫却不依不饶：“你是女主人，这些事你不应该忘记。”

唐细辛不是没有脾气，似乎有些怒了，说法语时，语速一快，舌头就有些打结：“比起把手术剪忘记在病人腹腔里，这种微不足道的小事可以原谅吧！我本来就不擅长这些事，你是知道的，但我仍愿意去做。”

不得不说，在经历婚姻的失败和生活的磨砺后，唐细辛已不再是那个稀里糊涂、面对感情困境时双手一摊的笨女人了，她懂得何时进何时退，言语间，不卑不亢地表明了她的立场——她是职业女性，但她愿意为爱人做一些改变，可你要知足。

林稚子决定现在出去，去给妈妈撑撑腰。果然，她打开房门出现在他们面前时，他们的争吵马上停止了。她同约瑟夫打招呼，约瑟夫也笑容满面，亲切地亲了亲她的额头。三人一起走到庭院中，约瑟夫正式将林稚子介绍给他的朋友，林稚子也尽力地保持礼仪周全，给唐细辛长脸。他们走到一位长鼻子的中年男子身边时，唐细辛和他多聊了几句，介绍女儿时，特意强调她毕业于名校，对方亦握手以示礼貌，唐细辛还想说些什么，被约瑟夫以别的话题岔开了。

转身离开时，约瑟夫的脸上便有些不悦，唐细辛也小声埋怨："你该向乔伊隆重地引荐一下她，如果她能进那样的公司工作，我就不用为她担心了。"她转头又对林稚子说，对方是世界五百强之一的某企业的董事，位高权重，林稚子不以为然地道："我什么时候让你操心过？"

约瑟夫也毫不客气地道："没错，她应该靠自己的能力去求职，而不是靠人情关系，你们中国人这点很不好。"

虽然约瑟夫说得在理，但张口就说"你们中国人怎样怎样"，令人颇不舒服，从前在国内不觉得，出了国门会变得格外敏感、自尊，容不得别人说祖国半个"不"字。唐细辛的脸色也阴沉下来，说："不肯帮忙就算了，用不着说风凉话。"

林稚子忽然想起来，她曾给乔伊的公司投过简历也参加了面试，已得到人事部的入职邀请，只是她还在几家公司间犹豫。想到这里，她不动声色地笑了笑，说："其实，我已经得到乔伊公司的 offer 了，只是我觉得，他家不如 SN 公司有发展前途。”SN 是另一家五百强公司。

女儿的话瞬间让唐细辛扬眉吐气，她得意扬扬地挑挑眉，向约瑟夫示威，约瑟夫倒是很大度地称赞稚子：“甜心，你很优秀，祝你好运！”

小小的龃龉就这么悄悄地化解了，约瑟夫和唐细辛又忙着去招呼客人。期间，林稚子想找机会和她说一说爸爸的事，犹豫了几次都咽下了。

林稚子自然不喜欢这样的场合，在人群中虚与委蛇了一番，便悄悄溜回了走廊，端了一杯酒闲坐。其实她很明白妈妈的苦心。约瑟夫伯爵的名头虽只是个虚名了，但约瑟夫交友广泛，颇认识一些名流，这样的场合暗含各种机遇，无论是工作机会，还是婚恋机会，都不会少。瞧！在约瑟夫的朋友中就有一对夫妻带了自己十八岁的女儿同来，那女孩儿花蝴蝶一般在人群中穿梭着，天黑下来的时候，派对转战到室内，女孩儿在弹钢琴，一群人在唱歌，赢得阵阵掌声。

唐细辛悄悄走到女儿身边，小声催促道：“都是年轻人，一起去聊聊啊！”

林稚子撇撇嘴，聊什么？这时才后悔小时候学乐器没坚持下来，她自嘲道：“聊什么啊？人家会弹琴唱歌，我难道去给大家表演一次化学实验吗？”

唐细辛无奈地摇头。客厅的另一端，约瑟夫喝得红光满面，与几个男人正高谈阔论，她走过去，想劝他少喝一点儿。后来，大家又跳起了舞。唐细辛和约瑟夫双双起舞，约瑟夫附耳跟她说了什么，唐细辛一脸甜笑，早前言谈间的不快仿佛早已烟消云散。

她幸福吗？林稚子很难说得清。

林稚子在角落里闲坐了一会儿，觉得头疼，便悄悄退出客厅，回到之前那间起居室休息。不知不觉，她倚在沙发上睡着了，楼下嘈杂，她在半梦半醒间，睡得并不踏实。

夜深了，曲终人散，人声渐渐消散。

法国乡村的夏日夜晚，一阵甜软的夜风吹撞着一扇窗，林稚子被惊醒了，她起身去查看。夜风送来阵阵幽香，从窗口望去，庭院中灯火通明，女主人在送客，宾主尽欢。忽然，她身后的门被用力推开，约瑟夫跌跌撞撞地扑进来，跌坐在沙发上，烦躁地解开衣领。他醉了，并没有去送客。林稚子一惊："你醉了，我叫约翰带你回房间休息。"

约翰是那个管家的名字，林稚子叫了两声，并没有人答应，她正要下楼去叫人，忽然被一把拉了回来，身后的门，被重重地关上了。房间里只开了一盏台灯，约瑟夫赤红着双眼，像一头野兽一般，将她压在身下，随手关了灯。眼前是瞬间的盲，林稚子的脑袋里"轰"的一声，一片空白。约瑟夫喘着粗气，喷薄着酸臭酒气的嘴巴凑上来，在她的脖颈上胡乱拱着，她尖叫了一声，用力推开他，语无伦次地喊道："我是艾米，我是艾米。"艾米是她的英文名，她天真地以为约瑟夫是醉糊涂了，认错了人。

"宝贝，你真美。来吧，甜心！"约瑟夫准确无误地叫出她的名字，说明他并没有喝醉，月光白花花地照进来，照得他一脸诡异的惨白。林稚子后背发凉，拔腿夺门而出，又被扯住头发拉了回来，身子被翻转过去，以难堪的姿势被按在书桌上，裙摆被撩到腰间。约瑟夫俯身压下来，在她耳后含混不清地说："绿卡、工作，我都可以帮你，你们不就是想要这些吗？"

"不，我不要，我什么都不要！"楼下隐隐传来妈妈与客人的说笑声，林稚子声嘶力竭地喊着，挣扎着，恐吓他，“瑞贝卡就要回来了，我要告诉她，你是个伪君子，她会杀了你，杀了你！”

瑞贝卡就是唐细辛，她送完客人，正疲倦地往回走。

“别怕，好姑娘，我会很快的。”约瑟夫紧紧地按压着林稚子的身体，力气大得惊人，肮脏的话令她胃液翻涌，她像砧板上的鱼一般垂死挣扎。慌乱中，林稚子抓住了书桌上的一个陶制笔筒，狠狠地朝他的头上砸去，约瑟夫闷叫了一声，松开她，捂住了额头，血从他的指缝里涌出来。

林稚子又羞又愤，夺门而出，眼泪止不住地流下来。下楼的时候，跑得太急，不小心掉了一只鞋，折返两步又去穿鞋，犹听到那个男人在屋内骂着恶毒的脏话，她的心错乱地跳着，穿上鞋慌不择路地逃开，与送客回来的唐细辛撞了个满怀。

“囡囡，你怎么了？”唐细辛吃惊地望着衣衫不整的女儿。

林稚子看见妈妈，又委屈又羞愤，心里迁怒于她，强忍着泪水，一字一顿地道：“我要回家。”

这栋房子，她一秒钟也没法儿再待下去了。她打开门，迎着月色和夜风奔跑起来。身后传来妈妈声嘶力竭的呼喊声，但很快被她抛在了身后，消失在风里。

夜间的乡村公路上空无一人，传来野菊花和青草的味道，星空辽远，公路灰青笔直，仿佛永远没有尽头。那双高跟鞋很快将她的脚后跟磨出了水泡，她的步子慢了下来。平静下来后，林稚子发现自己独自身处在一片荒郊中，月亮隐进了云层里，四周阴森可怖，她想给迟铭打电话，却发现刚才慌乱匆忙地出来，根本没有带手机和钱包，她无助地蹲下来，终于忍不住掩面哭起来。

这时，远远传来几声汽车鸣笛，车灯的光线影影绰绰，越来越近，林稚子惊喜地站起来，又莫名地害怕起来。终于，汽车行驶到她的身边停了下来，唐细辛下了车，走近她，两个人什么也没说，唐细辛伸出手臂，紧紧地拥住了她，说：“对不起！”

3

回国前，林稚子和妈妈约在里昂的一个公园里见面，她说有重要的事情要说。

公园的人工湖里，有几只野鸭和天鹅在戏水，岸边的长椅上，偶尔坐着一两个望着湖水发呆的人。这样的场景和家乡的那个城市公园无二，令人恍惚以为又重回昨日。林稚子想了起来，在那个公园的湖边，她曾和灏一起堆了一个雪人，那个雪人，融化在阳光里，埋藏在她的记忆里。

“我希望你能幸福，遇到真正的爱情，如果不能，一个人，也是一种幸福。”林稚子犹豫了很久，鼓起勇气对唐细辛说。

年轻的女孩儿，正是盲目相信爱情的年纪，女儿说出这样的话，还是令唐细辛心里一惊，这是一种通透？还是未开始就对爱情灰了心？她喟然，牵强地笑笑说：“怎么会是一个人？我还有你。”

“我？这几年，我陪在你身边的日子也少之又少。而且，现在……”林稚子咬了咬唇，说出了要回国的决定，本以为妈妈会劝她留下，谁知妈妈沉默了一会儿说：“也好。”

起风了，两个人起身默默地沿着湖边走了一段，唐细辛提议去公园附近的餐厅吃点儿东西。吃饭的时候，唐细辛点了许多稚子爱吃的菜。两个人轻松地聊着天气、菜式、签证，浑然不觉伤感。吃完饭，唐细辛开车送稚子回了公寓，那是林稚子与几个留学生租的一栋三层老洋楼。她站在公寓门口和妈妈告别，唐细辛坐在驾驶座上，并没有下车，歪着头看着她上楼。林稚子脚步轻快，上了两三层台阶，又折返回来，走近车子，沉了一口气，说：“听说，他好像过得不太好。”

“谁？”唐细辛一时没反应过来。

“他。”林稚子想了想，还是说出了口，“我爸。”

唐细辛眼神恍惚了一下，反应过来，口气平淡道：“哦！我知道。”

也许，她真的已经对他毫无感情了吧！林稚子觉得自己真的多嘴了。

林稚子很快办妥了回国事宜，走的那天，唐细辛并不知道，迟铭一个人来送她。他在机场，给了她一个大大的拥抱，然后戏精附体，感慨地说：“工作，退一步海阔天空；爱情，退一步人去楼空。稚子，我会想你的。”

她知道眼前这个人的一颗真心，像珠珂一样珍贵难得，而她却不要，她只能虚假地说一声：“我也会想你的。”会吗？在偶尔的瞬间，会想起这样一个少年般的人，但，不会太多。

飞机起飞的瞬间，林稚子想起了五年前乘机离开祖国的那天，她也是坐在靠着舷窗的座位上，望着窗外翻滚的云层和被雾霾笼罩的城市，全然没有奔赴新生活的喜悦，心情一寸寸地灰下去；而现在，她的心境已完全不同，她感受到一种隐约的幸福、模糊的快乐，虽然她不知道这幸福和快乐来自哪里。飞机跃入一团气流，微微颠簸后，便在一大片云海中平稳飞行，突然，机翼的方向，阳光劈开云层，霞光耀眼，她更加开心起来，想起一句诗来：“云层之上，阳光永远热烈。”阴天，不过是云层遮住了阳光罢了。

当林稚子走出机场时，暌违已久的这座城市正在下雨，她呼了一口气，打开随身带着的一把黑伞，走进了雨中。熟悉的街道，熟悉的店铺，屹立在雨中的古建筑，在汽车雨刮器的洗刷中，渐渐清晰起来。出租车七拐八拐，停在了她家小区门前。当年的家已经散了，但那套房子还在。那年走得匆忙，唐细辛临时委托中介将房子租了出去，在林稚子回国前，租住房子的那对年轻夫妇恰好搬走了，她在酒店住了两日，去商场买了一些新的家居用品，才搬回了家。

一切如昨，家具旧了些，阳光照进来，一些灰尘在光线里沉落。玻璃花房里，只有一个小小的已经枯萎的盆栽，大概是租客留下的。她曾经种植的那些花草，全都不见了踪影。来到院子里，那一院的绣球花倒是开得热烈，花丛挤挤挨挨，呈疯长之势。因无人修剪打理，枝枝蔓蔓，纷披纵横，有的花朵硕大沉重，被雨水打了，匍匐在地上。正值花季，绣球花有蓝粉掩映，有紫蓝相间，也有一棵花树上，纯白与淡粉争艳，在院子里构建出一片梦幻的花境。

林稚子拿来工具，翻整了土壤，剪了枝，修篱，一只流浪狗从缝隙宽阔的栅栏门钻进来，冲林稚子叫了两声之后，跑到一棵桂花树下，抬起右脚，在树根下撒尿，尿完了，又冲她鬼叫了几声，逃开了。

“犬溺为记”？林稚子忽然想起那时她和灏在这栋房子里嬉闹的情景。她拿着香水对着灏乱喷，一下、两下、三下，灏就像杀虫剂下的虫子那样，晕了、蜷缩了、不动了。她以此为乐，他也陶醉其中，说：“你这种行为就是犬溺为记，画圈占地，宣告此处是你的势力范围。你都宣告我是你的人了，你不会再赶我走了吧？”

傻瓜，我怎么会赶你走呢？你到底去哪里了？

林稚子望着花园叹了口气，回到屋里，心里被一种强烈的思念鼓胀着。她拿出手机，手指颤抖着，拨打着一串烂熟于心的号码——那是灏之前的手机号码，他的手机通信录里只存了她一个人的号码；他消失之后，她每天都拨打那个号码，却始终显示关机无法接通。出国前，她不舍得销号，开通了昂贵的国际漫游，但灏的号码从来没有打来过。他像风融进空气，像雨落入海洋，像窗玻璃上的水汽，太阳出来后便消失了踪迹。城市万人如蚁一身藏，灏，你到底去了哪里？

电话里传来冰冷机械的声音："您拨打的号码是空号。"

林稚子沮丧地将手机扔在沙发上，刚起身，手机又响了起来，她接起，原来是某公司打来的面试电话。回国前，她已向国内几家知名公司投了简历。

"谢谢！明天我会准时去参加面试。"

她必须找到一份工作，让自己快点儿忙起来。

4

林稚子很快找好了工作，一家老牌的化妆品企业，被资金收购，面临转型。她在数家对她抛出橄榄枝的企业中，选择了这家叫作"未见"的日化公司。

未见公司在城中三环繁华地段的某大厦里，占据一层，并不甚起眼儿，但在郊外有着数千米的厂房和研发中心，以及数万亩的花卉养殖基地。公司新成立了香水研发部，林稚子做香水调配研发工作。

回国后，她给爸爸打了电话，才知道他已经搬到奶奶家去住了，但她并没有马上去看他。电话里，他还在粉饰太平，装出若无其事的样子，说公司事务繁杂，回老家休息几天，接电话的时候，他正在钓鱼。林稚子在电话里没有说自己已经回国了，她问候了几句，就挂了电话。

林稚子去看望林厚朴的那天，是个周末。奶奶家住在离城几十公里的郊县。她开了公司的一辆车前去，大约一个小时的车程。奶奶以前是个教师，住的是分配的教师楼，老小区，总高六层，奶奶住在五层，没有电梯。林稚子提着一篮水果，徒步爬楼梯，累得气喘吁吁。敲门的时候，她有点儿忐忑，奶奶性格古怪，又重男轻女，和稚子不亲。

开门的是奶奶，这一次，奶奶竟格外地热情，眯着眼认了半天，确认是林稚子，拉着她的手往屋里让，指指阳台："你爸在那儿。你们聊，奶奶给你做鱼吃。"

林稚子狐疑地望了望热情的奶奶，走进了阳台。阳台上的人背对着她，头发花白，背佝偻着，坐在轮椅上正在晒太阳，要不是奶奶说这是爸爸，她根本不敢确定这是他。

阳台关着门，林厚朴根本没听到家里来了人，他扭头冲屋内喊道："推我进去啊！外面太热了，晒什么太阳？"他一转头，看到稚子，慌忙用手遮脸，旋即又尴尬地笑着。

奶奶拿着刀从厨房探出头："医生说要你晒太阳，补钙啊！"

"这大夏天，有这么晒太阳的吗？"林厚朴嘟囔了一句，再次对着女儿尴尬地笑了笑，"稚子，你怎么回来了？"

他的额头和脖颈上汗水滚滚，如蒸桑拿一般。林稚子怔了怔，说："我推你进去吧！"

林稚子把他推回客厅，奶奶端来水果和一杯凉茶，冰镇的饮料，和蔼地对稚子笑着道："渴了吧！外面热吧！"然后，她又回厨房去了。

父女俩面面相觑，稚子的目光落在爸爸的腿上，林厚朴马上满不在乎地解释："走楼梯摔了一跤，一点儿小伤，过两天就好了。"

林稚子就这样听着，不急着揭穿，林厚朴有点儿兴奋，也许是因为很久没见到女儿了，话多起来，问稚子最近过得怎么样？谈没谈恋爱？这次回国来做什么？待多久？什么时候走？

“不走了。”林稚子喝了一口饮料，说，“我回国找了一份工作，已经上班了，不走了。”

一听说她不走了，林厚朴开始苦口婆心地教导起来：“人人都往外走，你走了又跑回来，傻不傻？”

林稚子并未回答他的话，只是淡淡地问他：“怎么白头发长出这么多了？”

那年临走前夕，她给爸爸染发的情形仿佛还在眼前。林厚朴自嘲道：“老了呗！”

林稚子便下楼去买染发剂，回来给他染发。在等待染发的过程中，林厚朴侃侃而谈：

——你贝叔约我去瑞士滑雪，等我这腿好了，我带你一块儿去。

——公司谈下了一个新项目，打算和德国一个公司合作，顺利的话，明年就可以上市了。

……

林稚子只是静静地听着，时不时应一句“哦”。

等给林厚朴染好头发，洗净吹干，奶奶做的饭菜正好上桌。餐桌上果然有一盘香气扑鼻的红烧花鲢，林厚朴眼睛一亮，问：“这是老二那天在水库钓的那条吗？”

“老二”是指林厚朴的亲弟弟，老太太的小儿子。

“是，赶紧吃吧！”老太太对林厚朴说道，带着一丝不耐烦，但不耐烦归不耐烦，总归舐犊情深，手中的筷子伸出去，夹了鱼眼睛的部位，放在儿子面前的碗里，略带怨气地说，“吃啥补啥！补补你的眼睛，下次认人把眼睛擦亮点儿。”

林厚朴也给女儿夹了一块鱼，听到这话，瞥了母亲一眼，嘟囔了一句："说什么呢？"转头对林稚子说："你尝尝这个鱼，咱们家乡的花鲢味道真不错。等会儿吃完饭，你推我下楼，我去水库给你钓两条带上。"

下楼？林稚子看看他的腿，再想想五层楼的楼梯，迟疑了一下，说："哦！好。"

花鲢的味道确实鲜美，林厚朴吃得红光满面，啧啧赞叹。说起美食，林厚朴头头是道："最好吃的，还数我在日本吃过的蓝鳍金枪鱼，那真是脂肥味鲜，等……"

不待他说完，林稚子抢白道："等你腿好了，带我去吃。"

"你这孩子。"林厚朴尴尬地笑道。

"都快被你们这些人吃灭绝了，少吃点儿吧！"林稚子不忍拆穿让他难堪，只能不动声色地看着他演下去。

老太太听不下去了，丧气地说："行了，别装了，饭都快吃不起了。这是你亲生女儿，有什么藏着掖着的？"

"妈——妈——"林厚朴听得心惊胆战，急得想要堵住老太太的嘴，却于事无补。久病床前，不仅无孝子，亲妈也被拖累得一腔怨气。老太太一打开话匣子，就开始喋喋不休，声泪俱下："我就这么点儿养老金，还去什么日本吃什么鱼，还做什么公司上市的春秋大梦啊？醒醒吧！好好的家，让你作得妻离子散，被那个女人骗得人财两空，到头来还落了个残疾，让我这老太太伺候你。"

林稚子听懂了，爸爸的境遇和贝妮口中的传言无二，甚至更惨一些。原来，那个女人怀孕是假，蓄谋财产是真；婚后，他的公司被那个女人悄悄进行了股权变更，现在已是一个空壳。东窗事发后，他才发现那个女人一直在暗度陈仓，有多年苟且的情人。三人争执时，他失足从二楼跌下，而那个女人撇下他，逃去了美国。公司破产，房产被抵押还债，树倒猢狲散，林厚朴人生的这杯茶，算是凉透了。

“妈，别说了。”林厚朴放下了筷子，唉声叹气，把脸埋得很低，不敢与女儿对视。

为什么心里会有一点儿痛快？林稚子恍然大悟，这么多年，她其实是有些怨恨他的，这怨恨来自血浓于水的爱——她爱他，爱曾经的那个家。

奶奶絮絮叨叨控诉了很久，爸爸沉默不语，两人像是都在等待宣判似的。林稚子静静地听着，偶尔还气定神闲地夹起一块鱼放进嘴里慢慢地咀嚼，最后，她终于放下筷子，说：“奶奶，别说了，会好起来的。”

老太太像是吃了定心丸似的，果然不再说了。

吃完饭，奶奶去厨房收拾，客厅里又只剩下父女俩，林厚朴讪讪地自嘲道：“人生无常，人生无常嘛！”

林稚子不置可否，说要早点儿回去了，奶奶举着两只湿淋淋的手出来，追问道：“你妈呢？你妈现在在哪里？回来没？你不带你爸回去啊？”

林稚子笑而不答，走出门外。林厚朴转着轮椅追到门口，带着恳求道：“稚子啊！推我下楼去，我去水库给你钓几条鱼带上。”

放眼望去，楼梯老旧而逼仄，她很难想象，他是如何被“搬”上楼的，也不知道他有多久没下楼了。

老太太数落道：“别添乱了。”

林稚子告辞，一步一步地下楼，心里有一种大仇已报的快意，又有深深的悲伤。她还不能原谅他，还没想好该怎么办。

楼上的房内，传来隐隐的争吵声。那个意气风发的男人，现在唯一的诉求，就是能下楼去晒晒太阳。

5

八月的午后，暑气未散，林稚子开车行驶在乡间公路上，车内冷气不足，令人烦躁。汽车刚驶出县城不久，车身“咯噔咯噔”地颠簸了几下，忽然停了下来。

她下了车，束手无策，打开引擎盖看了看，也没看出所以然。公司这辆车常跑郊外的研发基地，风里来雨里去，小毛病不断，只是没想到，今日却把她这只菜鸟撂在了路上。

林稚子试着打开软件搜索了一下，最近的汽车维修处距离这里不过三四公里，她打了拖车电话，对方张口就要两千，抢钱哪！挂了电话，她站在大太阳底下发了一会儿呆。下午六点多，太阳依旧灼热，被炙烤过的地面热气蒸腾，像要把小腿灼伤似的，她懊恼地望着长长的公路，一筹莫展。

远远地，驶来一辆银灰色的汽车，林稚子犹豫了一下，挥了挥手。汽车在她身边停下来，车窗缓缓落下，她忙探身过去，请求帮助——帮忙拖车，或是帮她查看一下毛病修修车更好。

“对不起，我赶时间。”车内的男子冷冷地说。

车内冷气很足，凉气扑面出来，林稚子看到一张苍白而清俊的脸，那目光微微瞥向她，像笼了雾的湖水，配合他冷淡的口吻，有一种拒人于千里之外的清冷气质。

为何她心里会忽然微微一动？那张苍白清俊的容颜、说话时不急不缓的语调，怎么会和灏如此相似？她知道他并不是灏，但就是说不清哪里，一个不经意的表情、睫毛轻轻覆下的瞬间，让她想起了灏。

“帮帮忙。”林稚子恳求道。

“对不起，我赶时间。”车窗缓缓关上，汽车绝尘而去。

林稚子忽然反应过来，踉踉跄跄地追了出去，迟疑地喊着：“灏，灏，是你吗？灏，等等啊，是我啊！我是稚子，我是囡囡。”

路面扬起薄薄的烟尘，汽车已驶出好远，忽然又停下来，慢慢地退回到她身边。林稚子狐疑地走近，车窗摇下，这一次，那男子微微倾身朝着她的方向，问：“你认识我？你怎么知道我叫灏？”

林稚子吃惊地望着他，仔细地辨认着，语无伦次地道：“你叫灏吗？我不知道啊！你叫灏？是，还是不是？”

男子望着眼前这个有些疯癫失态的女孩儿，皱了皱眉，说了句“抱歉”，像避开瘟疫一般，再次驾车离开了。

这不是她的灏，她可以肯定。不管他叫张灏、王灏，还是李灏，都只是一种巧合，她的灏，绝不会把她扔在大太阳底下不管的。她的灏，是雨天的伞，是夏天的扇，是打雷闪电的夜里默默地陪伴，是不再见面的思念啊！

在阳光下发怔了一会儿，林稚子拨打了同事吕晓乐的电话，好巧不巧，吕晓乐正好开车经过附近。二十分钟后，他来了，帮她把车拖到了附近的汽修厂。

汽修厂有个大气的名字叫“龙行天下”，但不叫汽车维修，“龙行天下”后缀“汽车改装”。门前可罗雀，店门洞开，一辆黑色轿车的引擎盖打开着，一个穿红色工字型背心的女孩儿正俯身查看着，店里的音响开着，回荡着一曲《赛马》二胡曲。

林稚子犹豫地走上前，小心翼翼地询问：“老板，您这儿修车不？”

那女孩儿头也没回，口气不甚友好：“看清楚了，是汽车改装，不是修车的。”

林稚子大失所望，不料那女孩儿转过身，笑道：“当然了，车我也是会修的。”

二人四目相视，惊喜、辨认、激动，林稚子还没反应过来，肩头已被对方的拳头砸了一下；旋即，又被对方熊抱在怀中，那瘦瘦的身体，早已不是微胖界的翘楚，但传递的那份体温依然真实，是阔别数年的龙美。

“德行，回来也不说一声，姐儿们可以去接你啊！”龙美松开她，又轻轻地捶了她的肩一下，稚子笑着躲闪，仿佛又回到从前，她被龙美组团欺负的日子。

这几年，两人并没有断了联系，社交软件将天南海北的同学维系在网络上，热闹喧哗，龙美偶尔会给林稚子点个赞。过年的时候，林稚子也会在龙美群发的拜年消息下手打几行字回复，淡淡如水的交情。

对一个女人最大的赞美，无外乎是这时林稚子淡淡地说了一句：“你瘦了。”

龙美得意地转了转手中的工具：“看我的。”

那年虽有林稚子和灏给她补课，无奈龙美底子薄弱，最终去上了技校，毕业后和当时的男友开了一家汽修厂。后来男友成了前男友，去了南方发展，汽修厂由龙美接管，做得风生水起。在所有同学中，她是小人物逆袭的成功典范，在城中给妈妈买了大房子，自己名下有好几辆车，风光无比。

龙美修车的时候，林稚子的同事吕晓乐一直在旁边一脸痴相地看着，龙美余光瞥见，不屑地问：“谁呀这是？你男朋友？”

“不是，我同事，晓乐。”

吕晓乐马上谄媚地对“龙姐”笑。

说起男友，龙美想起灏，一时也有些感伤，悄悄地问道：“你把我灏哥哥到底弄哪儿去了？什么时候还能再见到他？”

龙美的问题让林稚子的心中又骤起悲伤，她想要马上抱抱龙美，告诉她，灏哥哥被我弄丢了。他就像她俩共同守护的一个秘密，一个青春的秘密，再提及，既伤感又甜蜜。只是，有新同事在旁，她犹豫了一下，微微地笑了笑。

吕晓乐马上八卦心起，好奇地问道：“灏是谁啊？”

“关你屁事。”

“关你屁事。”

两人异口同声。

龙美挑眉笑笑，起身从屋外牵了一条大黄狗进来，将绳子递给吕晓乐，客气地笑道：“帮帮忙，帮我遛遛狗。”

吕晓乐身材瘦弱，大黄狗若直立起来有一米多高，就这样，他被一条大黄狗牵走了。

店里就剩下她们俩，龙美放下工具，拍拍手，说：“修好了。”

那首激越的《赛马》曲也停了，接着是一首钢琴曲，颇是轻柔，林稚子不知道那是什么曲子，只觉得音乐丝丝缕缕，像长了触手似的，揪住了她的心。

店里有一个吧台，吧台里是一个造型奇特的酒柜，龙美倒了两杯酒，一杯给稚子，另一杯溢了出来，她小声尖叫着，把嘴凑过去喝掉杯边要溢出的酒。

“他，我把他弄丢了，我找不到他了。”林稚子说。

“什么什么？他丢了？被拐卖了？什么意思？”龙美一惊一乍地喊起来。

“他是我的伞，我把他弄丢了。”

时过境迁，再说起灏，多少欲说还休，都成了千古空余恨。林稚子终于有勇气对龙美和盘托出—— 灏是她那把紫色雨伞里的精灵，而她在高考中，丢失了他。

龙美哈哈大笑，根本不相信她，笑过之后，有点儿伤感地说："我知道我配不上他，他喜欢你，我也抢不来，可你也不用编这样的瞎话骗我。雨伞精灵？哈哈哈！"

"我说的都是真的。"她认真地说。

龙美静下来，与稚子对视，像是在那茶褐色的瞳孔中寻找答案，许久，龙美哀伤地叹口气："你真是很喜欢灏啊！"

稚子将手中的酒一饮而尽，像是自言自语，又像是对龙美说："下一次，要勇敢一点儿，爱来的时候，要踮起脚尖去迎接，因为一不小心，它就飞走了。"

门外的马路上，蝉鸣骤然停下来，大黄狗牵着吕晓乐回来了。

6

唐细辛回来的时候，是个大中午，只身一人，没有通知谁，像林稚子独自回来那天一样，拖着一个大箱子，是在法国的全部所得，内里有些东西可能还是从中国带去的。

唐细辛环顾四周，又把几个房间推开看了看，劈头问了句："你爸呢？"

林稚子刚刚起床，昨晚熬夜完成了一份研发计划书，这天是周六，她打算去研发中心加个班。她还没洗脸，睡眼惺忪，有点儿蒙："我爸，在奶奶家啊！"

"你没接他回来？"唐细辛的口气微含抱怨。

"没有啊！"林稚子很无辜地答道。

“你回来干吗来了？”

“就是想回来了啊！”

林稚子的这份坦荡，倒让唐细辛那份婉转的心思显得龌龊起来，她也不好指责什么，叹了口气说：“那毕竟是你爸。”

林稚子撇撇嘴。她不是没想过接爸爸回来，只是想再挫挫他的性子，然后等自己工作稳定一些再去接他。唐细辛没再追问，走进自己的卧室，打开了紧闭的窗帘，然后开始整理行李。这个家，像一个容器，再次被注入水、空气、阳光。

接爸爸回家这个话题，没有人再提起。接下来的日子，母女俩相安无事，各自忙碌。唐细辛继续回原单位工作，被委以重任，任命为分院院长，她接受着人们的暗羡和逢迎，像是一个失婚女人的胜利回归。

一个周末，唐细辛很晚才回家，大约是单位聚会，她喝多了，带着一身酒馊气味，被一个年轻男孩儿扶着。林稚子扶过她，她喝醉了，脸很红，但清醒着对年轻男孩儿吩咐道：“车钥匙给我，我明天有用。”那男孩儿是医院的司机，那辆车是唐细辛的专车。

稚子扶她洗漱，安置她躺下。唐细辛累极了，快要睡过去的时候嘟囔了一句：“明天，一起去接你爸爸回来吧！”

第二天一早起来，唐细辛神清气爽。看得出，她用心打扮了一番，涂了接近唇色的口红，短发梳理过，又用手揉乱了一些，显得精神抖擞，又不那么刻意。在法国数年，她不仅进修专业，精湛了医术，也学会了化妆和穿衣，学会了法国女人的优雅。不得不承认，现在的唐细辛和五年前的她判若两人。

林稚子套了一件简单的白 T 恤就打算出门，反遭到妈妈训导：“女孩子，要注意仪表。该谈恋爱了。”

林稚子不客气地反戗了一句：“我又不去约会，以后再说。”

说者无心，听者有意，唐细辛心虚地又用手抓了抓头发，走出家门，上了车，坐上副驾驶位，把钥匙交给稚子：“你来开吧！我头疼。”

林稚子没有多问，启动汽车，朝几十公里之外的那栋六层小楼驶去。

到达奶奶家小区楼下时，奶奶正好买菜回来，几根绿绿的小葱、一小袋黄豆芽、一把小油菜。一见到母女俩从车上下来，奶奶喜出望外，满脸堆笑地往楼上迎她们。上楼的时候，奶奶旁敲侧击地询问：“厚朴要吃炸酱面，我一会儿再炒俩菜，咱们一家人吃个团圆饭。”

唐细辛过去与婆婆相处并不愉快，在生产和月子里，婆婆给了她许多屈辱的记忆。她和婆婆无话可说，只是一步一步稳稳地踩着台阶，目光笃定地望着前方，淡淡地说：“不吃饭了，我是来接他的。”

老太太跟在她们身后上楼，有些吃力，听到唐细辛的话后停了下来，长长地舒了口气：“早该复查了，这老二整天忙，也没人送他去，我也没办法。”

推开门时，林厚朴坐在轮椅上背对着她们，在看一部无聊的肥皂剧打发时间，他以为只是母亲回来了，小声地说：“妈，叫老二过来，带我下楼转转吧！”

幽闭会让人变得神经质，离开人群太久容易胡思乱想。林厚朴声音细细的，像在自言自语。他转头一看到唐细辛，就如同被蝎蜇了一般吓了一跳，脸上的肌肉惊跳着：“你怎么来了？你来干什么？”

唐细辛心生恻隐，心底如峰峦崩摧，脸上却是不动声色：“我带你去复查。”

“不用麻烦了，没什么大碍。”林厚朴强端着最后一点儿面子，对前妻的善意报以一个尴尬的笑，说，“谢谢你了。”

经过几年的时光揉搓，唐细辛已改变太多，她没有与他凄凄复凄凄地厘清恩怨、争执是非，她不是来与他商量的，只是果决地说：“走吧！”

唐细辛推着轮椅往外走，回头对林稚子吩咐：“带上你爸的东西。”

林厚朴坐在轮椅上扭手扭脚，如坐针毡：“这事你就别管了，真的，你不要管我了。”

轮椅行至楼梯边，唐细辛看看长长的楼梯，犹豫了一下，忽然俯身，一把拉住他的一条胳膊，将他拉到自己的背上，厉声喊了一句：“别动！”然后起身，背着他一步一步走下楼梯。

林厚朴不动了。他的前胸紧紧地贴着这个瘦弱的女人的后背，像年轻时他与她在校园的湖边约会，他突然从后面轻轻地抱住她一样。身体的接触能够让人迅速亲密起来，也瓦解了他最后一点儿可笑的自尊。

楼下有几个目睹全程的老邻居啧啧赞叹，叹唐细辛宽容大度，有妇德。

唐细辛将那个负心的男人塞进车里，自己坐回了驾驶座。林厚朴坐在后面，心有余悸、战战兢兢，问：“细辛，你现在，不会是想要……想要报复我吧？”

唐细辛冷笑一声，道：“你现在这样，还有被报复的价值吗？”

林稚子拖着折叠的轮椅“吭哧吭哧”地下了楼来。

回去的路上，三个人都默默无语。汽车驶回城中，并没有回家，而是直接去了唐细辛的医院。她吩咐下面的人推了一辆新型轮椅出来，并特别叮嘱把账记在她的名下。这一次，她没有再背他、抱他，医院多的是护工和男人，随便拉一个来，就把林厚朴从车上抱了下来。

医院是唐细辛的天下，她纵横自由，对什么事都应对自如。科室的同事们知道林厚朴是院长的前夫，都报以和善的态度、周到的服务，以及暗地里隐晦的讽笑。林稚子随侍前后，觉得自己在这里其实是个无用的人。最后，唐细辛亲自开了一些缓解肌肉萎缩的中药，叫林稚子跑个腿去中药房拿。

中药房在一楼，正值晚饭饭点，只开了一个窗口，排了一小队人，里面只坐了一个医生，正在不紧不慢地核对药名，再配药、称重，然后把不同的药材分摊在牛皮纸上，包裹、捆扎，如同捆绑襁褓里的婴儿一般，一丝不苟。

林稚子有点儿着急，她想起院长大人的“特权”，于是猥琐地插队到窗口第一个排队的人旁边，压低声音对那个医生说：“大夫，唐院长让我来拿药。”

年轻的医生抬起头来，用鄙夷的目光看了看她。林稚子看清了，这名医生有一张略显苍白的冰山脸，睫毛很长——她认出了他，是那日汽车抛锚后，她在路上求助，却冷酷拒绝她的绝情司机。一种“特权”的荣耀感让她挺直了腰脊，又骄傲地说了一遍：“唐院长让我来拿药。”她手里的单子上有唐细辛的签名，是最好的证明。

没想到，对方淡淡地瞥了她一眼，似乎并不记得她，冷漠地说：“去后面排队。”

林稚子以为他没听清，还跃跃欲试地往窗口挤，被前排的人狠狠瞪了回去。她气急败坏地站在了队尾。轮到她时，那医生没有再用正眼看她，只是接过单子，认真地看了看药名，然后开始取药。林稚子瞥了一眼，他的胸牌上写着“宫灏医师”，她心里微微一动，他竟然真的叫“灏”？世间竟有如此巧合之事？

宫灏医师配齐了所有的药，一反刚才的冷漠无情，指着不同的牛皮纸袋，耐心地给她解释煎药的方法、时间、火候，林稚子心里得意扬扬，哼！装什么清高？

“你记住了吗？”他问。

“啊？”林稚子只顾暗搓搓地看他，也没细听他到底说了什么。

宫灏无奈，拿出笔，在一张纸条上写下刚才说的话。她注意到他的手，修长柔细，像女孩子的手，但写字的时候，指关节和手背的脉络清晰可见，刚劲有力。她对刚才的冷遇很不忿，挑衅地问：“医生，你对每个人都是这样体贴周到吗？”

宫灏写完了字，抬眼，毫不留情地说：“不，我只是对愚蠢的人才这样体贴周到。”

被羞辱了吗？林稚子接过药，怔了几秒钟，不知道该怎么回嘴反击，那人已在窗口摆出了“暂停服务”的牌子，和另一个医生交班去了。

林厚朴被正式接回了家，三个房间，三人各据一室。林厚朴被安排在书房，前妻亲自给他铺床，一言不发；他滑动轮椅，关了门，默默地来到她身后，忽然用力撑住轮椅，挣扎着起身，匍匐跪倒在她的膝下。唐细辛一惊，跌坐在床上。林厚朴抱住她的双膝，将头埋在她膝上。她错愕之间，感觉到他的身子在发抖——他在抽泣。

“细辛，我错了，我对不起你。”

唐细辛不动声色地坐在那里，等他说完那些悔恨的话，终于平静下来，她才淡淡地说：“没有谁对不起谁，你好好养病吧！”

林厚朴忽然捧住了她的双手，放到唇边吻起来，像是多年前在冬日校园里的湖边初次约会，她的手被冻得冰凉，他就是这样，把她的手放到嘴边，轻轻地哈着热气，然后如侍珍宝地吻着。

唐细辛如蝎蜇了一般，厌恶而惊悚地抽回了手，盯着他，认真地说：“你不要误会了，我和你，早没有了夫妻情分，更不是你说的什么亲情，我们甚至连老朋友也算不上，我对你只是单纯的同情罢了。”

林厚朴听着她说着这种无情的话，还为彼此辩解：“不，细辛，我还爱你，你也爱我。”他要为他的吻和她的收留找一个妥帖的借口，好让大家都名正言顺起来。

唐细辛凄然一笑：“爱！有几个人配说爱呢？”她眼底温热，心里却涌上一股绝望，甩手走出了房间。

林稚子在自己的房间内听着书房里传来的隐隐动静，犹豫着自己要不要过去看看。她不知道他们是否还有感情，但她知道，林厚朴是唐细辛的一块精神失地，唐细辛想要收复失地，将一面屈辱的、代表胜利的旗子再插上去。人性复杂至此，林稚子打算要开门出去的手又缩了回去。

隔壁房间传来难以分辨的声响，那是林厚朴艰难地从地上爬起，再借助外物回到床上。从此，他被前妻扶助和豢养的生活开始了。

一家三口，白天母女俩各自上班去，唐细辛为林厚朴请了一个男护工，白天来照顾他吃喝拉撒，晚上走，不住家。唐细辛做了院长，虽然偶尔有些应酬，但不如以前那样晨昏颠倒地忙了。她无微不至地照顾着他，但总是板着脸，也没有多余的话。林稚子下班后会搭把手，屋里气氛沉闷的时候，她和爸爸会扯几句自己工作上的事。

林稚子入职的公司在研发香水系列，她加入了研发小组，天天往郊外的研发中心和养殖基地跑，人都晒黑了一圈。唐细辛看着心疼，给她买了一辆二手车，除了上班代步，周末不忙的时候，她会载着爸爸妈妈到郊外的一个景区的河边钓鱼。林厚朴笑得眉眼开阔起来，连声赞叹：“还是我女儿好。”一根钓鱼线抛出去，他转头又对唐细辛谄媚地说：“等会儿看我的，这河里有花鲢，我钓它一条，晚上你给我们做清蒸花鲢。”

唐细辛躺在树荫下，不置可否，用遮阳帽盖住了脸。

林稚子想起医院里的那个实习医生，问妈妈："妈，你们医院有个实习医生叫宫灏，你认识吗？"

唐细辛依然遮着脸，懒洋洋地说："医院那么多员工，我哪儿能个个都认识？这个人怎么了？"

林稚子故意撇撇嘴，自嘲地说："也没什么，就是上次我去拿药，想插个队，被他撵了。不通人情，我可是院长的女儿哪！"

"本来就是你不对啊！"唐细辛哑然失笑，嘟囔了一句，侧个身打盹儿去了。

河水平静无波，一家人仿佛也可以一直这样波澜不惊地生活下去。

7

再遇见他时，是在一个十字路口，林稚子刚从研发中心回来，打算回公司撰写一份报告。午后四点，暑气蒸腾，她行驶的那条马路上行人稀少，她把车停在路边，打算去买一杯冰咖啡。就在打开车门的瞬间，她看到一个颀长的背影踉踉跄跄地走了几步，一手扶着树干，最后软软地歪倒在地。

林稚子没有多想，便上前去扶，就看到了那张合着眼的俊颜。蜡黄的脸、薄薄的唇干裂起了皮、呼吸急促，依她浅显的医学常识来看，他中暑了。

即使是清瘦的成年男子身材，体重依然惊人，林稚子费了好大力气才将他拖到后座椅上。车里冷气十足，宫灏很快就清醒了，口中嗫嚅着："水！"

林稚子递过一瓶水，他接过去喝了几口，剩下半瓶尽数泼在脸上、头上，还大口喘着粗气。林稚子急得直嚷：“你这个人怎么回事？水都洒在车座上了啊！”

宫灏平了一口气，说：“谢谢你！”

林稚子撇撇嘴，讥讽道：“不用谢！我是活雷锋嘛！不像有的人那么冷血，见死不救。”她是个记仇的人。

“对不起了，那天，我比较赶时间。真的对不起了。”他心虚地解释着，态度异常温柔，眼眸里似乎都有了温柔的旋涡。林稚子便原谅了他，替他关上后车门，上了驾驶座，从包里拿出一盒藿香正气水，递给他：“把这个喝了。”

那盒藿香正气水是唐细辛放在她包里的，没想到这时派上了用场。宫灏却拒绝了她的一番好意：“我不是中暑，喝这个不管用。”

“不是中暑？”林稚子回过头来看他。

宫灏不自然地移开目光，没有回答她的话，请求道：“能送我回医院吗？我今天上晚班。”

好人做到底，林稚子依言发动了汽车，说：“行，我正好顺便去趟医院，给我妈送点儿东西。”研发中心附近的老乡送她一篮新摘的桃。

“你真的是唐院长的女儿？”宫灏忽然问。

原来他早就留意到了她，他记得她。林稚子的心里莫名地荡漾了一下，反问道：“她是我妈，我是她女儿，有什么真的假的？”

“你俩一点儿也不像。”他冒出这么一句来。

不像？从小就有人说她和妈妈不像，和爸爸像，她倒无所谓。有时照着镜子，颇为得意，觉得自己遗传了他们两人的优点，既长了唐细辛那样江南女子的秀丽眉眼，又脱胎于林厚朴北方男子的英气，会长。

“哦！很多人都说我和我妈长得不像。”

“不是外表，我是说气质。”宫灏顿了顿，说，“唐院长给我们开会讲 PPT，目光坚定，一看就是那种目标很明确的人。”

林稚子很想反驳他，五年前的唐细辛可不是这样，他却自顾说下去，说到了她：“而你，你有一种慌张迷茫的气质，就好像丢失了什么东西想要找回，却连自己丢了什么也不知道。”

林稚子觉得某个只属于自己的秘密被打扰了，她觉得受到了无礼的侵犯，突然一阵烦躁，愤然一扭头，抬高了分贝：“自以为是。”

冷风送去一阵暗香，丝丝缕缕地沁入他的鼻腔，那是一种静静的香、幽幽的香，像是蝉鸣渐歇的夜，风送来的栀香；像薄雾散开的晨，绣球花的香丝丝绕绕，余韵不绝。他深深地吸气，身体前倾了一些，以便能更靠近她的脖颈，甚至大胆冒犯起来：“你用了什么香水？真好闻。”

在封闭的空间里，香水、耳垂、脖颈、手臂、赞美，都是暧昧的，她却并没有觉得被冒犯了，反倒兴奋满溢，同宫灏说起香水来。他静静地听完，又赞了一句：“真的很特别，那些大牌的街香是无法相比的。”

他的说法和林稚子在研发会议上提出的创意不谋而合。她认为，香水不是某个国家的女人或男人的专利，东方女性应该有符合自己气质的香水。她悄悄地打了一把方向盘，多绕了路，和他多聊了几句。

就在林稚子绕路的几分钟里，他们头顶的天空上云层翻滚，酝酿着一场雨，到达医院门口时，雨点兜头砸下来。她把汽车停在医院门口，望着渐渐滂沱的雨也不急，倒是很愿意在车里坐一坐，同他把刚才的话题继续下去。

宫灏却不能干坐下去，他上晚班，交接班的时间快到了。望着茫茫的雨幕，他的眼里闪着兴奋的光，跃跃欲试：“林稚子，我们一起跑过去吧？”

“冒着雨？”

“冒着雨。”

于是，车门打开了，她提着那篮桃子，和他一同冲入雨中。

干燥太久，雨点在地面上击起淡淡的烟尘，和雨雾融合，万籁俱寂只留雨声。天地宛如仙境，而这一对年轻人，是精灵，是仙人，像要消失在雨的深处似的。从车里到门诊大楼，距离并不算长，他们却跑得很慢，看起来就像是在走。雨声太大，宫灏说话是用喊的：“以前，我很讨厌下雨；后来，我发现在雨里漫步，是一件很美妙的事。”

没错，在雨里摔跤，也是美妙的。林稚子下台阶的时候，一脚踩空，以为会摔倒，宫灏却伸出了手，紧紧地揽住了她的腰，而另一只手抓住了她的一只手。全身都已被淋湿，但手指和手指、手掌和手掌纠缠相握的那一瞬间，她体味到一种许久没有的炽热，就好像那个人的手里握了火种，在手里发光、发烫；就好像两颗热腾腾的心在手心里捧着，“怦怦”地跳动着，让人兴奋。

宫灏拉着她跑进他的科室，从门口拿出一条干毛巾来，径自盖上她的头，轻轻地为她擦拭湿发，姿态温柔：“别感冒了。”

林稚子受宠若惊，抬眼望着他，他的短发湿漉漉的，根根分明地竖起，近看之下，他的眉眼和灏是不同的，眼底更添了几分愁绪；他的鼻尖停了一滴雨水，滚落下来，她眼看着它落在自己的手臂上，却似被灼烫了一般缩了缩手，用另一只手捂着手臂。她心里像是生出了无限柔情，任由他擦拭着自己的发，往日的一切仿佛重回眼前，她喃喃地叫了声：“灏！”

宫灏心无旁骛，与她靠得很近，幽香缕缕，他又问：“你用了什么香水？真好闻。”

“它叫无尽之夏，我自制的。”她说。

“无尽之夏。”他沉吟了一下，手上的动作停下来，“很特别的名字。”

8

林稚子开始有事没事就往医院跑，有时借口帮爸爸拿药，有时借口顺道接妈妈下班——想要见一个人，总会找出很多理由。

如果正好碰到还是他配药，她就故意往前插队，他见了，又恢复那副铁面无私的样子，说："后面排队去。"她也不恼，如闻纶音，心里美滋滋地去排队。排到队尾，只剩下她一人时，她看着他不紧不慢地拿药，然后"恬不知耻"地邀请道："医生，你下班了吗？我想请你吃饭，我知道有一家泰餐很好吃。"

他又露出"我和你不熟"的表情，冷淡地说："我妈叫我回家吃饭。"

她忍着笑，调侃他："你都多大了？"

科室里有其他同事"哧哧"地暗笑，想看宫灏如何选择——他们嫉妒他，又瞧不起他。那日他和林稚子手拉手在雨中跑，又为她擦头发，被看到的同事津津乐道。院长的千金如此显而易见地追求他，他若急不可耐地接受，那就是趋炎附势、攀龙附凤；他若拒绝了，那才是铮铮铁汉。

在年轻男孩儿的心里，自尊是天大的事。宫灏冷冷地瞥了她一眼，说："再见！"

他真的独自走开了，仿佛全忘了两日前他们曾那样亲密。林稚子站在窗口，讪讪地呆愣了好久。

不过也不全是这样的冷遇。有一天，林稚子又来找他，他正要下班。屡遭拒绝，她有点儿灰心，犹犹豫豫地上前："灏，我想请你看电影。"

她沉了一口气，已经做好了被他拒绝的准备，没想到，宫灏柔声回答："好啊！不过，我请你看。最近有一部新上映的爱情片。"

在同事注视的目光中，他和她一同走出。她想，他并不是畏惧流言。

那天的电影很感人，但他俩都有点儿心不在焉。林稚子每次来找他，都当他是她的灏，但见到他本人，又不断地甄别、分辨，告诉自己他并不是，可那乍现的温存又让她贪恋迷惘。

电影院里飘荡着爆米花的甜香，和她身体散发的香水味糅合在一起，像黑暗中的一把密钥，将他嗅觉记忆深处的一个宝箱悄悄地开启了。不知为何，他总觉得那味道似曾相识，眼前的女孩儿，他仿佛已经认识很久了，他想对她好，为她做许多事。邻座有一对情侣，在闪烁的光影中忘情亲吻，银幕上，那对情侣也在亲吻，男人捧着女子的头，居高临下地吻，魔鬼一样的吻，天使一样的吻。他觉得很热，去拿座位杯槽里的饮料，碰到了她的手。

他去吻她。

他扭转自己的身体，抓住那只手，从手背摩挲上去，然后一手托住了她的头，四目逼视，欲望天真而直白，他吸吮和噬咬她的唇舌，是成年男子技巧熟练的吻。林稚子的身体僵了一下，很快放松下来，伸出手臂抱住了他的背，热烈地回应他。四周都安静下来，她什么也不去想，享受着这个吻，他在她耳边喘息道："你用了什么香水？真好闻。"

当那个吻结束的时候，电影也结束了。他们仓促地起身，整理凌乱的头发，然后故作镇定地随人群走了出去。那天，他们在影院门口的娃娃机上抓了娃娃，一起吃了她说的那家泰餐，然后，他送她回家，像所有情侣约会那样，一切都很完美。

他站在楼下和她告别，说："稚子，再见！"

这是多么甜蜜的称呼。称呼的改变意味着关系和情感的转变，林稚子觉得，那个吻和这个称呼，代表他们恋爱了。

林稚子重重地倒在床上，觉得很累，又觉得这样的夜晚太甜蜜。

可让人郁闷的是，并不是每次见面都这么甜蜜。有时林稚子去找他，宫灏就像失忆了一般，待她像陌生人一样冷淡。他忽冷忽热，有时是超级暖男，有时是霸道总裁，有时是陌生人，林稚子仿佛处在冰火两极，一颗心在失望和甜蜜中煎熬着。可是那些甜蜜的时刻是那么真实，他拥抱她的时候、亲吻她的时候，总是会轻轻地用一个问句表示赞美："你用了什么香水？真好闻。"

在一个深夜，林稚子忽然意识到，也许是香水惹的祸。当她喷了"无尽之夏"与他见面，他待她总是热情温柔的，要是她忘记用"无尽之夏"或是喷了别的香水，他就像失忆了一般，恢复了冷若冰霜的态度。

这个发现让林稚子醍醐灌顶，这款香水是她和灏的专属记忆，这是否证明宫灏和她的雨伞精灵真的存在某种关联？他是失忆、整容后的灏？还是有其他难言之隐？林稚子忽然心烦意乱起来，他就像一个谜团，但那个谜底到底在哪里？

再与宫灏约会，林稚子与他约在公园，从前她和灏曾在深夜的公园里乘坐过摩天轮，在湖边堆过一个雪人，那是他们共同的记忆。公园里的亭台楼阁都没有变，只是花木更多了一些，游乐设施换了一批新的。

林稚子没有喷香水，清清爽爽，头发散发着洗发水清新的味道。宫灏和她并肩走着，太阳有点儿晒，他走了一段路，额头就开始冒出细汗，开始埋怨："这么热的天，我们为什么在太阳下暴走？"

林稚子挽住他的手臂，说："我们去湖边坐坐吧！那里凉快。"

宫灏不自在地耸了耸肩，有点儿厌恶似的抽出自己的胳膊："热！"

林稚子心情有些低沉，讪讪地放下了手。

湖里的荷花亭亭出水，岸边有个凉亭，凉亭后是一片竹林。坐在凉亭里，荷风阵阵，又把心吹软了，她想起以前的事，说："你还记不记得，那年除夕我们在那个湖边堆了一个雪人，雪人的眼睛是荔枝核做的，黑黑的，特别好看。"

"那年除夕？"宫灏一脸茫然地看了看她，说，"那年除夕，我认识你吗？"

他不是灏。这个回答，让她的幻想瞬间破灭。但林稚子仍不死心，朝他身边坐了坐，靠得更近了点儿，将头歪在他的肩上。她像一块牛皮糖样黏在他身上，像那些热恋的小女生一样腻歪，她忽然害怕极了，她害怕他拒绝她。

果然，宫灏的脸色慢慢地变了，像是受到侵犯似的，气急败坏地推开她，和她隔开一点儿距离，严肃地说："你在干什么？"

林稚子平静了一下，冷笑一声，道："我们不是在谈恋爱吗？"

"谈恋爱？谁和你谈恋爱？林稚子，你约我出来到底干什么？"宫灏竟然有点儿恼了。

林稚子委屈极了，用手指着他，像是一把手枪，与他对峙着。她嘴唇哆嗦着，想提醒他，就在昨天，他在逼仄的车里吻了她；前天，在一起吃饭的时候，他给她喂食；过马路的时候，他蹲下为她系鞋带；洒水车经过的时候，他用身体护住她，将她紧紧搂在怀里。他们不是在恋爱吗？她最终什么也没有说，垂下手，默默地哭了。

宫灏并没有哄她，反而厌恶地说："最烦你们女生哭了。"

林稚子哭得更凶了。

在她哭的时候，宫灏一本正经地表示："林稚子，可能你误会了什么，但是，我还没有打算开始一段新的恋情。抱歉！"

一段新的恋情？难道他还有一段旧的恋情？她止住了哭声，好奇地打量他。但他并没有打算再说下去，而是站起身来，说：“我要回去了。”

林稚子没有再追问下去，也没有再继续伤心下去，这本来就是一次实验，她惊讶于自己的演技，擦了擦眼角的泪水，淡淡地说：“好，我去趟洗手间，我们一起走。”

在洗手间，林稚子从包里拿出那只粉色的香水瓶，对着脖颈和手腕轻轻喷洒，从那阵香雾中走过。从洗手间出来，她变得芬芳迷人，又若无其事地走向他。

宫灏皱皱鼻子，眉头舒展开来，由衷地赞道：“你用了什么香水，真好闻。”

“无尽之夏啊！”无论他问过了多少遍，她还是耐心地回答。这一次，林稚子从包里掏出那瓶香水，对着他猛喷了几下，他打了一个强烈的喷嚏，然后，眸中闪过一丝柔光，像一只杀虫剂下的虫子挣扎了几下，臣服了、不动了，说：“别淘气了。”

“犬溺为记，画圈占地。灏，是你吗？告诉我，就是你。”林稚子的眸里迅速积聚了泪水，一只手爱怜地抚上他的脸颊。

“是我，我是宫灏啊！”

“不，你不是宫灏，你就是我的灏，我的雨伞精灵。你说过，要永远守护着我，在我需要的时候陪伴我。灏，告诉我，你发生了什么事？你和宫灏是怎么回事？”林稚子语无伦次，一声声呼唤着灏。

宫灏一头雾水，轻轻地将她揽在怀里，试图安抚她：“稚子，你在说什么？”

她要疯了，要被他折磨疯了。她狠狠地推开他，跑掉了。

那天，林稚子开车一口气跑到了龙美的店里，除了龙美，她不知还能把这件事告诉谁。

龙美哈哈大笑起来：“你是说，他忘了你，需要你的香水才能重新唤醒记忆？”

林稚子痛苦焦虑地摇摇头。

有一部电影叫《初恋五十次》，一次车祸，让美丽的女孩儿露西患上短暂记忆丧失症，当第二天太阳升起时，她会把前一天的事全部忘记。电影轻松愉悦，可对于当事人来说，却是痛苦的煎熬。

龙美说，自己在公安局认识朋友，帮她查查宫灏的身世，或许能揭开谜底。说着，龙美的手机“嘀嘀”地响起来，是“同学群”的消息。

龙美的眼睛亮了一下，问：“同学聚会，你要不要去？一起去吧！”

林稚子不置可否，打开群消息，“同学群”里热闹非凡，有人在群里“艾特”她，说：“听说你也回国了，聚聚吧！”是贝妮。

林稚子是龙美拉进群的，进群后她整天潜水，觉得没什么话可聊，这一次终于应了声：“好。”

贝妮看到她的回复，也没有多说，发了一个“OK”的手势。

群里继续聊天儿吹牛，有人晒美照、撒狗粮。林稚子心里很清楚，同学聚会是什么？是炫富和思淫的伪装，同学聚会的主旨是“炫”，而同学群里是“炫”的前奏。群里有人“欲盖弥彰”地晒名车，有人“欲说还休”地炫豪宅，结过婚的幸福地晒起了宝宝糊了一脸饭粒的萌照，没结婚的不甘示弱，大张旗鼓地秀起了恩爱。贝妮甩出了一张和男友在海边牵手的照片，说：“好想念塞班岛的阳光，想抽空再去度个假，唉！公司的事太忙了，走不开。”

龙美露出“辣眼睛”的表情，撇撇嘴。原来，贝妮在澳大利亚过得并不开心，学业无成，男友走马灯似的换，落了几场伤心，灰溜溜地回了国；她去应聘工作，却眼高手低，最后去了父亲产业下的一家小公司，和年轻的继母斗智斗勇，上演宫心计。

这么想着，龙美就说了出来，她打了一行字："能不忙吗？一天演八十集宫心计，又忙又累。"

群里短暂的沉默，贝妮半天没有回应，过了一会儿，有人发红包、发表情，龙美的"恶意"就被忽略掉了。过了一会儿，晒恩爱的人兴起，有人竟提议，同学聚会带"家属"来，群里炸开了锅，有人反对，有人赞同，龙美很生气："到时在聚会的酒店竖一个牌子，单身狗不得入内。"

林稚子见状，调侃龙美："这么美的单身狗，我看你也快脱单了，和我的小助理吕晓乐眉来眼去，别以为我不知道。"

还不待龙美反驳，手机传来微信提示音，群里有人"艾特"稚子了，又是贝妮，她问："稚子，你男友什么样啊？聚会带来呗！人多了热闹。"

林稚子正要实话实说，自己并没有男友，心里却有一种莫名的虚荣作祟，她鬼使神差地说："好啊！一定去。"

人生处处是舞台，一场大剧就这样拉开了帷幕。人人都想争一口气，从林稚子答应带男友出席的那一刻起，仿佛有一只无形的手在身后推着她，不断推着她，走向生活的真相。

第二天，林稚子喷了香水去找宫灏，问他能不能陪她去参加同学聚会。果不出所料，宫灏一口答应，好心情地与她玩笑："你想要超级暖男，还是霸道总裁，我可以随时切换。"

林稚子有些沮丧，淡淡地笑笑说："都行，别扮演陌生人就行。"

宫灏又悄悄俯身到她耳边，魅惑地说："你用了什么香水，真好闻。"

林稚子推开了他，心里有些难过，说："那就说定了，你来接我，别迟到了。"

那天晚上，林稚子收到了龙美对宫灏的调查资料。资料详尽，无一遗漏，从他小学在哪里上的学、中考考了多少分，到做过团支部书记、获过竞赛的奖、大学谈过几个女友，全部罗列得清清楚楚。宫灏的小半生颇是顺当，梦想远大，他人生最大的坎，是在高考当天，在路上突遇车祸，下肢和头部受了重伤，在床上昏迷了一个月。后来腿伤好了，却落下了头疼和见光眩晕的毛病，家人带他去了很多医院，却查不出病因。

林稚子望着这份详尽的资料，发现宫灏其实和她同岁，他和她同年高考，并且，在一个学区内。记忆又回到那个夏天，那年的夏季多雨，那天她早上出门的时候就开始下雨，她惊喜地对他说："天气不错哦！"他说："下雨算什么好天气，路上万一堵车怎么办？"她回答："我是说，阴雨天，你可以陪我去了。"他说："不下雨，我也会陪你去。"她带上了他，却弄丢了他。

"嘀——"微信提示音响了一下，龙美发了一个得意的表情，邀功地问："怎样？这份报告还可以吧？"

"谢谢啦！你的朋友圈真强大，谁帮的忙啊？"

"前男友。"龙美发了一个害羞的表情。

9

参加同学聚会那天，林稚子特意打扮了一番。烟蓝的真丝裙，一对小小的铂金耳钉，小高跟鞋穿起来，走路摇曳生姿，镜子里的身体年轻、清瘦、美丽。

宫灏开了车来接她，在门口等了半天，打了电话还不见她来，有些躁了，按了按喇叭。林稚子忙把一大瓶"无尽之夏"香水装进了包里。香水，是他和她的密钥，是通往他心里的一条幽径；香水，也是他的迷魂药，她要在同学聚会上，迷他魂、摄他魄，做整晚的女王。

林稚子款款走到车前，宫灏打开车门，目光里流露出惊叹，说：“你真美！”

她不动声色地笑笑，知道这只是香水的魔力罢了。

聚会定在一家五星级酒店，是贝妮定的包间，说她常来。林稚子到达的时候，已经有一些同学早早地到了。包间里装修得素净优雅，颇具古风，里面席开两桌，从落地窗望去，正对的庭院是幽静的园景，有烧烤架和冷餐、秋千和池塘。林稚子和大家打了个招呼，找了个座位，宫灏马上将椅子往后拉了拉。

“嗨！稚子！你来了。”贝妮从人群中转过身，目露惊喜，热情地打招呼，并夸张地伸出双臂。林稚子忙站起来，诚惶诚恐，两人拥抱在一起。

寒暄完毕，贝妮的目光落在了宫灏的身上。林稚子不由自主地朝宫灏靠了靠，他心领神会，马上伸出手臂，一把揽住稚子，彬彬有礼地自我介绍：“你好！我是宫灏，稚子的男友。”

林稚子也配合演出，做出甜蜜幸福的姿态。

今天的宫灏显得格外温柔帅气，清爽的白 T 恤也能衬托出他清高不俗的气质。贝妮脸上笑着，心里却咬牙切齿，一把拉过身后坐着的男子，介绍道：“这是我男朋友，周正。”

周正长得还算周正，只是比起宫灏来就逊色了许多，且态度傲慢，眼睛斜眯着，问宫灏：“兄弟在哪儿高就？”

宫灏老实回答：“省医院分院。”

身后一众女生马上惊叫：“哇！医生啊！”

近期国内播出了一个很火的医疗偶像剧，里面的男主是医生，穿着白大褂、外冷内热的模样，万人迷。女人很容易陷入幻想，一众女生一脸羡慕地看着林稚子和她的男友，有人轻佻地追问道：“宫医生是哪一科室的？主治哪方面？我最近有点儿不舒服，能先预约挂个号吗？”

“不用医生看，我一看就知道。”龙美姗姗来迟，一进门就不怀好意地调侃道，“你月经不调，需要找个男朋友来调理，找医生没用。”

大姐大的余威还在，都知道龙美不好惹，被调侃的那个女生敢怒不敢言，只好拿龙美身边的小男友开涮——小男友瘦瘦小小，“小鸟依人”，和龙美的超强气场对比鲜明——那个女生“哧哧”笑起来：“你的品位，真是很独特啊！”

贝妮也不客气地道：“前几天还在群里说自己是单身狗，这么快就脱单了？”

龙美手臂一揽，把男友搂在怀里，扬扬眉，道：“怎么了？一见钟情不行吗？”

林稚子绷不住差点儿笑出声，在龙美怀中甜蜜幸福的小男友，不就是吕晓乐吗？看到林稚子在看他，吕晓乐竟红了脸，头又低了一低。

大家落座，稚子悄悄问龙美：“真的假的？”

龙美已经和吕晓乐旁若无人地秀起了恩爱，互相喂食水果，龙美笑得荡漾：“你说真的假的？”

“这速度，赶得上‘神七’了。”林稚子暗叹道。

大家开始推杯换盏，女生们凑在一起讲没有参加聚会的一些人的八卦，顺便炫耀自己的衣服、鞋子、耳环，或者在夹菜的时候，把戒指亮给大家看，男伴们也心领神会，热闹地谈着 A 轮融资、公司上市，仿佛人人都是人生赢家，富贵荣华。

这时，一个服务生走进来，谦卑地询问道：“请问，车牌号 80×× 的玛莎拉蒂是哪位的车？车子占用了私家车位，请配合挪一下车。”

服务生的声音足以让每个人听到，但大部分人都摆摆手、摇摇头，表示不知道。贝妮和周正低头耳鬓厮磨嬉笑着，充耳不闻，服务生又重复了两遍，周正才抬起头来回应道："抱歉，抱歉，是我的车，我现在就去挪开。"

周正跟着服务生去挪车了。贝妮转向林稚子，关切地问："林叔叔的腿怎么样了？能下地走路了吗？公司的钱追回来了吗？那个女人抓住了吗？"她提问的声音不大，但可以让在座的每个人都听到，一连串的问题，一个落魄中年人的形象呼之欲出，立刻激起众人的八卦之心。

林稚子的脸上搁不住了，支吾着："啊，嗯，他……"

她不知道该怎么回答，宫灏见状，也猜到了几分，他夹起一块萝卜，放到林稚子的碗里，又夹了一块，放在贝妮面前的小盘里，问："贝小姐，喜欢吃萝卜吗？北方有一句俗语，叫咸吃萝卜淡操心，你知道是什么意思吗？"

以龙美为首的几个女生窃笑起来。贝妮没想到宫灏文质彬彬，讲话却这么毒舌，只好尴尬地笑了笑，有点儿气急败坏地道："不知道。吃饭，吃饭吧！"

周正已经回来，并且亲手剥好了一只虾，递到贝妮嘴里，贝妮转怒为喜，感慨道："一辈子很短，一定要和给你剥虾的人在一起。"

这是哪门子道理？林稚子嗤之以鼻，却忍不住把目光投向了宫灏——剥虾这种拾人牙慧的事就算了，那就夹夹菜意思一下吧！她低声说："灏，我想吃那个。"

"那盘菜就在你面前，自己不会夹吗？"宫灏冷冷地说。

林稚子心里"咯噔"一下——糟了，宫灏态度大变，难道说香水的功力减弱了？她皱皱眉，尴尬地笑笑，抓起包包，起身去了洗手间。

林稚子前脚刚进洗手间，贝妮后脚就跟了进来。镜子里出现两张依然年轻的脸，这两张脸，眉眼不同，却同样充满欲望和不甘。贝妮对镜补妆，林稚子打开包翻找香水，糟了，香水不见了？她出门前明明装在包里的，刚才看到包包的拉链是开着的，难道是掉在哪里了？

贝妮狐疑地转过脸："找什么？要这个吗？"她把一支红艳艳的口红递过来。

林稚子躲了一下："不，不用了。"然后继续低头翻找。

小小的洗手间也是人生的舞台。贝妮一边涂抹口红，一边看似随意地说："那天听我爸电话里和人聊天儿，说打算收购林叔叔的公司，如果是这样，林叔叔就可以摆脱目前的困境了。"

林稚子继续低头翻找，心不在焉，半天没反应过来："什么？"

"我是说，我爸爸说要收购你爸爸的公司。"贝妮提高了声音。

"哦！这个我不懂，问他本人吧！"

"你不开心吗？"

"不开心？为什么？"终于找到了，林稚子在包包底部摸到一个圆柱形的小瓶子。

不知为何，贝妮忽然生气了，她转过脸，贴着假睫毛的双目逼近林稚子，愤懑地说："你总是这样，从小到大都是这样，林叔叔给你买了洋娃娃，我说喜欢，你就可以随手送给我；文具盒丢了，你无所谓，又找回来了，你也不见有多开心。都行、可以、无所谓，你当你是佛祖吗？"

"你在生什么气？你喜欢我的洋娃娃，我送你，不是因为我们是朋友吗？这也不对？"林稚子不明白贝妮为什么生气。

贝妮站直了，倚靠着洗手台，又淡淡地笑了："不过，你现在终于在乎了，你也学会炫富、比美、斗气、秀恩爱了，仙女落在地面上了，只是很可惜，男朋友是个假的。”

女人最能识别男人，没想到，她和宫灏的关系还是被贝妮看穿了。林稚子羞赧不堪，底气不足地辩解道：“谁是假的？莫名其妙。”

香水瓶终于从包底掏了出来，林稚子却发现只是一个漱口水瓶子，她又手忙脚乱地塞回包里。贝妮话说完了，气也出了，从自己的包里拿了一瓶香水，气定神闲地朝自己脖颈后喷了喷，然后又朝向林稚子，说：“要试试吗？我新买的，前味是柠檬罗勒和橘，试试吧！”

粉色的小瓶子握在贝妮手中，像一把小型手枪，林稚子惊恐万分，连忙躲闪：“不要，不，我不用这个，真的不用。”

香气像一张密密的网包围了她，那种奇怪的香让她浑身不适。林稚子气急败坏，一把推开了贝妮，冲到水龙头前，使劲冲洗着手臂，用湿巾擦拭脖颈，咬牙切齿地说：“你搞错了，我不是任何事都行、可以、无所谓的，我不喜欢这个香味，这，非常有所谓。”

贝妮吓了一跳，撇撇嘴，尴尬地走开了。

隔了几分钟，稚子整理好妆容也回到了包厢，她始终没有找到那瓶香水，她说的那个“非常有所谓”很快应验了。

宫灏闻到她身上奇怪的香水味，吸吸鼻子，打了个喷嚏，厌恶地说：“如果参加这样的聚会是为了炫富、比美、斗气，还不如早点儿回去！”说完，他果真起身要走，稚子尴尬地对众人笑笑，起身去追，在包厢门口的走廊里拦住他，低声怨道：“你什么意思？故意给我难堪，是吧？”她声音很低，手紧紧拉着他的手臂，是乞求的姿态。

“我不知道自己为什么要来参加这样的聚会，简直是在浪费生命。”宫灏不动声色地挣脱胳膊，林稚子却拉得更紧了。

包厢门大开，十几双眼睛盯着，林稚子的声音更低了：“灏，求你了，再待一会儿，就当是给我个面子。”

“面子？我最讨厌你这种虚荣爱面子的女人了。”说着，宫灏抽离胳膊，决绝地朝前走去。稚子紧追了几步，她觉得委屈又难过，她也不知道自己为什么要来参加聚会，是为了所谓的面子吗？似乎又不是，她只是想极力证明一些事。

这时，另一间包厢的门忽然打开，一个年轻的女孩儿从包厢里跌了出来，随即被同行的男子拦腰扶住。女孩儿两颊酡红，步子踉跄，显然已经醉了，口齿却还清楚：“李主任，我的产品说明和报价单，您一定要看看啊！”

被称呼为“李主任”的男子已不年轻了，微微秃顶，讳莫如深地笑笑，将女孩儿揽在怀里，说：“好的，我们重新找个安静的地方，好好聊聊。”

在这样的场合，聪明的女孩儿当然知道那个“安静的地方”是哪里，女孩儿大约并没有真醉，扭手扭脚想挣脱了那个怀抱，不料却被那人箍得更紧。宫灏怔怔地站在那里，止步不前，脚下像灌了铅。他的双目赤红，像忽然着了魔的野兽，上前一步，一把抓住那男子的胳膊，目光凛凛，口气不容置疑：“放开她！”

如果时间可以倒流，林稚子希望回到没有参加这次聚会之前的任何时间，因为下一秒钟她看到，宫灏心疼地将那女孩儿拉到胸前抱在了怀中，问：“茉茉，你没事吧？”

原来是老相识。好一个英雄救美！

主任是见惯场面的人，并没有太多纠缠，勾勾嘴角无所谓地笑笑，转身回去了。

也许是为丢失大单而委屈难过，也许是久别重逢的喜悦，那女孩儿借着酒劲儿，就势投入宫灏的怀抱，嘤嘤地哭起来：“宫灏，我……”

宫灏那份详尽的个人资料里写着，他大学时谈过一个女友，两人非常相爱，女友是湖南人，两人毕业后就分手了，那个女孩儿叫苏茉。她记得。

林稚子站在两米之外，脑袋里“轰”地一下炸开了，贝妮就站在她五米开外，用一丝似笑非笑的表情看着她，同学甲、乙、丙、丁们站在六米开外，带着期待的表情，等待好戏开场。然而林稚子什么也没有做，这一刻，她要证明的事终于得以印证。她觉得其实没什么好难过的，宫灏不是她的灏，他是另一个人，他有属于自己的生活，他本就不属于她，她爱的也不是他，这没什么好难过的。

林稚子看着那两人相拥着下了楼，出了酒店，他们要去哪里，和她没什么关系。她转过身，打算拿回自己的手包然后告辞，却看到了贝妮，她还是有些尴尬的，还有比男友现场背叛更丢脸的事吗？可是她又无法自圆其说。

贝妮关切地挽住她的胳膊，拍拍她的后背，以示安慰：“稚子，别难过。”

林稚子径直走进包厢，拿回自己的手包，和龙美说再见后，又面无表情地对贝妮说：“我有无数种解释，但是，我不想说。所以，没办法满足大家的好奇心了！”

贝妮一脸关切，拉住了稚子，说：“你一个人走，我不放心。”转头对周正道，“你开车送送稚子吧！”

林稚子被气笑了，难道她还会为这点儿事自杀不成？可是无论她怎样推却，贝妮都坚持要送送她。林稚子知道，贝妮想让她见识一下玛莎拉蒂。

三人乘坐电梯去地下停车场，刚进电梯，有人又按了电梯，走了进来。林稚子礼让地侧身站了站，一抬头，正好与那男子视线相撞。两人相视，都笑了。是迟铭。

林稚子正要开口，一旁的周正却忽然惊喜地问候：“迟律师，这么巧，在这里遇见你。”

“你好！周先生。”

“迟律师，上次那件事怎么样了？”周正急不可耐地问，似乎有求于人。

“抱歉！你提交的资料证明资质不全，我没办法帮到你了。”说完，迟铭目光转向林稚子：“你脸色很差，是最近没休息好吗？”

“有吗？”林稚子有些恍惚，眼前的男人，被法国南部的阳光晒得皮肤呈小麦棕色，笑容像慕尼黑的一杯啤酒干净清冽。隔了数月，再见面，却依然有一种莫名的亲切感。

地下一层到了。四人先后走出电梯。迟铭很自然地与林稚子并排走，泰然地说：“我妈认识一个老中医，等会儿我带你去瞧瞧！大概有二十分钟的路程，你先在车上小睡一下。最近工作很累吗？”

林稚子回答：“有点儿吧！”

说话间，迟铭带着林稚子走向自己的车。贝妮在他们身后张大了嘴巴，嘀咕道：“世爵，世爵啊！”

世爵，是荷兰一家超过百年的汽车制造公司，每一款车型仅 500 台产量，全手工打造，在全球享有盛誉。相较之下，周正的玛莎拉蒂就是小巫见大巫了。贝妮迟疑着，已经不好意思再说送稚子回家了，他们尴尬地站在自己车旁，像是在等待林稚子发落。

林稚子上车时才想起来，和贝妮打了个招呼：“那我先回去了。”她抬眼看了看迟铭，又对贝妮补充了一句，“你想听我解释，但是我不想说，所以没办法满足你的好奇心了。”

坐在车里，林稚子才想起来问道：“你怎么回来也没打声招呼？”

“我想给你个惊喜，不知道这算不算？其实，一回国就开了事务所，很多事在忙。”迟铭轻松地开起了玩笑，下一秒钟，又认真地说，“没想到你已经有了男朋友，我真应该早点儿回来的。”

“你都看到了？”林稚子黯然地垂眸，说没有一丝难过那是假的。

“他就是你说的灏？你的雨伞精灵、守护神？”迟铭略带醋意地问。

“不是，我的灏不会这样对我。”

“是的，那个男人配不上你的爱。”再绅士的男人，也难免诋毁情敌，迟铭发动车子，目视前方，口气却是认真的，“我不知道这世上是不是真的存在雨伞精灵、守护神，如果没有，我愿意做你的伞灵，做你的守护神。”

这样的告白，迟铭说过无数次，这一次，她依然只是淡淡一笑：“好好开车！”

有一句话，她没有说出口，她知道，没有人能取代灏。

10

从聚会回来的第二天，林稚子就病了，诊断书上写着病毒性感冒，高热 38°C。她全身酸痛，在半梦半醒之间流下泪水，口中呢喃：“灏！灏！”

迟铭轻轻地握住了她的手。他飞越几千里的阻隔，将工作重心移到中国，开了一家专事中法经济事务的律所，只因他想离她近一点儿。

输液室里弥漫着一股淡淡的消毒水的味道，林稚子口中呢喃：“灏，灏！”

一个女人的一份真情被一个男子肆意践踏，疼痛如骨刺一般，却还依然这样心心念念。迟铭知道，他看到的一幕只是冰山一角，短短数月，她到底经历了什么？才让一个骄傲的冰山女神，变成这样患得患失、低到尘埃的小女生？

有人说最好的爱是成全，成全她的快乐，成全她的伤心，他看到她那样卑微地恳求那个男人留下来时，他的心如被针刺一般，可是，看到她现在这样，他又想为她做点儿什么。

高热退去，林稚子醒转过来。

“稚子，告诉我，发生了什么？也许，我可以帮你。”迟铭说。

“上学时，我们有一个教授，那个胖胖的法国老头儿对我们说，比起色彩给视觉的刺激，随着慢慢长大，人会更喜欢声音和气味带来的感受，这种感觉不像颜色，这是红色，这是黑色，这是白色，显而易见，被定义过了。老师说，被定义的、被局限的东西会失去一些无法用语言表达的美好。气味却能够记忆某段时光里的心情，那是一种无法被定义的感觉，说不清，道不明。无尽之夏，你还记得那款香水吗？那是我和灏之间的记忆密码。”

林稚子拿出一个粉色的香水瓶，轻轻地朝脖颈后喷洒了一些，微微闭上眼睛，继续说道：“就像是一串密码，一条只有我们知道的秘密通道。有一天，一个陌生人破解了密码，踏入了秘密通道，他能听懂我每一次要说的话，他像是那消失的故人，像一个替身，像一个影子；于是，我和那个影子恋爱了，我自欺欺人。昨天，我终于知道了，他不是灏，他只是他自己。那乍现的温柔，也许只是巧合，或者是我的幻觉。”

“不！这不是巧合，也不是幻觉。”迟铭打开随身的公文包，拿出一沓文件递给她，认真地说，“抱歉，我找人调查和调取了宫灏的一些个人信息，请相信，这绝不是一个情敌的无中生有，身为律师的直觉告诉我，一切都事出有因。你在高考当天丢失了雨伞，而宫灏在高考当天遭遇了严重车祸。我想，这并不是巧合。”

林稚子直起了身，眼睛亮了，输液瓶里还剩一些药水，她急不可耐地拔掉针头下了床：“走吧！”

“去哪儿？”迟铭一头雾水。

“我病好了，肚子饿了，我们去吃饭吧！吃完饭我要去上班。”

吃饭的时候，迟铭指出宫灏车祸案的两个疑点：一、这是一起肇事逃逸案，当年的肇事路段监控正好故障，因此无法查出肇事者车牌，肇事者至今还逍遥法外；二、宫灏在车祸一个月后苏醒，身体无大碍，却留下奇怪的后遗症，怕日晒。

“现在，要想原原本本地还原当时的场景，只有找到肇事者。我想先去当时负责这个案件的交警支队问问看。”

林稚子一边翻看手中的个人信息，一边心不在焉地点头，她的目光落在了一张合影上。那是宫灏和苏茉的合影，他们的身后是波光粼粼的湖，风把女孩儿的马尾吹起，她的脸上带着甜笑，噘着小嘴，像一只漂亮的小野猫。是个漂亮的女孩儿。林稚子怔怔地看着，忽然有点儿嫉妒，转瞬又告诉自己，为什么要嫉妒？他不是灏，并不是。

迟铭用手指轻轻地敲了敲桌子，将一只虾放进她的碗里，说：“林小姐，请你帮我个忙？”

“什么？”

“帮我把这个虾吃了。”

她一抬眼，从那只剥得干干净净的虾上，从这句不经意的玩笑里，看到了一颗真心。迟铭兀自热情着，可这份热情总被她无视。林稚子觉得自己有点儿可耻，于是，吃掉了那只虾，含混地说了句：“迟铭，谢谢你。”

迟铭作为一名外国律师，利用身份之便悄悄调查案件，得到了许多方便和帮助。这天，他带林稚子一同来到当年处理这个案件的交警大队。铁打的营盘流水的兵，人换了一批又一批，每年的死案、谜案很多，没人愿意自找麻烦，再插手一件闲事，倒是有一个老交警记得此事，他在一间积尘的档案室翻翻找找，找到了宫灏车祸案的案宗——和迟铭掌握的资料一样，肇事者逃逸，路段监控损毁，根本无从查起。

“我记得很清楚，被撞的孩子捡了条命，在医院里昏迷了一个月。肇事者逃逸，得不到赔偿，那孩子的妈妈在路边举着牌子寻找目击证人，这个事当时还上新闻了。”

迟铭若有所思地点点头。

一无所获。林稚子觉得有些灰心，恹恹地往外走去，老交警客气地与迟铭寒暄道别，送至门外，说：“我在十字路口风里雨里站了十几年，人，形形色色；事，千奇百怪都遇过，在路上，遇见谁，都有下数，发生什么事，都是命。这个，是他的命。”

林稚子觉得他言之有理，在一旁使劲点头。出门的时候，一转身，不小心和一个人撞了个满怀，林稚子抬头一看，来人有着街坊里中年妇女常有的胖身材、双下巴，穿着警服，一脸凶相，正要斥她，怒火在脸上却转化为一个和善的笑：“稚子啊！长这么大了，都不敢认了。”

林稚子定睛一看，辨认了数秒钟，露出尴尬而不失礼貌的笑，迅速在记忆里寻找着眼前的这个人。小时候他们一家住的那个老公房，邻居有位姓黄的阿姨，那时她还没这么胖，也很年轻。爸妈忙的时候，林稚子常去黄阿姨家蹭饭，她想了起来，乖巧地叫了声：“黄阿姨，你好！”

黄阿姨拉起稚子的手，问起了她妈妈，以前，他们两家关系很好，黄阿姨丈夫生病要做手术，唐细辛帮了很多忙。

“我妈妈也回国了，在省院分院工作，还是那么忙。黄阿姨，有空去医院找她玩啊！”此言一出，林稚子才觉得不妥，她不好意思地吐了吐舌头，医院是什么地方，有什么好玩的？

黄阿姨用姨母般的笑容看着她，说：“好啊，好啊！对了，你来这里干什么？”

多嘴的老交警替他们说了来意，黄阿姨的脸上不自觉地抽了抽，笑容不见了，嘟囔着：“无头公案多了去了，这个事都过去五年了，还查什么啊？”

“您知道这个肇事案？”迟铭看到了一丝希望。

“她当然知道。那时老黄就是在交通事故科上班，专管路段监控录像的。”老交警插嘴道。

林稚子喜出望外，抓住黄阿姨的手：“那个肇事案的监控，真的查不到吗？”

“稚子啊！有空去家里玩，阿姨给你做豆沙包吃。”黄阿姨转移了话题，目光躲闪，“我先去忙了。”

就在那一丝躲闪的目光里，律师发现了信息。

下午时分，他们出现在一栋敝旧的四层老公房前，院子里有一棵大槐树，一个老婆婆在择菜，时不时警觉地看看他们。晚饭时间，家家都飘出饭菜香味。林稚子在记忆中搜寻着曾经的家——她曾经住过的家，如今房门紧闭，不知住了怎样的人家。这户人家的东隔壁，应该就是黄阿姨的家了。老式的绿色防盗门掉了漆，上面贴的纱网也破了一边，林稚子想敲门，迟铭摇了摇头：“等等吧！”

两人就站在门口略等了等，过了没多久，黄阿姨果然回来了，拖着疲倦的步伐，手里提着一兜菜，菜叶已经有些蔫儿了。

看到他们二人，黄阿姨吃了一惊，竟是一脸嫌恶：“你们怎么来了？你来做什么？”

迟铭提起放在脚边的礼品，彬彬有礼地道：“稚子说，多年未见，很想念你，我们来看看你。”中国人的礼数，他都懂。

伸手不打笑脸人，黄阿姨还想要说什么，犹豫了一下，叹了口气，又咽下了，无奈地说：“先进来吧！”

打开房门，是一条狭窄的过道，过道一侧是厨房，卫生间和厨房紧挨着，过道直通客厅。说是客厅，其实已被改造成卧室，摆了一张床、一个小沙发，空间狭小得挪不开脚。老式的淡黄色壁橱里，有一张男人的遗照，大概是黄阿姨已去世的丈夫。房间采光不足，光线昏暗，让人莫名压抑。黄阿姨把菜放进厨房里，让他们随便坐，林稚子犹豫了一下，坐了下来。她想起来，黄阿姨还有一个女儿，那时还只是一个咿呀学语的小豆丁，现在应该也已经长大了。

“妈！”那间真正的小卧室里传来一声微弱的呼唤。

黄阿姨洗了手，略带烦躁地说：“来了，来了。”

掀开门帘，小卧室里的床上躺着一个瘦弱的躯体，那瘦弱的身体上，有一张苍白、清秀的脸。床头柜上，放着白天吃剩下的残汤，在闷热的天气里，散发出难闻的气味。黄阿姨伸出双手，从那躯体背后插进去，用力地按摩起来，床上的人似乎并无反应，只是抿抿嘴，说：“妈，我渴了。”

黄阿姨这才发现放在床头的水杯已经空了，她拿了水杯去倒水，一转身，正好与林稚子打了个照面。林稚子望着眼前的一幕，想起童年时那天真粉嫩的小豆丁，吃惊不已：“这是，这是小玉吗？她，她怎么了？”

那个叫小玉的女孩儿不过十五六岁的样子，正是花儿一样的年纪，她扭过头，显然已不认识这曾经的邻居姐姐，于是只和善客气地笑了笑。

黄阿姨叹了口气：“被车撞了。”她倒了水，小玉歪着头喝下，她又伸手去摸女儿的身下，发现床单湿了，小玉又尿床了。有客人在，黄阿姨压制着心里的一团怨气，伸手抽掉了小玉身下的棉垫子，扔进了一个盆子里，咬牙切齿地怨了句：“喝喝喝，尿尿尿！”

小玉委屈地咬咬嘴唇，依然只是笑笑。

林稚子望着这个家徒四壁的房间，心里像是有江河奔涌，她走过去，握住了小玉的手，只觉喉头发紧，问黄阿姨：“到底怎么回事？告诉我，也许我能帮你。”

“有人住高楼，有人住阴沟，这就是命。”黄阿姨愤愤地说。

迟铭也走了进来，一身清贵，与这灰败的房间格格不入，他倒不以为意，平静地说：“没有去做康复吗？阿姨每天去上班，照顾不到，为什么不请一个护工？”

从前，有个昏庸的皇帝，对臣子说“何不食肉糜”而贻笑大方。迟铭的话，令黄阿姨非常反感，碍于客人的面子，只好生硬地说了句：“没钱！”

“肇事方没有赔偿吗？”

“跑了。”

“逃逸？现在依然没有找到？”

“没有。”黄阿姨端起那个放着尿垫的盆，从迟铭身边侧身走过去，没好气地说，“让一下。”

迟铭有些尴尬，退出了房间。林稚子跟在黄阿姨身后，伸手去端那个盆，说：“阿姨，我能为你做点儿什么吗？看到小玉这样，我心里真的很难受。”

黄阿姨端着盆的手往后缩了一下，阴着脸说：“不用帮忙。稚子，阿姨今天忙，就不留你吃饭了，你回吧！”她下了逐客令。

“可是，阿姨，那件事……”林稚子犹豫着，终于说明了来意。

黄阿姨忽然提高了声音：“那件事已经说过了，怎么还问啊？再说了，你问这个做什么？这事和你有什么关系？”

“阿姨，你看到小玉这样，不心疼吗？不恨那个肇事逃逸的人吗？有个人，像小玉一样，被无良的司机撞了，没有一句道歉，更没有一分钱赔偿，整整昏迷了一个月，差点儿成了植物人，后来人虽活下来了，却落下了一身病。他背负着这样的伤痛，因为治疗，他的家庭也因此而负债累累。阿姨，推己及人，他不值得同情吗？”

黄阿姨的目光暗了一下，声音也低了：“可怜的人多了，我同情得过来吗？”

“即使不同情受伤者，至少，我们不能包庇坏人吧！”迟铭一字一顿地道，不怒自威。

“包庇坏人？听不懂你在说什么。”黄阿姨嘀咕着，将水龙头的水开得很大，水花溅上她的脸，从脸上流下来，她慌乱地用手背抹掉。

迟铭适时拿出自己的名片递给黄阿姨，说：“我是一名律师，主要代理中法经济纠纷案件和交通肇事案件，这一次是受宫灏先生委托代理他的案件。当然，黄阿姨如果不知情，也不必挂心，我只是普通的取证调查。如果您和小玉姑娘有任何需求，我也可以提供帮助。”

他说得那样诚恳，让黄阿姨的心里微微一动。她接过名片，咬了咬嘴唇，一抬眼，与林稚子的目光撞上，又慌乱移开，低声说：“那个交通肇事案，我知道一点儿，只是，只是……我要想一想，好好想一想，你们先回去吧！等我想好了，再联系你们。”

林稚子喜出望外，一把抓住了黄阿姨的手，还想继续追问，迟铭暗暗使眼色制止了她，她只好咽下到嘴边的话，满心疑虑地道了别，和迟铭离开了。

“你是怎么知道黄阿姨知道那件事？”林稚子像是在说绕口令。

“这世上会有永恒的秘密吗？是黄阿姨的眼神出卖了她。我妈妈是作家，从小她就教我要学会用一双眼睛去观察。”

“那你为什么不让我再问下去？”

“给她一点儿时间，她需要说服自己，她心里有一道坎，要自己跨过去。”

“趁热打铁啊，夜长梦多！这都不懂，万一她想了一晚上，后悔了，不愿意说了怎么办？”

“傻！放心吧！我刚才提到小玉，一、是真的想帮助她；二、小玉是她的痛点，推己及人，她会想通的。”

林稚子若有所思，眼前浮现出小玉经年不见阳光而苍白的脸，她拿起手机翻了翻，拨通了一位老同学的电话。这个老同学叫艾雪，是林稚子留学法国时结识的一位中国留学生，她一年前回国，供职于一家新闻媒体，还曾做过国际义工，是一位热心的人。电话接通，林稚子开门见山说明了情况，艾雪一口答应：“没问题，我正想做一期关于交通事故的新闻，我为小玉做一个专访。”

迟铭送她回家，约好过两日再去拜访黄阿姨。

一进家门，林厚朴先迎了上来，瞟了一眼窗外正缓缓开动的汽车，笑问：“是谁啊？是你妈说的那个秦作家的儿子吗？他是不是在追你？看上去不错啊！”

一连串的问题让林稚子有些烦躁，长期的幽闭生活让这个曾经意气风发的男人变得婆婆妈妈、家长里短起来。林稚子撇撇嘴：“你女儿有人追不是很正常吗？”

难得唐细辛也在家，她敷着面膜从卧室里走出来，听闻是迟铭送林稚子回来的，反倒严厉起来：“有人追当然好，但是，如果不喜欢对方，却牵牵扯扯、纠缠不清，分不清界限，那就不好了。”

迟铭多年来对林稚子的情意，作为母亲，唐细辛都看在眼里，在女儿的感情生活中，她觉得自己应该做出一个正确的训导。林稚子倒是坦坦荡荡：“什么就纠缠不清啊？我们只是朋友，迟铭帮我在调查宫灏的车祸案。”

“是普通朋友，就更不应该利用对方对你的感情让他为你做事，做人要有界限。”唐细辛正谆谆教导，忽然回过神儿，抬高了声音，“你刚才说什么？调查宫灏的车祸案，哪个宫灏？我们医院那个？”

林稚子被她吓了一跳，怔了一下：“对啊！是你们医院的宫灏。”

不料这回答更加激怒了唐细辛，她厉声斥道：“你跟他很熟吗？调查他的事做什么？警察和法官都没破的案子，你能有什么办法？”

“你也知道他那件案子啊？”林稚子没想到，像妈妈这种一心专注医学的人，也关注过那个车祸逃逸案。

“知、知道啊！医院的同事说的啊！”唐细辛有点儿结巴起来，因为激烈的言语和表情，让她脸上的面膜都皱了，她不自觉地用手去抚平，却发现越弄越糟，最后索性扯掉了面膜，生硬地丢下一句，“听我的，别多管闲事，还是刚才那句话，做人，要有界限。”

“哦！知道了。”林稚子嘴上答应着，却并没有打算听她的。真相近在咫尺，就差一层窗户纸的距离，她无法不好奇，也无法不去靠近、不去捅破。

艾雪为小玉做专访的时候，林稚子一直陪在一边。林稚子特意挑选了一款新型的轮椅送给小玉，然后亲自把小玉抱上轮椅去试用。瘦弱的小玉用双手抚摸着锃亮的车轮、真皮的扶手、舒适的靠背，当时就留下了两行滚烫的泪，像个得到心爱玩具的孩子似的，对黄阿姨喊着：“妈，我以后是不是可以自己推轮椅去门口晒太阳了？”

黄阿姨坐在茶几旁默默地择菜，难得露出和蔼慈祥的笑容，答应着：“可以啊！”一转头，林稚子却发现她的眼眶湿了——她哭了。

小玉欢喜地转着轮椅，不要别人帮忙，穿过狭窄的过道，到门外晒太阳去了——正午的太阳还烈，门外吹来热风——她哪里是晒太阳，是自由的味道罢了。

门内三人感叹不已。黄阿姨喟然，心酸地说：“我们小玉不像我粗枝大叶，她人长得漂亮，从小就爱跳舞，我省吃俭用，给她报了舞蹈班，老师说她有天赋，我们小玉就是跳得好啊！还得过全国比赛的奖。唉！可惜了。”

据说出事那天，小玉刚上完舞蹈班，天黑了，她像往常一样坐公交回家。她下了车，步行走进巷口，就在那时，一辆车忽然从黑暗的巷子里钻出来，撞倒了她。小巷里没有监控，也没有目击者，她是被晚归的路人发现的，虽然捡回了一条命，但从此和舞蹈再也无缘了。

黄阿姨说到肇事者逃逸时，忽然激动了起来，怒骂道：“这不长眼的东西，别让我抓到，否则我一定抠掉他的眼。”

林稚子握了握黄阿姨的手，递给她纸巾，黄阿姨擦了擦眼泪，望了望门外轮椅上那个孱弱的身影，又心酸地转过头。

她来之前，迟铭特意叮嘱过，不要急功近利，要用真心换真心。林稚子觉得有些羞愧，她帮助小玉是真心，但这份真心里掺了私心，她想要得到那个捂在黄阿姨手里的答案，现在是趁热打铁，还是顺其自然呢？话到嘴边，她又咽下了。

艾雪跟出去，举着相机为小玉拍照。黄阿姨嗫嚅着，垂了垂眼，像是随口拉家常般地道：“你妈最近怎么样？挺忙的吧！”

“是啊！她一直都是那样，一心扑在工作上，当了分院院长后，好像更忙了。”

黄阿姨笑了笑，那双因劳累而充血的眼睛茫然地看向屋外，说：“挺好的，挺好啊！你妈也不容易，女人啊！都不容易。”

林稚子想要问的话，犹豫了许久，始终没有说出口，黄阿姨也没提。

艾雪采访的视频和文章发在了网站和公众号上，嬉笑怒骂，笔锋犀利，迅速发酵，迎来十万次的阅读和关注。这天晚上，林稚子一家人一起吃晚饭的时候，电视中正在播放小玉的这则“旧闻”，是林厚朴先注意到的，他眯着眼辨认了一番，问：“这不是咱家以前住的那老院子吗？咦，镜头里那女孩儿有点儿像我们稚子啊！”

唐细辛抬头，果然在新闻里看到了女儿，她放下筷子，面色沉郁下来，严肃地叫了声：“林稚子！”

从小到大，每当妈妈连名带姓地叫她，她就知道，妈妈生气了。林稚子这次做了好事，心里坦然，邀功似的努努嘴，示意她看电视，说：“我可是助人为乐哦！你看看，那女孩儿，你还认识吗？还有黄阿姨，就是我们以前那邻居啊！你们没认出来？嗯，她是老了点儿，但也不至于啊！”

林稚子这么一说，林厚朴很快想了起来，恍然大悟，道：“哦！那个大嗓门儿的老黄，那个小女孩儿，那时候才两三岁，叫玉玉，这孩子怎么了？”

唐细辛拿起了筷子，伸手去拿纸巾，却又缩了回来，挠了挠额上的发。这时，新闻已经播放完了，她平了一口气，声音有些发紧，说：“老黄也是命苦。”

林厚朴应声道：“有空了一起去看看老邻居，能帮衬就帮衬点儿。”

或许这只是林厚朴一句随口的感怀，不见得落到实处，谁知却马上换来唐细辛的一通冷嘲：“管好自己再说吧！你自己还是个瘫子，一堆烂事，屁股还没擦干净呢！还有心情同情别人？”

唐细辛这话说得难听，让林厚朴脸上挂不住了，他手里的筷子抖颤着，之后重重地按在桌上。自从瘫了后，林厚朴英雄气短，气势也矮了三分，想戗回去，却只是苍白无力地重复道：“你，你这个人，铁石心肠！”

唐细辛置若罔闻，转头对林稚子说：“你也是，以后别去了，少管这些闲事，好好上你的班。”

唐细辛语调不重，却字字刺耳，林稚子不认识似的望着眼前的这个女人，心里升起一种失望——她从前不是这样的。她是白衣天使，救死扶伤，在路边遇到小猫小狗都会停下来去喂它们。自己的患者经济困难拿不出医药费，她甚至多次发起募捐，或自掏腰包，可是，从什么时候开始，她变成了这样一个自私无情的人？

林稚子理直气壮，反戗她：“你怎么这么冷漠？人家黄阿姨还问候你呢！”

“问、问我？问我什么？”唐细辛忽然舌头打结地问。

“问你过得好不好啊！最近工作忙不忙啊！还说有空了去她家坐坐。”

唐细辛沉了沉脸色，平了一口气，依然冷冷地说：“我这么忙，哪儿有时间，你也别去了，人各有命，你管好自己就行了。”

这冷漠的态度再次刺伤了林稚子，她针锋相对：“你不去就不去，还管我去不去？我就愿意帮助别人，我是活雷锋，怎么啦？”

唐细辛终于被激怒：“你帮助别人真的是出于同情、乐于助人吗？恐怕是别有用心吧？又是在查什么？为了一个不爱你的男人，低三下四，我真替你脸红。”

“你管我为了什么！反正我是在做好事，总比你这么伪善的人强，你心虚、紧张什么啊？难道小玉是你撞的？”

“放屁！”唐细辛忽然爆粗口，骤然起身，由于太过着急，竟把桌布拖动，一个盘子掉在地上，发出脆响，三个人都吓了一跳。

林厚朴手忙脚乱地推车上前，拉住了女儿，小心翼翼地劝：“少说一句，别气你妈了。她工作那么累，压力那么大，别气你妈妈了。”

林稚子鄙夷地看了他一眼。从前，林厚朴有钱的时候，很少这样唯唯诺诺地对唐细辛讲话，更不会关注她的心情起伏或工作压力，他来去匆匆，缺乏耐心。而现在，他的世界缩小了，他变得谦逊有礼、小心翼翼，他坐在轮椅里，人似乎也矮了一截。林稚子从前是怨恨他，而现在越发从心底里看不起他。

比起从前那个家，绝望的女人、游离的丈夫，现在，这个乖张跋扈的女人、猥琐懦弱的男人，更让她讨厌。林稚子看了看地上的碎片，嗤之以鼻地冷笑了一下，甩开了爸爸的手，抓起包包，摔门而去。

迎面吹来腥甜的热风，秋日的天气闷热无比，天际一抹晚霞呈现出诡异的黑红，预示着一场风雨即将来临。林稚子不管不顾，开着车在街上如没头苍蝇似的乱窜了一会儿，天色暗下来，她将车停在路边，走进了一家酒吧。

林稚子不是第一次来酒吧，以前在法国偶尔会参加同学派对，回国后下班也会和同事小酌几杯。但她不知道，酒吧盛放了太多寂寞的灵魂，依然是有些人猎艳的舞台。几杯酒下肚，她觉得头重脚轻，身体失重，去上洗手间时，步子软软的，像踩在棉花上。

酒吧里会有一些好看的男人，灯光下有俊朗的脸、热烈的情话、一箩筐的热情，如果女孩儿愿意，他可以同她谈一个短暂的恋情，一夜、两夜，或者几夜。在林稚子快要跌倒的时候，一双温柔的手扶住了她，一个男子看住她的眼睛，真诚地说：“你真漂亮。”

酒精会让人产生欢愉的感觉，林稚子任由男子牵住了手。再回到座位时，她的手机忽然响起来，她接起来，那边沉默了片刻，她以为没有接通，又转头对身边的男子应声，那人不知说了什么笑话，她开心地笑起来。这时，耳边忽然传来刺耳的咆哮，是宫灏的声音：“你在干什么？林稚子，你在什么地方？你和谁在一起？”

酒吧里嘈杂，她有点儿蒙，说了一个大约的地址，轻佻地笑了笑，问：“怎么了？你要来和我喝一杯吗？”

“离那些蠢货远点儿，我马上过来。”

林稚子不知道蠢货是谁，但是，当那双手再次向她腰上揽来时，她厌恶地躲开了。这个男人懂得分寸和界限，没有太多纠缠，便知难而退。林稚子踉踉跄跄地走出酒吧，才发现外面下雨了。瓢泼大雨，夜色被雨水涂亮，雨幕茫茫，她抱着脑袋，在路边寻找自己的车，却发现怎么也想不起来车到底停哪里了。莫名的沮丧和难过齐齐涌上心头，林稚子忽然蹲下，掩面哭起来。

就在这时，宫灏的车驶了过来。他下了车，撑着伞向她走来。伞下的他被路灯照着，一脸愠怒，见到她时，目光却柔软起来，伸出一只手，柔声说：“把手给我，闭上眼睛，我带你去个地方。”林稚子迟疑了一下，缓缓伸出手，他轻轻一拉，将她拥入怀中。

因为下雨，宫灏将车开得稳而慢，雨雾迎面扑向挡风玻璃，迅速模糊视线，让城市有一种玄幻的美。因为醉酒，林稚子觉得身体轻飘飘的，仿佛要飞向不知名的幻境。她想起了数年前的那次夜空飞行，她心中惴惴，又怀揣着一丝冒险的激情，那个夜晚多么快乐，并且永生难忘。两个人都没有说话，她微微闭上了眼睛。

车终于停下来时，林稚子睁开眼睛，发现他们停在了公园的门口。

城市发展，重新规划，公园已拆除了围墙，没有大门，任何人都可以随意出入。

打开车窗，雨已经停了，凉风一吹，林稚子的酒醒了。

“为什么带我来这里？”

“很久之前，我们就来过这里，夜空的烟花、雪人、旋转木马，好像就发生在昨天，这些事影影绰绰，不断在我脑海中浮现。林稚子，你就像我认识了很久的一个人，可是……”宫灏闭上眼睛，摇了摇头。

“灏，是你吗？”

“是我。”

林稚子转头深深地凝望他，又失望地坐回，说：“你不是灏，你不是他。”

“他是谁？”

“你为什么拥有了他的记忆，除夕的烟花、旋转木马、雪人？你为什么会有这些记忆？你为什么带我来这里？告诉我，你曾经的事。你见过他，对不对？他住进了你的身体，还是，他已经离开了这座城市，把我们的记忆留给了你？可是，我今天，并没有用香水。”林稚子颤抖着抓住了他的手。

“我不知道你在说什么，稚子，你怎么了？我只是看外面下雨，就很挂念你，想要见你。”宫灏触到她冰凉的手，反过来将她的手握住，包裹在掌中，轻轻婆娑，为她取暖。

“你没见过灏？”

“从来没有。他是谁？”

林稚子凄然地笑了笑，疲倦地靠回座位，眼神遥遥地望向远处，遁入一片回忆之海，说：“那是我的雨伞精灵，他说，他会保佑我平安，在我需要他的任何时候出现。”

"雨伞精灵？"宫灏小声重复了一句，疑惑地看着她，伸手摸了摸她的额头，"稚子，你是不是生病了，不舒服？"

"我知道，你不是他，你肯定还会笑我傻，是不是童话故事看多了？不，我没有，这世间真的有雨伞精灵的存在，只是，很多人不知道罢了。"林稚子语速很快，情绪激动，带着一腔不被人理解的愤懑。树上滴下一滴雨，落进她的脖子里，冰凉冰凉的，她打了个寒战，被他拥入了怀里。

林稚子享受着这一刻的宁静和温暖，宫灏却忽然松开了她，起身道："你等我一下。"

宫灏下了车，走向二十四小时营业的便利店，买了一杯热奶茶，一路小心翼翼地捧着，回到车上，递给她。

奶茶烫手，林稚子并没有喝。这个雨后的夜，让眼前的男子变得温柔、包容、好脾气，她仿佛可以向他哭闹，要糖吃，提出一切任性的要求，她说："灏，可以陪我去坐旋转木马和摩天轮吗？"

宫灏回答得很干脆："好！你想去哪里，我就陪你去。"

像数年前那个除夕之夜一样，他拉着她的手来到了公园里的游乐区，但是很不巧，万事俱备，只欠东风，当林稚子坐上旋转木马时，笨拙的男朋友始终没有找到通电的开关，他急得满头大汗，有些羞赧地说："我来推吧！"

老旧的机器"吭哧吭哧"地转起来，林稚子坐在已掉漆的木马上，笑着，"得寸进尺"地提要求："音乐，音乐呢？旋转木马要唱歌的。"

雨后一轮明净的秋月，照出宫灏一脸少年般的慌张和羞涩："我不会唱歌的呀！"

林稚子"咯咯"地笑起来："唱《两只老虎》就行。"

宫灏唱起了《两只老虎》，却跑调跑得找不着北。就在这时，游乐区的一间木屋的门打开了，灯亮起来，一个黑铁塔般的人影出现，手里拿着一个防狼手电筒，光线左右晃动着，传来严厉的斥骂："谁？谁在那里？"

林稚子和宫灏的第一反应是逃，于是便手拉着手，迅速逃离了现场。那人影虚张声势，并没有追上来，但假想的冒险和出格令人觉得刺激，他们跑出了很远，才跑到宫灏的车旁，深夜的风变得很凉，他给了她一个暖暖的拥抱。

就在这时，宫灏的手机响了起来。手机屏幕在黑夜中特别清晰，那个来电名字是个女生的名字，他盯着看了几秒钟，接起了电话，他对电话那头的人说话也是温柔的，甚至带着些宠溺，最后挂电话的时候，他说了句："好的，我知道了，我马上过去。"

没等他开口，林稚子马上说："送我回去吧！"

她是聪明人，给他台阶，也给自己台阶，打电话的是他的前女友。不，听说他们又和好了，又是现女友了。而她呢？她现在在做什么？林稚子为自己脸红，她只是一个暗度陈仓的小三儿。真可耻，唐细辛说得对。这个夜晚很难忘，但她知道，她应该忘掉，他并不是她的灏。

11

这一晚，林稚子没有回家，住在了公司的办公室。香水研发部的一间小休息室，里面摆满了各种香水样品，她躺在那张逼仄的小床上，被香水包围，屏住呼吸，如死去一般。

第二天，林稚子托人在公司附近租了房子，趁唐细辛不在家时，回去收拾了几件换洗衣服，搬进了租屋，向唐细辛无声地宣战。临出门的那一刻，林厚朴企图挽留她："别和你妈妈置气，她这个人，刀子嘴豆腐心。”

林稚子言不由衷地说：“怎么会呢？我没有和妈妈生气，最近公司比较忙，要开发新产品，我是小组长，小组长哦！你女儿很厉害的。所以我想搬得离公司近一点儿。”

她说得没错，公司最近确实很忙，新产品已进入生产阶段，不容懈怠。生活不是偶像剧，并没有太多时间任她谈情说爱。

在整个部门里，林稚子尚是新人，但不足两个月便提前通过试用期，并组建了小团队研发产品。工作中的林稚子严谨认真、雷厉风行，而她的组员吕晓乐则负责插科打诨。插科打诨尚好，但他还时不时偷懒耍奸，工作时间与龙美视频聊天儿、撒狗粮。林稚子每每发现，皆是毫不手软，冲着他手机屏幕里那个忸怩作态的女人恶狠狠地说：“这位美女，请不要在我们工作时间谈恋爱。”转头又对吕晓乐说：“还有你，如果要谈恋爱，就不要在谈恋爱的时候工作。”

吕晓乐立马做求饶状，屏幕里的女人不答应了，对着林稚子做出凶相，警告道：“这位主管，请对下属温柔点儿，不然我对你不客气。”

“你想怎样？”

“你，放学别走，我，我会叫一车面包人来打你哦！”龙美模仿得惟妙惟肖，这是学生时代灏闹出的笑话。

林稚子见状，脸色一沉，真的生气了，伸手就去挂断视频，那头龙美忙求饶：“别生气啊，小姐姐，我不敢了，回头请你吃饭啊！”

林稚子冷笑一声，还是无情地挂断了他们的聊天视频，转头正色道：“开会。”

就在这时，她的电话响了起来，是迟铭打来的。接通电话后，他的声音有些涩哑：“稚子，和我去一趟黄阿姨家，出了点儿状况。我现在就在你公司门口。”

这间小会议室正好在二楼临街的位置，林稚子下意识地从窗口往下看了看，迟铭果然已经在路边等她了。同事们立刻起了八卦之心，纷纷凑到窗口去看，小声议论着。

一定是黄阿姨那里有了进展，或是有别的状况也未可知，迟铭向来做事沉稳冷静，胸有成竹，听他电话中的口气，事态似乎不妙。林稚子略一思索，对大家说："你们先忙手头的事，我有点儿事出去一趟。"

"现世报"说来就来，吕晓乐阴阳怪气地学着林稚子刚才的口气说："这位美女，请不要在工作时间谈恋爱哦！"

林稚子没心思搭理他，抓起包包出了门。

林稚子上了车，迟铭想了想，说："黄阿姨昨晚突发脑梗，去世了。"

林稚子一惊，听到迟铭继续说道："也是在昨晚，她打电话给我，要约我过去谈谈，说她其实知道一些事。"

人生无常，林稚子此刻已没有心思关注黄阿姨要坦白的那些秘密了，她想到了还坐在轮椅上不能自理的小玉，小玉失去了唯一的依靠，接下来该怎么办？她木木的，不知该说什么。

汽车又七拐八拐，再次拐进了逼仄杂乱的老小区。远远望去，小玉家门口已张罗起白幡和花圈，灵堂也摆了起来，听说是娘家的弟弟在操办丧事；不知是亲戚还是街坊邻居挤挤挨挨、进进出出，哀哀叹息着这个苦命女人的突然离世。嘈杂的人声中，夹杂着长一声短一声的哭泣。

林稚子拨开人群走进去，看到小玉被安置在屋里仅有的那张沙发上，哭声已经停止了，她两眼红肿，用纸巾擦着眼泪，身旁有几个妇女正小声劝慰她想开点儿。

"小玉。"林稚子喉头发紧，声音颤抖地叫她。

一见到林稚子，小玉刚刚止住的眼泪又下来了，林稚子走过去，握住了她的手。

“稚子姐姐，妈妈，我妈妈不要我了，不管我了。”

在场的人闻之心酸，林稚子一时动容，想要说一句“我管你”，又知道责任重大，不能轻许承诺，她保持了理科生的一丝理智，真诚地说：“我会帮你的，我们都会帮你的。”

林稚子抬头望向四周，寻找声援，身边的几位老阿姨都模棱两可地“嗯嗯”应答，唯独迟铭笃定地点了点头，说：“放心吧，小玉，我们一直都在。”

这时，迟铭的电话响了起来，屋里太吵，他出门去接，林稚子坐下来，轻声安慰小玉。灵堂上，放了黄阿姨一张比较年轻的照片，她也有好看的眼睛，嘴巴抿得紧紧的，看上去坚强又倔强。林稚子盯着遗照看了看，暗忖，那被她带走的秘密到底是什么呢？她为什么给并不熟悉的迟铭打电话，而不是先告诉自己呢？

过了一会儿，迟铭回来了，带回一个好消息，刚刚的电话是艾雪打来的。原来，艾雪的报道播出后，关注和转发量很高，网上议论纷纷，事件发酵，那个藏在人海中的肇事者良心发现，竟然主动联系了警方和艾雪，愿投案和赔偿。

听到这个消息，小玉的舅舅松了口气，不住地重复道：“那就好，那就好了。”

小玉却没有太大反应，她依然沉浸在突然丧母的悲痛中，听迟铭说完，只是轻轻地“哦”了一声。

回去的路上，林稚子仍在隐隐担忧：“小玉情绪很低落，我怕她承受不了这样的打击，想不开。”

“放心吧！艾雪说，之前的社会捐款，还有心理咨询师，她都会妥善安排的。”

“迟铭，谢谢你。”林稚子由衷地说。

迟铭轻轻地笑了：“为什么谢我？这并不是你一个人的事。一开始，我做这些事是为了你，但是，悲悯和同情我们都会有，《圣经》里说，助人救己是生命之律，分享和施与也让我们快乐和满足。”

“迟铭，对不起。”

“为什么又说对不起？”

“妈妈说我利用你对我的感情为我做事，迟铭，对不起，我太自私了。”

迟铭目视前方，坦然地说：“利用？被你利用，我心甘情愿。”

话再说下去，又成了一场即兴告白，林稚子忙转移话题：“事已至此，路段监控的事也没法儿再查了，怎么办？”

“别着急，我再想想别的办法。”

不知不觉间，车拐过一个路口，林稚子发现，正好经过唐细辛的医院。迟铭还不知道她和妈妈冷战搬出了家的事，她犹豫了一下，喊道：“停车，停车，我在医院下车。”

迟铭依言在路边停了车。

黄阿姨的突然病故、小玉的痛苦，让林稚子忽然体会到亲情的珍贵，她觉得相比起来，自己幸福太多了，家境优越、双亲健在，她更应该珍惜拥有的一切。

林稚子来到医院门口的水果小店，想给妈妈买点儿水果，这才发现，自己根本不知道妈妈喜欢吃什么水果。她犹豫了一下，买了常见的香蕉、苹果，然后买了自己喜欢的山竹，负荆请罪去。

来医院看望唐细辛，林稚子是存了一点儿私心的。通向唐细辛的办公室，必须要经过宫灏的科室，此刻正是上班时间，也许，可以遇见他。经过他们科室时，她特意转头看了看，很遗憾，宫灏并没有当班，或许已经下班了，他常坐的那个配药窗口的位置上，坐了一位瘦瘦的同事。林稚子失望地朝前走去，这时，配药室后面的门打开了，宫灏已换上了自己平常的衣服，和苏茉一同走出来，苏茉正贴心地为他整理衣领，随口问道："去吃川菜吧？"

三双目光交错，大家都觉得有些尴尬。宫灏不像之前那样"失忆"了，他记得那晚夜游公园的事，也记得那奇妙的亲密感觉，他无法对林稚子再视而不见了，于是，故作轻松地打招呼："稚子，你来了。"

林稚子也假装云淡风轻地笑笑，大方得体地回答："嗯，去找我妈一起吃晚饭。"

两人眼里的躲闪还是让苏茉看出了端倪，那个"稚子"的亲昵称呼也刺痛了她，她像老母鸡似的站在了宫灏的身前，甜甜地笑了笑："稚子啊！这名字真好听，单纯、天真的意思吧？"

林稚子曾在那次同学聚会的酒店走廊里与苏茉有过短暂的一面之缘，但彼此印象深刻。这一刻，苏茉阴阳怪气，林稚子知道来者不善，但也不惧她。兵来将挡，她迎着苏茉的目光淡淡地笑了笑，以示礼貌。

"听说你在调查宫灏以前的那起车祸？真是有心了。只是我想知道，你为什么对我们宫灏的事如此关注？不会是爱上他了吧？那不巧了，他已经有女朋友了。"苏茉顺势挽住了宫灏的胳膊，脸上是笑的，但句句如刀，直指林稚子。

面对指责，林稚子没办法做到坦然，她知道自己爱的不是宫灏，但她对宫灏那种复杂的情感，很难说不是僭越。她有点儿心虚，辩解道："我调查这个，不只是为了他，我自有我的道理。再说，宫灏车祸后，留下后遗症，作为女朋友，难道你不想搞清楚其中的缘由吗？"

苏茉有些气结，一时不知如何反驳，就恶狠狠地瞪了宫灏一眼。宫灏见状，底气不足地对林稚子说："事情已经过去那么久了，当时警方查了很久都没有结果，你不要再做徒劳的事了。有些事，是命中注定，是注定没有结果的。”

他一语双关，似有所指，林稚子没好气地说：“徒劳就徒劳，世上所有的事一定要有结果才有意义吗？我就愿意浪费时间、浪费感情。”

眼看要戗起来，宫灏夹在两个女人中间，多少有些不自在，他目光躲闪着，垂眸沉了沉气，说：“随你便吧！”转头对苏茉说：“我们走吧！”

苏茉挽着宫灏的手臂走了，和宫灏继续商量吃什么，她的声音不大，却是林稚子正好可以听到的音量：“吃完饭陪我去试婚纱吧！”

他们要结婚了？林稚子心里“咯噔”一下，那乍现的温柔、偶尔的情迷，也不属于她了吗？她的心像漏了一个大洞，空落落的，一种怅然若失的感觉涌上心头。

林稚子上了楼，唐细辛的办公室门开着，她已换上了家常衣服，正坐在办公椅上，一只手绕到后背去，轻轻地捶着背。她看到女儿，像她们之间从没有发生过任何不愉快一样，疲倦地笑了笑：“你这么早就下班了？今天不忙？”

“你呢？是不是做手术了？腰疼吗？我帮你按按吧！”林稚子走过去，心里有些酸楚，而后站在妈妈的身后，伸出手轻轻地帮她按摩。

“今天手术有点儿多，人手不够，给我排了五台，还好，以前我最忙的时候，一天做了十四台手术，下了手术台，就在手术台后面的地板上歪着睡着了。”唐细辛甘之若饴地享受着这一刻的天伦，感慨着工作的不易。

林稚子手上的动作用力了一些，嗔怪道：“你现在能和以前比吗？你现在已经五十多岁了，再干两年就该退休了，你能和那些年轻人比吗？身体怎么吃得消？爸爸现在是那样子，万一你再……”

“呸呸呸，好好的，说什么晦气话，我身体好着呢！”唐细辛一回头，发现林稚子哭了，吃了一惊，问，“你怎么了？”

“我希望爸爸和你都身体健健康康的，我希望我们一家人都好好的。”这样的情绪流露，即使是在父母离婚的时候，林稚子也没有过，她总是表现得那么坚硬、漠然、事不关己，而黄阿姨的死、小玉的眼泪，仿佛轻轻地撞开了她心里那个坚硬的壳，露出了柔软的部分。

“好好的，哭什么嘛！多大了，还哭鼻子。我和你爸爸不都好好的吗？”唐细辛用自己医生惯有的思维暗忖女儿可能生病了，于是摸了摸她的额头，“你是不是不舒服？”

“妈，黄阿姨她去世了，小玉现在是孤儿了。”林稚子犹豫许久，还是忍不住说了出来。

唐细辛的脸上露出吃惊的表情，她“噌”地站了起来，没站稳，朝后退了一步，靠在了桌沿上，声音有些发紧：“老黄去世了？怎么回事？什么病？怎么这么突然？”她回头手忙脚乱地抓自己的包，“其实我还想着这几天忙完去看看她，怎么这么突然？走，去看看。”

林稚子悲伤地摇了摇头：“明天就下葬了。逝者已矣，只是可怜小玉了。”

“走啊！小玉没人管，我管。”这一刻，唐细辛流露出她在职场上的果敢和担当来。

林稚子迟疑了一下，跟着唐细辛往外走。两人刚刚走到门诊大厅，就见几个医护人员推着一辆担架，手忙脚乱地冲进来。一阵嘈杂，血流了一路，担架上躺着一个女孩儿，头发散乱着，头歪向一边，奄奄一息，已经休克。

“医生，一定要救救她啊！”

“这孩子命苦，想不开了。”

陪同的人七嘴八舌，林稚子一眼认出，说话的那两个女人正是白天陪在小玉身边的街坊大婶，小玉的舅舅也在，气急败坏地说：“就会给人添乱。”话说得凉薄，让人闻之心酸。

林稚子又惊又吓，拉住唐细辛：“妈，妈，那是小玉，小玉。”

唐细辛马上上前，简单检查了一番，厉声吩咐：“送急救室，马上准备输液输血。”

小玉被推进了急救室，唐细辛重新换上了手术服，一位主任见状，自告奋勇：“唐院长，我来吧！你忙了一天了。”

唐细辛没有理会，径直冲进了抢救室。时间一分一秒地过去，林稚子站在外面忧心忡忡。血浆告急，护士心急如焚地出来调取血浆，被告知要去总院调取。通向急救室的那道门开开合合，不断有人进进出出，林稚子的心七上八下。一个小时后，唐细辛终于拖着疲倦的身体从急救室出来了，转头对家属说：“人没事了，生命体征平稳，过半个小时可以进去看她。”

舅舅并不急于看小玉，担忧地问：“医药费得多少钱啊？我没带那么多钱。”

“记我账上。”唐细辛简单干脆地说，回头又对手下的医护吩咐，“观察后安排养护病房。”

手下的护士嘀咕：“那个，病房……”

“记我账上。”

这一刻，林稚子想给妈妈一个大大的拥抱，她从来没有发现，穿着白大褂的唐细辛是如此美丽优雅，但矜持和疏离让林稚子不善如此表达，只是含蓄地说：“你累了，快去休息一下，我去看一下小玉。”

小玉已经醒了，瘦瘦的身体躺在病床上，单薄得像一张纸，脸上已恢复了血色，手腕上缠着纱布，另一只手臂在输液。见到林稚子，小玉的眼角又滚下泪来，不好意思地叫了声：“姐姐，对不起！”

“傻瓜！你是一个大傻瓜。”林稚子找不到别的词来表达自己的心情。

“妈妈走了，我是一个没用的人，不想成为别人的累赘和负担。”

“你不是累赘和负担，你不是没用的人，我知道你的感受。有一段时间，我也觉得自己被所有人抛弃了，我也觉得自己一无是处，是个没用的人；可是，有一个人，陪伴我，走过了那段岁月，是他让我明白，那个真正的自己、那个发光的自己，也是要慢慢去寻找的。小玉，我们都管你，让我陪着你，去寻找那个曾经自信坚强的小玉，好吗？”

小玉似懂非懂，点了点头。

12

小玉在医院的养护病房住了一周，出院后，唐细辛动用自己的关系，安排小玉入住了一家疗养护理院，甚至为小玉申请了一份慈善基金。护理院有专业护工为小玉这样行动不便的患者提供护理服务，解决了所有人的后顾之忧。

唐院长救死扶伤的事迹，不仅上了报纸，还被艾雪写进了公众号大加褒扬。晚饭后，林厚朴拿着报纸啧啧赞叹，指着报纸上的报道，半开玩笑地调侃：“这篇报道，明明是护理院的植入广告嘛！不过这家护理院看起来确实不错，要不然，你托托关系，把我也弄进去吧！”

唐细辛一听冷笑道：“我正有此意。”

他们家里有一个不住家的护工，是个老实巴交的中年男人，正要下班回家，一听这话就有点儿紧张，以为自己要失业了，忙问：“林大哥，你是对我的工作不满意吗？你有啥要求就提啊！”

“林大哥”尴尬了。林稚子知道妈妈故意揶揄爸爸，让他不痛快，于是帮着打圆场，对护工说：“刘叔快回家休息吧！他俩说笑呢！”

护工前脚出门，林稚子收拾了包包也打算出门。她和唐细辛关系破冰，但并没有搬回家住。

“这么晚了还出去？真拿这里不当家了？”林厚朴先提意见。

“最近真的很忙，后天是我们公司的新品发布会，我的作品会亮相，还有些文字资料需要准备一下，流程也要对一对，我要回去加个班。”

唐细辛看女儿收回了心思认真工作，觉得心甚慰之，嘱咐道：“去吧！开车小心点儿。”

“对了，发布会你要不要来参加一下，为我凑凑人气？我们公司也出了一些药妆，医美产品，说不定我们可以跨行业合作一把。”

唐细辛不感兴趣，摇了摇头：“后天我有个会，没时间。”

“我有时间，爸爸有时间啊！”林厚朴像个被关在家里的小孩子，要抓住一切机会放风。

林稚子皱了皱眉，像是考虑了一下，说：“我当天很忙的，没有空照顾到你，爸，你别给我添乱了啊！”

女儿走了，林厚朴静静地坐在书房里发呆，心里有些悲凉。忆往昔，什么样的高端酒会、新闻发布、行业论坛他没去过？他应酬不断，觥筹交错，前呼后拥，而现在呢？这方寸间就是他的天地，五六步就是他的交际圈，今非昔比，连女儿都将他嫌弃。

新品发布会安排在一家知名的高档商场，一楼中庭的 T 台。发布会当天，各路媒体与经销商云集。林稚子团队研发的香水共四款，分别命名为“初遇”“欢颜”“沉睡”“唤醒”，香型不一，在前、中、后调里杂糅了绣球花清新淡雅的香味，每一款香水，清新自然又不失个性。发布会现场，有现场展示和测评环节，由设计师亲自上台阐述理念。林稚子款款走上台，拿起一瓶“唤醒”，为大家评测留香时长。

“将香水充分喷在纸上，相同时间后观察纸上液体的挥发性，印迹越浅则挥发性越好，留香时间就短；印迹越深，则挥发性不好，留香时间越长。”她的专业解答引得台下众人频频点头。

商场里人来人往，这场精彩的发布会引得许多顾客驻足观看。林稚子不经意一抬头，竟然在人群中看到了宫灏。二人目光相撞，短短一瞬，宫灏便慌忙移开了目光。他正要离开，却被苏茉拉住，苏茉娇嗔地笑着，似乎是在恳求他留下来陪她看秀。他硬着头皮留下来，站在人群里。

林稚子不动神色，摊开了手里的纸，继续说道：“就像有一些爱情，留在心里的印迹太深刻，不会轻易挥发散去，留下的回忆就更悠长、更持久。请看——喷有香水的试纸，在两分钟后有较深的香水印渍，香水挥发性一般，所以留香时间较长。”

人群中的宫灏像是站立不稳，身体晃动了一下，苏茉扶着他，两人紧紧地依着。现场的空间香氛系统正源源不断地输送着同款香氛，香味严丝合缝，人们沉浸在清新神秘的香氛中，陶醉其中。

宫灏只觉得空气闷闷的，仿佛要喘不过气来，想要离开，却被苏茉拉住。过了一会儿，那种香味丝丝缕缕，如同温柔的触手一般，渗入他每个毛孔，在心里温柔地挠了个痒痒；像是心里忽然漏了一个大洞，风灌进来，雨飘进来；像是干燥的土壤长出了苔藓。他的眼前，模糊地闪过一些画面，好像想起了一些事，又混沌不清。

林稚子的测评讲解之后，是模特香水秀、答记者问、经销商洽谈。发布会圆满成功，结束后，礼仪小姐向现场的顾客派发试用装，临时柜台也现场促销售卖。

发布会后，会有一个小小的庆功宴，林稚子最不喜欢那样的场合，犹豫着找借口溜走。吕晓乐看出她的心思，怂恿道：“龙美说今天煮了小龙虾，一起去山上看星星吃小龙虾。走吧！”

这个提议正中下怀，林稚子瞥了吕晓乐一眼，故作勉强地说：“好吧！这个女人近来总是影响你工作，我要去好好教育她一下。”

两人绕道，打算偷偷溜走，却听到柜台边有人嚷起来。柜台的备货被一抢而空，还有几个顾客想要买，只是仓库较远，“柜姐”正在委婉解释，有几个顾客却不依不饶，其中就有宫灏的女友苏茉。宫灏一脸羞赧，有点儿生气地道：“你已经有那么多香水了，还买，不都是差不多的味道吗？快走吧！”

苏茉当然不是为捧林稚子的场，她自有她的道理：“差不多？那可是差太多了，我倒要看看这个香水有什么魔力，让你神魂颠倒。”

常说女人都有第六感，苏茉的敏感事出有因，原来她也知道了香水的秘密。别的顾客被劝解后都离开了，唯独她不依不饶：“备货不足是你们的失误，顾客就是上帝，现在就调货啊！”

售货小姐面露难色，现在调货过来，路上至少要耽搁一个多小时，她想要向上级反映一下情况，一抬头，看到了林稚子，忙投来求助的目光。林稚子走过去，微笑道：“苏小姐，有什么需要，我能帮你吗？”

苏茉一抬眼，故作惊喜地道：“真的是你啊！那我更要捧捧场了。这款香水我真的很喜欢，想买一瓶，可是售货员告诉我没有了。什么意思啊！饥饿营销，这个我懂。咱们都是熟人了，就不必了。”

这一次，宫灏也不催促苏茉了，他被包围在铺天盖地的香味中，眼睛里仿佛有火光闪烁，说：“是的，这香水的味道很迷人。林稚子，祝贺你！”

林稚子极力让自己平静，淡淡地笑了笑，然后转头小声吩咐吕晓乐："通知库房调两百件。马上！"

苏茉不能平静了，自她回到宫灏身边，借工作之便常驻A市，也听到了不少风言风语。这两人微小的动作、平静的表情，捕捉在她的眼里，就变成了眉来眼去、暗度陈仓。是可忍，孰不可忍！苏茉调侃道："其实我对香水也是懂一点儿的。知道香水的起源吗？据说是拿破仑有很严重的皮肤病，还散发不洁气味，因此行军打仗都带着一款古龙水，是为了消炎止痒。"

在场的人都觉得有些不适，犯了恶心。林稚子想尽快脱身，忽然想起自己的包里有一瓶"唤醒"，那是打算送给龙美的，不如就借花献佛，打发了她。

林稚子拍拍额头，做恍然大悟状："想起来了，我包里正好还有一瓶，送给你吧！"

林稚子把香水拿出来，苏茉也故作姿态地接过，口中称道："那就谢谢了！"就在她接过香水的那一刻，不知是谁手滑，香水瓶从手中滑了下去，发出清脆的玻璃碎裂的声音，芬芳的液体流了满地，香味横冲直撞，让人喘不过气来。

"哎呀！掉了！"苏茉站着没动。

林稚子俯身去收拾残局，一不小心，一片玻璃碎片扎破了她的手指，血珠子马上冒了出来。她并没有感觉到疼，血却涌了出来，滴落在地上，看上去触目惊心。宫灏眉头一皱，俯下身，旁若无人地抓起她的手，略略查看了一下，用纸巾垫住她的手，小心翼翼地拉起她，回头嘱咐吕晓乐："去找点儿消毒药水和纱布来。"然后他疾步朝最近的洗手间走去。

苏茉目瞪口呆，在后面紧跟了几步，气得跺脚："干吗去？宫灏，你给我站住！”

水流冲洗了林稚子的伤口，他确保她的伤口里没有了玻璃碎渣残留，这才轻声埋怨：“怎么这么不小心？”

这时，吕晓乐已经拿来了消毒药水和绷带。宫灏细心地为她处理了伤口，给她包扎好。这时，苏茉已跟过来，站在了门口，冷眼望着他们。

他的正牌女友在侧，林稚子是有些忌惮的，她微微往回抽了抽手，小声说：“这么一点儿小伤，不用包了吧！”

宫灏稍稍用力，抓回了她的手腕，有点儿生气地道：“小心发炎感染，不要见水。”

四周静静的，山雨欲来风满楼。吕晓乐站在一侧，看看那个脸色，瞅瞅这个脸色，忐忑不安地催促：“稚子姐，咱们快点儿走吧！不然被头儿抓住要陪酒的。”

“催什么啊！没看到宫医生正在救死扶伤吗？”苏茉阴阳怪气地说。

宫灏抬起头，平静地说：“我是医生。”

没想到，苏茉损起男友也毫不留情，她咬咬牙，轻嗤了一声，说：“我还以为宫医生只会在配药房拿拿药呢，没想到你医术这么高明啊！绑个绷带都是蝴蝶结的样子！”

宫灏脸色一窘，轻轻地放开林稚子的手，走到苏茉的身边，拉拉她的胳膊，有些怒气地道：“别瞎说了，走吧！”

苏茉一耸肩，甩开他的手，转身气冲冲地走了。宫灏回望了林稚子一眼，叹了口气，就去追苏茉了。

细密的痛感这时才开始悄悄蔓延开来。林稚子看了看裹着纱布的手指，想起刚才这出闹剧，觉得既甜蜜又心酸，苦笑了一下。吕晓乐也松了一口气：“这女的有病吧？故意找碴儿？这个宫医生和你到底什么关系啊？”

林稚子望着那远去的身影，怔怔地说：“我也不知道是什么关系。有时，是一个故人；有时，是陌生人。”

吕晓乐听得云山雾罩，撇撇嘴：“不告诉我？我问龙美去。”

两人悄悄离开会场，驱车来到龙美的店里。店里没什么生意，几个员工也不在，林稚子和吕晓乐径直走进去，龙美从厨房钻出来，一脸兴奋和油光：“等会儿尝尝我的手艺，麻辣小龙虾。”

林稚子进去看了一眼，捏起一个准备尝鲜，被龙美轻轻地打掉了手：“起开，现在不能吃。今天晚上我们要去山上吃着小龙虾看星星。”

“这么浪漫！”林稚子看看龙美和吕晓乐，酸溜溜地揶揄道，“那我去当电灯泡是不是不太好？”

“这个我考虑到了，为了避免我俩冷落到你，我专门给你找了个伴儿。”龙美向她身后使使眼色。

林稚子一回头，迟铭端着一杯咖啡走过来，递给她：“虽然发布会你没有通知我，但是这并不妨碍我为你庆功。”

林稚子有些意外地问：“你怎么在这里？”

“龙美的公司家大业大，也会有很多法律纠纷，她委托我以后做法律顾问。关于灏，我也想向她多了解一些。”

林稚子的目光一黯：“我都说了，宫灏的事不用查了，也许这就是老天的安排，顺其自然吧！”

“那我们就单纯地吃吃小龙虾吧！”迟铭抿了一口咖啡，一低头看到她手上的纱布，问，“手怎么了？”

一点儿小伤，她已经感觉不到痛了，便无所谓地笑笑：“没事，擦破点儿皮。”

说话间，龙美的小龙虾已出锅，她端出一大盆放在餐桌上，玩笑道：“嗟！来食！”

大家围坐桌旁，戴起了一次性手套，准备大干一场。迟铭也没客气，挽起袖子，戴上一次性手套，对林稚子说：“你手受伤了，别动，我来剥。”

林稚子乐享其成，没有动手，调侃道：“小龙虾简直是最好的社交食物了。”

“为什么？”吕晓乐好奇地问。

“你看，你终于放下了手机，专心地掰、啃、吸，也能听到我讲话，不再把我的话当耳旁风了。你不卸下油乎乎的手套，就不能玩手机。”

吕晓乐想了想，这话有几分道理，又想了想，咬牙道：“什么啊！小龙虾明明是恋爱杀器。”

“为什么？”龙美好奇地问。

自恋爱后，吕晓乐演技爆棚，喜剧天赋倍增，他举起两只油乎乎的套着手套的手，嘟起了油亮亮的嘴，对着龙美表忠心：“戴着油乎乎的手套，我就无法拥抱你；卸下手套，我就无法为你剥小龙虾。你说忧伤不忧伤？”

两人连吃个小龙虾也能嬉笑打闹在一起。

迟铭在国外不常吃到小龙虾，笨手笨脚地剥好了一个，伸手递到了林稚子的嘴边，两个人都犹豫了一下，一个不知该不该张嘴，一个不知该不该送进嘴里，最后，迟铭自嘲地笑了笑，放到了她面前的小盘子里。

没想到龙美手艺竟然不错，一盆小龙虾很快见了底。吃干抹净，天已黑了，秋天的风吹进屋来，凉意骤生。龙美心情大好，要开车带大家去山顶兜风。

龙美有座驾数辆，个个拉风炫酷，但这一次要亮相出场的，是她刚刚改装完成的一个大家伙。后院的一个车库，绝少有人去过，那既是车库，也是龙美的工作间。打开卷闸门，一辆红色的越野车出现在大家眼前。

打开车门，龙美拍拍这里，摸摸那里，得意地炫耀："内在配置全部换过了，性能比之前更好，越野能力一流。"说罢，她又流露出一丝哀伤，说，"很多人根本就不明白改装车是什么，都当我们是非法飙车呢？改个导航，加个倒车影像，顺便做个拉花，就叫改装了？"

"拉花？咖啡拉花？"林稚子在这种时候冒傻气地问。

龙美无语地瞪了她一眼，径直走进车库，从一个柜子的抽屉里拿出一把钥匙，按了一下，打开车门，坐了上去。

"其实，我一直想做一个原创的、有品质的改装品牌，从一些小的外观套件做起。我自己做设计工作，完全没有问题的，就是苦于生产上的支持。而且，这个行业在国内发展前景很渺茫。"龙美的眼睛在昏暗的光线中闪着光亮，林稚子好奇地坐上了副驾驶位置，左摸摸右摸摸，仿佛没听到龙美的宏伟蓝图，她的目光落在了那个车钥匙上。

钥匙就是普通的电子车钥匙，只是扣环上挂了一个小金鱼挂饰。林稚子觉得眼熟，便用手捧起来仔细地看。记忆中，她也拥有过这样一个小金鱼挂饰。学生时代，有一段时间，同学间流行用输液管编织各种小挂件，林稚子从医院拿了很多废弃输液管给同学，自己也学会了编织小金鱼。为了力求逼真，她把金色的毛线扯成丝絮状，再一点点塞入管子，管子就呈现出闪亮的金黄色，她找了一颗黑色珐琅纽扣做鱼眼睛，编出来的小金鱼惟妙惟肖。那时，唐细辛刚刚换了新车，林稚子就把那个小金鱼挂饰自作主张地挂在了她的车钥匙上，唐细辛也默默地笑纳了。那个小金鱼挂饰她用了很久，后来随着她们出国，车子被卖，那个不起眼儿的小金鱼也不见了踪影。

“这个小玩意儿哪儿来的？”林稚子轻轻地摩挲着小金鱼，有点儿小惊喜。

“原装，这个钥匙，包括这个挂饰，都是原装。”

“那这辆车哪儿来的？”

“是我前男友收购的二手车啊！说是二手车，其实有八成新，开的公里数也不多，和新车没什么差别。我拿这辆车练手，改装了好几次了，这辆车和我可是老朋友了。”

“这是辆好车啊！”迟铭对车颇有研究，辨认了一番，说出了车子原来的品牌和型号。

“是啊！听说当时我前男友把价压得很低，那个女人着急卖就同意了。是不是傻？”

“那个女人，是我妈。”林稚子喃喃地说道。

龙美有些吃惊，略显尴尬：“哦！这么巧？”

空气仿佛凝滞了，林稚子忽然觉得胸闷气短。一些细节交织在一起，让她心里的那份疑虑加重了。她起身，四处查看着，像一只嗅觉灵敏的警犬一般，想要寻到一丝蛛丝马迹。车早已被改装得面目全非，她不甘心，回头又问龙美：“你想想，这车送来的时候，是不是哪里有血迹？”

龙美笑了，打开车门，跳下了车，招呼迟铭：“你快来看看这位小姐，整天和你查案，都魔怔了。”话音落下，她却仿佛忽然想起什么似的，敲了敲自己的脑袋，“什么血迹倒是没有。我想起来，我从车上卸下来一个行车记录仪，不知道扔哪儿去了。这车真是你妈的？你怀疑她撞了人？是她撞了宫灏？”龙美吃惊不已。

迟铭走过来，看到林稚子脸色苍白，便顺手将自己手里的外套披在了她的肩上，问：“怎么了？”

“那个行车记录仪在哪里？”林稚子没空理会迟铭的柔情蜜意，心里的疑惑像一张张拼图，在脑海里拼凑、重组、打乱，又再次重组，渐渐形成一个完整的推理。

龙美摊摊手：“早不知扔哪儿去了，这都过去几年了。”

“找找啊！龙美，求求你，找找啊！”林稚子一把抓住龙美的胳膊，目光流露出急切和焦灼，语气是恳切的，“龙美，这件事很重要，我不只是为了宫灏，我是为了，为了灏哥哥，你不想知道灏哥哥的下落吗？”

“你是说？难道……有可能……”龙美惊诧地张大嘴巴，“我，我去找找，那个行车记录仪可能扔在一堆零配件里。”

龙美打开车库里的另一道门，里面是一个小小的储藏室，各类零件零乱地堆满，俨然一个汽配零件博览馆，要寻找一个五年前随手扔掉的记录仪，无异于大海捞针。迟铭和林稚子都进来翻找，唯独吕晓乐气呼呼地站在门口质问：“灏哥哥是谁？龙美，你给我说清楚。”

“前男友啊！”龙美头也不回，故意气他，“你有意见？”

“你到底有多少个前男友？”吕晓乐快被气炸了。

林稚子不忿地反戗：“别听她胡说，灏哥哥是我的前男友。”

两个人像小孩子似的，你一言我一语地争论起来。

“灏哥哥英雄救美，帮我教训恶人；灏哥哥温柔细心，下雨天送我回家；灏哥哥博学多才，帮我补习功课。他对我是真爱。”龙美一边翻找，一边陷入甜美回忆。

林稚子不甘示弱地道：“灏哥哥英雄救美，帮我教训恶人，恶人就是你龙美；灏哥哥温柔体贴，为我做爱心早餐；灏哥哥浪漫多情，为我堆过一个大大的雪人。你有吗？你有吗？”

迟铭一边帮忙翻找杂物，一边不动声色地听着这场女人间的争风吃醋，就在这时，他看到一个落满了灰尘的长方形行车记录仪。

“找到了，是不是这个？”迟铭用纸巾擦去灰尘，行车记录仪露出原貌来。

龙美眯着眼辨认了一番，不太确定地道：“时间太久了，我也不确定，看看呗！”

迟铭取出内存卡插入电脑，打开，影影绰绰的影像出现在电脑屏幕上。因为没有新的影像覆盖，行车记录仪完整地保留了五年前的录像。最后一段录影，显示是 2014 年 6 月 × 日下午五点钟，大雨滂沱，十字路口的红灯时段，车辆不多，行人寥寥。

几双眼睛认真地盯着电脑屏幕，林稚子目不转睛，屏住呼吸，仿佛有一双手揪住了她的心。她的心情很复杂，她希望能看到自己猜测推理的线索，又希望这只是一段普通的路况录像。

影像里开始是一段舒缓的车内音乐，过了一会儿，戛然而止，大约是被关掉了。随后，传来一声清晰的怒骂：“林厚朴，去死吧！”

林稚子的脸瞬间滚烫，红到了脖颈——是唐细辛的声音无疑。

就在那声羞耻的爆粗之后，汽车迅速疾驰，闯了红灯，一名撑伞的男生穿过人行道，瞬间被撞得飞起。车内人一声尖叫，急促的呼吸声可闻，短暂的停留之后，她下了车，看了看伤者，却并没有施以援手，而是回到车里，匆匆驶离现场。

屋子里，是一阵难堪的沉默，谁也不知道该如何开口，去打破这种沉默。龙美看了看林稚子的脸色，又看看迟铭，无奈地撇撇嘴。

迟铭一脸正色，打算取出内存卡，关掉电脑，以冷静而审慎的态度，说：“这是很重要的证据。”

林稚子手忙脚乱地按住，抢先一步拿到了内存卡，她一脸愧色，说话也结巴了：“我，我去问问她，我先问问她。”

大义灭亲，她还做不到。行车记录仪记录的也只是冰山一角，她认为当面问清楚最好。迟铭没有异议，说：“你和阿姨聊聊也好。”

13

林稚子回到家时已是夜里十点，屋里亮着灯，林厚朴还没睡，在客厅玩手机。见女儿回来，他很是惊喜：“我在网上和电视里看到你们发布会的报道了，场面很大，办得很成功。稚子，爸爸给你加油！”

林稚子疲倦地扯出一丝笑容，并没有打算展开这个话题，环顾四周，问：“我妈呢？”

“又加班了吧！刚才我打过电话了，说在路上了。”林厚朴变成了一个在家里盼妻归的怨夫，护工按时下班，而妻子和女儿都没有回家，他已经一个人独处了两个多小时。从前的两个小时，只是他在高尔夫球场的短暂休闲，是酒会上的一晌贪欢，而现在，两个小时，一分一秒，都是煎熬。

林稚子忙了一整天，疲倦至极，想要回房睡了，便敷衍地问了句：“爸！你还需要什么吗？没事的话我先睡了。”

“稚子啊，你帮我看看，电视机怎么打不开了，我想看看电视。”

林稚子走过去，拿起遥控器摆弄了两下，电视机很快就打开了，忍不住小声埋怨：“这不是好好的吗？”

电视里正在播放一个狗血的家庭剧，男主背叛了妻子，妻子正声声泣诉。林稚子看着厌烦，打算回房间，问：“还有事吗？我回房了。”

“哎！稚子。”林厚朴叫住她，犹豫着、嗫嚅着，脸红得像块红布，像是下决心似的，终于咬牙说，“借我点儿钱。”

林稚子一愣，本想问“你要钱做什么”，又怕问多了刺伤他脆弱的自尊心，便爽快地问："要多少？一千够吗？"

"够了，够了。"林厚朴喜笑颜开，开心得像个孩子，倒没有遮遮掩掩，大方地承认道，"我在网上看到一双鞋子，想买给你妈穿，她做手术站得时间长，鞋子要穿得舒服点儿。"

林稚子心里微微一动，索性坐在沙发上，饶有兴趣地打量着爸爸，林厚朴被她看得不好意思，尴尬地笑道："干吗这么看着我？"

"爸，那几年你和那个女人在一起的时候，有没有过一丝愧疚，觉得对不起妈？"

林厚朴低下了头，在女儿面前谈及感情，他如同罪人一般，狼狈地叹气咬牙："过去的事，别提了，别提了。"

往事不必再提，林稚子也没有再追问下去，她爽快地往他的手机账号里转了账，然后就上楼回自己房间去了。楼下客厅传来隐隐约约的电视机声，更衬出卧室的安静。林稚子仰面躺在黑暗中，脑海里一直闪现着那个画面，记录仪里，那个打着伞从斑马线上走过的男生，是宫灏，还是灏？如果撞伤的是宫灏，那灏哥哥在哪里？她越想越头疼，越理越乱。这时，外面响起开门声，唐细辛回来了。

林稚子躺在床上没动，听到外面窸窸窣窣，脚步走动，人声隐约，最后，各自回房，归于平静。

客厅的廊灯亮着，唐细辛的卧室灯也亮着。林稚子蹑手蹑脚地走过去，手里握紧那张内存卡，站在她的卧室门口，犹豫了一下，然后轻轻地敲了敲门。

"又怎么了？"唐细辛以为是林厚朴，口气有点儿不耐烦。

"是我。"林稚子声音很小。明明是要去质问她，倒搞得自己像做贼一般。

林稚子进了屋，屋内亮着一盏台灯，唐细辛还没有睡，半靠在床上翻书。唐细辛把腿往里面挪了挪，示意女儿坐。

难得有这样促膝而坐、秉烛夜谈的时光，林稚子坐下来，忽然失去了质问的勇气。

唐细辛先开口："听你爸爸说，你的香水发布会很成功，祝贺你。这段时间累坏了吧？"

屋里静静的，空气仿佛凝滞了一般，林稚子没有回答，心不在焉地四处张望，看到了一台电脑。这台电脑不常用，放在那里，似乎只是一个摆设。

"电脑，能用吗？"林稚子迟疑了一下，问。

"能啊！要干什么？你电脑坏了？"

林稚子没有回答，径自打开了那台电脑，不动声色地将内存卡插入电脑。屏幕上，出现影影绰绰的画面，唐细辛不明所以，好奇地凑过来看，兴致勃勃地问："什么啊？是你发布会的视频吗？"

渐渐地，唐细辛的脸色变了，昏暗中，她的脸上露出可怖的表情，不自禁地向后退去，声音是哆嗦的："这、这是什么？"

像是有一只无形的手将她拉入那段黑暗的记忆中。瓢泼大雨，雨刮器迅速摆动着，雨水不息，激烈地拍打着车窗。天地灰蒙蒙的，视线模糊，不过是下午五六点钟，天色已暗下来，路灯影影绰绰，被虚化在雨影水光里。红灯像一个惆怅人抽烟的红点点，明明灭灭，她明明踩了刹车，不知为何，车却失灵了一般横冲上去，有重物撞上来，飞出数十米远。车停下来了，前挡风玻璃上留下一摊血，却很快被雨水冲刷掉了。

唐细辛打了个寒战，努力佯装镇定，说："这是什么东西？给我看这个干什么？"

"妈，你真的想不起来了吗？"

唐细辛记得，慌乱之际，她下车查看了一下，发现被撞的那个人已经昏迷，她手足无措，匆匆逃离了现场。她冷静下来后，想起了老黄。老黄在交警队工作，是个内勤，她们从前是邻居，相处得不错。她找到了老黄，痛哭流涕，让老黄帮忙销毁了路段的监控录像。可是，这段影像清晰无比地记录了她肇事逃逸的事实，根据角度，这似乎是车内的行车记录仪。

时隔五年之久，唐细辛悔之晚矣，当日匆忙慌乱，她竟然忘记了这么重要的线索，她的车上当时装有行车记录仪。

“神叨叨的，你在搞什么啊？”唐细辛想，只要咬紧牙关不承认就行了。

“妈，那可是一条人命啊！你怎么可以这样置身事外？”

“我不知道你在说什么，你从哪儿弄了一段装神弄鬼的视频？跟我有什么关系？”唐细辛矢口否认。

“这是什么？”林稚子一伸手，亮出那只小金鱼。

一个小金鱼挂饰在唐细辛眼前晃荡着，她伸手去拿，想一看究竟，却被林稚子又一把收了回去。林稚子用一种忧伤的、失望的眼神望着她，心底的那些暗流涌动终于爆发，语调是激动的：“为什么是你？怎么会是你？”

“不是，不是我。”唐细辛目光躲闪着。

“不是什么？你撞了人，以为他死了，不敢承担责任，就匆忙驾车逃跑了。你自以为聪明，想到了动用关系，托黄阿姨销毁了路段的监控视频，然后低价处理了车，可是却粗心大意，忘记了自己的车上有行车记录仪。你从来没有感到过一丝愧疚吗？那可是一条人命啊！”

会感到愧疚吗？在异国独眠的夜里，一张斑驳破碎的陌生的脸一次次在梦中浮现。那是一张清秀男生的脸，不过十六七岁的样子，与她的女儿一般大，他本该同女儿一样前途似锦，人生有无限可能，而那一刻只能躺在血泊中，绝望地闭上了眼睛。在梦里，她与他对视，那少年的脸忽然幻化为兽，双目长出无数触手，向她伸展，紧紧地缚住了她的脖颈，她无法呼吸，嘶哑地呼救，无数次，她从梦中惊醒。

她曾经感到愧疚万分，可是现在面对女儿的诘问，却忽然释然了。唐细辛冷笑一声，跌坐回自己的床边，语气是冷酷而不屑的："愧疚？如果说以前还有一丝愧疚，现在则完全没有了。那个人活得好好的，不光活得好，还学会敲诈勒索了。"

这一次，轮到林稚子吃惊了："你是说……你们，你们谈过了？你知道是谁？他也知道是你？他找过你了？可是，我并没有拿这个给他看。"

唐细辛轻轻地舒了一口气，释然地说："他昏迷前看到了我，就记住了。我刚来分院，他就注意到了。前几天，他来找我。"

"他，敲诈勒索？他要钱？"林稚子不愿意相信，宫灏看上去不食人间烟火，背地里却是一个伪君子。

唐细辛疲倦地蔑笑了一下，想快点儿结束话题，话锋一转："其实也没什么，前些天他找到我，说了那件事，我一时被唬住，也就承认了。他说时过境迁，也不想再追究了，只是要我帮他个小忙。"

"什么？"一切都出乎林稚子的意料。

"真的只是一点儿小事，举手之劳。现在一切都解决了，你不要再管了。"说着，唐细辛试探着去拔出内存卡，说，"这个，不要再留着了。"

林稚子迅速侧身，护在电脑前，反手悄悄拔出了内存卡。慌乱之际，她不小心碰到电脑旁的一个小盆栽，"哐当"一声，小盆栽掉在木地板上，两个人都吓了一跳。

“给我，别闹了。”唐细辛厉声斥责，伸手去抢，林稚子一闪身，几步走到门边，把内存卡紧紧攥在手里：“不行，这个我还不能给你。”

空气中仿佛筑起了一道无形之墙，母女俩各据一方，默默地对峙着。昏暗的灯光折射下，唐细辛的脸隐藏在阴影里，看上去无比陌生，她死死地盯住林稚子，忽然又流露出那种蔑笑：“别傻了，难道你还要为了他把妈妈送进监狱？那个男人不值得。你在为他奔走，他却为了另一个女人，为了一点儿蝇头小利，放弃了他当事人的所有主张和权利，你还瞎操什么心？”

“他，他要你做什么了？”

“医院采购部要采购一批医疗器械，本来是公开招标，院方本打算购买一家国外品牌，他希望，他女朋友能够中标。”唐细辛说得很轻松，看不出任何被敲诈勒索后的为难。

就是那个人见犹怜的苏茉。初见时，她为了订单在包厢与人拼酒，被人意欲轻薄。那是一个有野心的女孩儿。

林稚子同情地望着唐细辛，这个说话漏洞百出、时而柔软、时而坚硬的女人。她最初的质问，变成了体恤和怜悯，于是问道：“这让你很难办吗？”

“没有，就是一句话的事，决策在我。他女友公司的产品，本身也不错。”权力迷人，让唐细辛有了底气。

林稚子垂眸，背靠着门，不知该说什么。她感到前所未有的挫败感。

唐细辛的声音柔和下来：“忘了他，他不值得。囡囡，你这么优秀，值得更好的男生来爱。忘了他。”

“我，我不是为了他。”林稚子喃喃地为自己辩解。

“那是为了什么？”

“我只是，只是……”林稚子嗫嚅着，黯然又无奈地说。“我只是，为了我的心。”

林稚子没想到自己竟然能说出这么文艺兮兮的话——她这么想的，就这么说了。她就是为了自己的那颗心，那颗不甘的心，那颗孤独的心，那颗没着没落的心，那颗无处安放的心。

“你的心？”唐细辛听得一头雾水，觉得不认识她似的，有些错愕地看着她。

就在这时，卧室响起了轻轻的敲门声，林厚朴在门外关切地问：“怎么了？这么晚了，还不睡觉啊？”

林稚子趁机打开门，慌不择路地逃回了自己的卧室。屋里没有开灯，城市的灯火照进来，像失眠人惺忪的眼。她躺在床上，回想着这几个月来发生的一切，疲倦地闭上了眼睛。在梦里，依然是那样的雨天，灏撑着雨伞，自顾地在前面走着，她叫着他的名字，他充耳不闻；雨水将她淋得湿透，她跟着他走入一片茂密的丛林。雨停了，林木幽深，光影从树冠的缝隙漏下来，四下无人，她四顾茫然，喊着：“灏！”

泪，静静地滑落下来。

14

早晨上班，母女俩一前一后地走出家门。两个人都不说话，两双高跟鞋敲击着地下停车库的水泥地面，铿锵作响，像无声的较量。唐细辛先走到了自己的车边，而林稚子的车还停在稍远一点儿的地方，她闷声说了句：“小心开车。我过去了。”

不料唐细辛忽然被激怒似的，阴阳怪气地说：“我开车好着呢！别假惺惺的，管好你自己吧！”

“妈，我不是那个意思。”

“那你什么意思？”唐细辛咄咄逼人，压低声音质问。

“没什么意思。”林稚子觉得自己自讨没趣，自顾朝前走去。

“你站住，你把东西赶紧给我毁了。”

林稚子头也不回，充耳不闻，气得唐细辛直跺脚，狠狠地踹了汽车轮胎一脚，汽车发出刺耳的警报声。

当林稚子平静下来后，她理解了妈妈的愤怒，理解的同时，她还同情妈妈，为妈妈感到难过——唐细辛要忍气吞声，忍受一个下属的威胁，被迫完成见不得人的交易，即使只是小事一桩，但那毕竟是交易。唐细辛也为自己的错付出了代价。

到达公司后，林稚子给龙美打了个电话，支支吾吾，想告诉她，行车记录仪的内容不要乱讲，这件事就算过去了。她怕龙美这个大嘴巴，交游广阔，有的没的都往外讲。

“那天的事，就……”林稚子支支吾吾。

“什么事？哪天的事？那天我喝多了，全都忘了。”龙美是聪明人，知道她想说什么，就故意装糊涂，给她吃了一颗定心丸。

林稚子松了一口气，说：“谢谢你，龙美。”

龙美可不是吃素的，半开玩笑地和她做起了交易：“不过，你可要记得在公司多关照我男朋友哦！”

活脱脱一个护夫狂魔啊！

午饭的时候，公司人事部的女孩儿捧着一个大蛋糕出来，原来，这一天是林稚子的生日，庆功宴她逃过了，正好生日和庆功宴一起过。

林稚子有点儿感动。这是她毕业后的第一份工作，她是有才华和能力，但并不是任何一个公司都会给一个新人机会，她真心地感谢公司。许愿完毕，吕晓乐非要追问她许了什么愿，大家就跟着起哄，林稚子只好冠冕堂皇地说：“我许愿，希望公司今年业绩翻番，股市飙红。”

大家纷纷起哄笑她虚伪，嘻哈一阵子便过去了。林稚子也觉得自己虚伪，可是，那个真正的愿望又能告诉谁呢？她想早点儿找到灏。她曾经以为，她的生命里没有什么不可以失去的东西，丢失的钢笔、走丢的宠物、转学的同学、离婚的父母，当这些人或物离开她的身边，她短暂的失落后，都能默默地消解、接受。唯独灏啊！他的离开猝不及防，真正的失去无从告别，连一声再见也没有，她耿耿于怀，思念像蚌病成珠，沉甸甸的，让她难受，她必须要找到他。

吃完蛋糕，那个胖胖的人事经理告诉她，需要她拍摄一组干练的形象照，用作企业宣传和推广，拍摄合作机构都预定好了，下班直接去就好。下班后，吕晓乐主动请缨开车陪她去，一路上，吕晓乐一直喋喋不休，向她请教龙美的喜好。原来，他想向龙美求婚了。

一直闭目养神的林稚子忍不住转头看了看这个稀松平常，甚至有些软蛋怂包的男人。他瘦小、胆小、工作散漫，开会爱坐墙角，但唯独有一点和龙美很相似，就是面对爱情那股扑火的精神，明知道有各种差距、旁人的不看好、未知的困难，可依然不管不顾地扑上去。

林稚子不知道怎么回答他，她太了解龙美了，她喜怒无常、疾恶如仇，但每一次爱起来都掏心掏肺。虽然真心常常错付，却百炼成钢，越挫越勇。龙美现在再不是那个人前嚣张、人后恓惶的卖菜少女了，她要的不过是一颗真心罢了。

“下雨时，记得给她送伞，如果雨太大，记得送她回家。”林稚子想起那时龙美来家里补课，错拿了灏的紫色雨伞，灏追出去，假称要送她回家。那个无奈的误会，至今没有说明，也因这个误会，给了龙美一份美丽的期许，后来龙美对她说过，爱情啊，就应该是这个样子。

“这么简单？”吕晓乐不可置信。

“说起来简单，做起来，呵呵……”林稚子笑笑，点到为止。

来到指定的地方，林稚子才发现，原来是一家颇有格调的影楼。两人走了进去，马上有热情的前台工作人员迎了上来，端茶倒水，笑容满面。一听说是来拍职业形象照，笑容马上冷了一些，说要查询一下预约名单，安排一下，让他们稍等片刻，然后就消失了。

林稚子也颇有微词：“找家小照相馆得了，干吗订这种地方？”

“团购，团购嘛！既来之，则安之，我们都拍了，就差你的了。”

大厅里的服装展示区挂满了各式的白色婚纱和晚礼服，墙上挂着修图精美的样照。林稚子四下望望，撇撇嘴，翻看着茶几上的样册，样册里全是漂亮的新人婚纱照。照片里的人，俊男靓女，对着镜头，做出幸福甜美状，羡煞人也。结婚，对林稚子来说，似乎是陌生而遥远的事，她几乎从来没有幻想过。翻了几页，她觉得无趣，放下了册子。一抬头，看到不远处另一个等候区的沙发上，有一个男人正朝她的方向看着。那人穿得西装革履，也随手翻看着样册，心不在焉的样子。是宫灏。

林稚子心里“咯噔”一下，漏跳了一拍。

对啊！他快要结婚了。她想。

这时，一个穿婚纱的新娘从试衣间里出来，婀娜多姿，宛如仙女，在宫灏眼前转了个圈圈，愉快地说着什么。他微笑着答了，那新娘又进了试衣间。

林稚子等得恼火，想起身走人，就在这时，另一位门市小姐走过来，笑容可掬地说：“二位是来咨询婚纱照的吗？对价位和风格有什么要求？我们服装区新来了几套婚纱，是香港名师打造，小姐要不要试试。”

林稚子意兴阑珊，正要催她赶紧安排拍摄，不料吕晓乐来了兴致，接过门市小姐手里的服装册子，说：“这个好看，呀！这个也好看，这个不行，这个蕾丝看上去有点儿廉价，我老婆不能穿这样的。”

“先生，你真有眼光，请移步这边，我带你看看婚纱实物。”门市小姐更卖力了。

吕晓乐很轻易地被说动了，冲林稚子做了个手势，屁颠儿屁颠儿地跟着门市小姐走了。林稚子拿他没辙，无聊地翻看起手机来。手机天气预报说有雨，抬眼望去，落地窗外风动树摇，大约真的快要下雨了。

“他配不上你。”宫灏不知何时站在了她眼前，正色道。“林稚子，你不能因为失望，就随便找个人嫁了。”

“什么？”林稚子被说得一头雾水，下一秒钟，忽然意识到，他误会了她和吕晓乐的关系了。这个误会令人发笑，又让人心里微微一暖——他关心她。

“首先，这个人身材瘦小、举止轻浮，外表与你不配。”宫灏盯着她的眼睛，认真地解释。

“哦？”林稚子玩味地发出一个叹词，饶有兴趣地等他说完下面的话。

“他挑选婚纱自作主张，并没有征求你的意见，不尊重你。”

“对啊！”

“他穿着随意、品位低下，想必经济条件也不怎么好。”

“确实。”林稚子不禁在心里审视起吕晓乐来，这孩子真的有他说的那么差劲吗？龙美的眼光有多差？

“所以你要和这样的人结婚吗？”宫灏忽然上前一步，抓住了她的手腕。

林稚子一惊，如触电一般想要甩开他的手，却已经来不及了。苏茉已换了一身新的婚纱，提着裙摆，一脸惊愕地看着他们：“宫灏！你……”

宫灏却如同鬼迷心窍一般，不管不顾，充耳未闻，依然抓着林稚子的手腕。林稚子用力收了收手，才挣脱了他的手。

窗外不知何时已下起雨来，秋雨缠绵，街上行人匆匆。吕晓乐听完了门市小姐的介绍，也从里面出来了，一看变天了，马上想起刚才路上林稚子给他的爱情箴言，放下手里的婚纱，对林稚子说："下雨了，龙美在外面和朋友喝茶呢，我去给她送伞。走了，拜拜！"

吕晓乐撇下她，头也不回地走出了影楼。林稚子尴尬无比，不料宫灏不依不饶，继续指责道："下雨了，他撇下你，一个人就走了，他，根本不爱你！"

苏茉脸都气绿了，两只眼睛像刀一般，恨不得活剐了林稚子。

"是啊！他不爱我啊，这跟我有什么关系呢？我们只是同事。"林稚子坦然地回答，脸上甚至带了一丝嘲讽的、揶揄的笑，她无意插足别人的恋情，也不想再起什么纷争，不想让他再误会下去。

宫灏的脸上露出被捉弄后的尴尬，一丝余怒僵在脸上，有点儿恼火地道："你们，你们不是来拍婚纱照的？"

这时，一位门市小姐走过来，对林稚子说："林小姐，您预约的形象照已确认过了，现在可以化妆了。"

"我还有事，今天不拍了。"林稚子心绪烦乱，已无心再拍照了，迈步打算离开。

门外大雨滂沱，雨水击打着地面激起白色的水花，一场秋雨一场凉，迎面的风雨里，已经有了寒气。林稚子站在门口，打了个寒战，打算冲入雨中。

苏茉有些气急败坏，气呼呼地揪掉了头上临时别上的头纱，狠狠地摔在了地上，咬牙切齿地道："这婚，还结不结了？"

宫灏望着那个站在门口的倔强的身影，心里莫名地升腾起无边的柔情和疼惜来。他漠然地看了看地上的头花，说：“不知道。”说罢，他追了出去。临出门的时候，不忘从门边的水桶里拿出自己刚刚带来的一把伞。

林稚子的头发已湿了大半，头顶忽然出现一片干燥无雨的天空，她抬眼一看，是宫灏撑着伞追了出来。

他撇下正牌女友，追出来为她撑伞，林稚子如芒在背，忐忑不安：“你不用管我，我没事。”

“囡囡，下雨了，我送送你。”他说。

那一刻，像是有微微的电流击中了她——“囡囡”，有多久没有人这样称呼她了？从前，是妈妈常这样叫她，灏听了，便也这么叫。这世上，除了妈妈，只有他会这么叫，只有他知道这个亲昵的小名。

“囡囡！囡囡！”林稚子喃喃地重复着这两个字，内心震动。那一刻，仿佛风停雨收，万籁隐去，耳边只剩下这两个字——“囡囡”。她迟疑着，颤抖着伸出手去，想要抚摸他的脸庞，又犹豫着收回手。她辨认着、甄别着，激动地问：“灏，我的雨伞精灵，是你吗？你怎么知道‘囡囡’这个名字？”

“我不知道你说的雨伞精灵到底是谁，我是宫灏。囡囡，我想，可能那场车祸让我忘记了一些事；可能，我们已经认识很久了。无论我是谁，无论你是谁，我都想能在这样的下雨天，帮你撑一把伞，能在你需要的任何时候，为你做一点儿事。”

“可是……”林稚子说不出话来，雨水纷乱，让她思绪混乱，她已不能思考太多。

一辆黑色的轿车疾驰过来，溅起巨大的水花，林稚子来不及反应，就被他拉入怀里。一个转身，他将她护在了怀中，泥水溅上他的后背，她毫发未损。林稚子心有余悸，一阵风吹来，雨点钻进脖颈里，她打了个寒战，被他更紧地搂在了怀中。他问：“囡囡，冷吗？”

这一刻，林稚子突然明白，他就是灏，灏就是他。灏在他出车祸的那天，因为她至今也无法破解的原因，依附在宫灏的身体里，已与他融为一体。林稚子摇摇头：“不冷，有你在，就不冷了。”

他的胸膛和脖颈间传来熟悉的味道，那是剃须水的青草味道，是大山的味道，是丛林深处的味道，是他专属的味道。林稚子把头依在他的胸口上，微微地闭上眼睛，喃喃地说：“灏，我找了你很久，我终于找到你了。”

十米之外，苏茉独自撑伞站在雨中，耻辱和愤怒齐齐迸发，她声嘶力竭地怒喊：“宫灏——”

苏茉的目光饱含怒火，又隐隐流露出一丝乞求，希望得到他的澄清和解释。她和他经历了大学校园的青葱岁月，毕业时因异地和家人反对而分手。分手是她提出的，她听说他消沉了很久。时隔一年后再相遇，那份牵挂又轻易地被点燃了，她是公司的医药代表，请求常驻这座城市，他们开始谈婚论嫁，一切都朝着顺遂圆满的方向发展。从小，她都是目标明确的孩子，生活的方向由自己掌控，而这一次，她的航道却要偏航了。

雨渐渐地小了，当宫灏转过头来才发现苏茉哭了，倔强的嘴角微微绷着，他不知道该说什么。他思忖着，犹豫了一下，像是下决心一般：“茉茉，对不起！”

“对不起”，轻飘飘的，被风吹走了。苏茉置若罔闻，冷笑了一下，利刃般的目光指向林稚子：“林稚子，你会后悔的。”

林稚子做梦也没想到，自己会处于这样的境地，她成为被质问、鄙夷的第三者。可是，眼前的人儿，是东山的月，是西洲的梦，当这个梦触手可及，她除了紧紧抓住，不知还能做些什么。她抓住了宫灏的手，抬起目光，声音很小但异常坚定，说：“对不起！”

两句“对不起”像一剂镇痛贴一样，苏茉脸上的怒火渐渐平息了下来，她甚至笑了一下，像是赌气，又像是释然，说：“不用说对不起，无论是谁，对得起自己的心就好。那，再见了！”

苏茉伸出手去路边打车，很快就上了一辆出租车离开了。宫灏自嘲地叹了口气，心中却并无悔意。一直以来，在和苏茉的这段关系里，他都是被动的那个。苏茉加入学生会，加入辩论社，恋爱，分手，他都跟随着她的步伐。青葱的恋情最是难忘，他曾挽留过，但苏茉很倔强，因为家里为她安排了前途大好的公务员工作。她回了老家，但工作了不到两个月，发现那样的工作根本不是自己想要的，便毅然辞职，进了一家私企做医药销售。在A城与她再次相遇，他的心里依然会有悸动，她也有悔意，他试图去修复这段感情，却发现自己渐渐成为这段关系中的傀儡。他被牵制着，与她约会，为她做违心的事，甚至在没有考虑清楚的情况下去试婚纱，但他发现自己并不开心，这样的感情模式并不是他想要的。如临深渊，他没有纵身一跃的勇气。

深秋的凉风夹杂着雨丝袭面而来，林稚子打了个寒战。宫灏叹了口气，说：“我送你回家吧！”

他的车就停在路边，林稚子想了想，便上了他的车。茫茫雨幕，下雨的城市仿佛变成一个时空隧道，他们缓缓行驶其中，像是走进了旧日时光里。五年时间，城市的重建，使许多记忆中的建筑已经消失，但依然有一些老店铺存留、坚守着。

两个人一路沉默，宫灏目视前方，认真地开车，经过一个路口时，他开口道：“那家蛋糕店，我记得你以前经常去，你喜欢吃红丝绒蛋糕。”

“那是你的母校吧？我好像去过。”他说。

“囡囡，我们以前是好朋友吗？我想起了很多事，记忆却很模糊。

你都还记得吗？”他说。

一直都是他在说。宫灏像一个失忆者，努力在回忆往日，寻找着和林稚子相关的蛛丝马迹。但像失忆者一样，他一努力回想，就开始头痛欲裂。

林稚子静静地望着他，轻轻地说：“我记得，我都记得。”

两人的心头都涌动着柔情，宫灏腾出一只手来，与她的手交握在一起。那个疑问在她胸口充胀着，她犹豫了一下，小心翼翼地问：“那，你还记得那把紫色的雨伞吗？”

“什么？”

“你出车祸那天是不是打了一把紫色的雨伞？”

“紫色的雨伞？”宫灏皱了皱眉，努力在记忆中搜索着一把紫色的雨伞，良久，回答，“那天确实下雨了，我打了伞出门，但是什么颜色已经记不清了，谁还会记得那样的小事啊！后来被撞之后，伞可能也被压坏了吧，我被送到了医院抢救，谁还记得一把破伞啊！伞就被丢在那里了吧？早不知去向了。”

剥丝抽茧，一个谜底在林稚子的心底慢慢呈现，她恍然大悟，喃喃自语：“是这样的，没错，你和我在一个考场，你错拿了我的伞。他说过，伞如果被损坏，那么伞灵的任期也将结束，他将回到自己的族群去接受新的任务，失去和上一个主人有关的所有记忆。他一定是不愿意回去，不愿意失去我们的记忆，所以隐藏附着在了你的身体里，所以，你才时不时出现记忆交错。是这样的，一定是这样的。”

“你还在说那个雨伞精灵？这世上真的有精灵的存在？”宫灏依然一脸困惑，紧皱眉头，露出头痛的表情。

林稚子握着他的手，轻松地笑了笑：“小时候没读过童话吗？”

宫灏自嘲地笑了笑：“我从小读的都是科学类的书，童话？我四岁的时候，就已经不相信有圣诞老人了。”

“可怜的孩子。”林稚子淡淡地开起了玩笑——眼前的人，既熟悉又陌生，她要重新认识他。

“没想到，我会成为童话里的人物。”宫灏也重新审视着眼前的女孩儿，与她玩笑。

“我知道你不相信，但是我从小就相信，森林里的仙女、精灵、圣诞老人，都是真的。灏，信者得爱，我知道是你，我弄丢了你一次，这一次，我再不会放开你了。回国的时候，我就告诉自己，下一次，要勇敢一点儿，爱来的时候，要踮起脚尖去迎接，因为一不小心，它就飞走了。”

▶▷ Chapter 3

/ 因为喜欢你，

明天下雨，也觉得是好天气 /

1

一家安静的咖啡馆里，宫灏和苏茉对坐，沉默着。

苏茉的眼神安静了许多，带着一丝婉转柔情，问："你喝点儿什么？"

是他约的她，无论是分手或是了断，他都不愿再彼此误会和纠缠下去，他觉得，应该认真地告别。

"摩卡。"

侍者拿了菜单离开了。

咖啡呈上，香味袅袅散开，苏茉搅拌了几下，先开口道："她是院长的女儿，又主动追求你，你心动了，人之常情。"

"不是这样。"

"可是你不要忘了，唐细辛是谁，她差点儿撞死你，她肇事逃逸，是个道貌岸然的小人，你……"

"你怎么知道？不要乱讲。"

苏茉轻轻地笑了："上次你和她在这里的谈话，我都听到了，而且，还录音了。"

宫灏的眼底瞬间浮现一丝怒意，压低了声音："苏茉，你怎么能这样？我答应了帮你，也促成了那个单子，你为什么还要这样做？"

"我不信你一个小小的中药房的医生，能有筹码说服院长签这个单，她为什么会给你这个面子？没想到，你果然有筹码。"

宫灏的脸上流露出一丝绝望和哀伤："你难道不会因此而有一丝感动吗？而不是窃喜。我为了促成你的大单，放弃了起诉，放弃了自己的权益主张。"

“你傻啊！”苏茉压低声音，身体前倾，几乎要站起来，激动地说，“有这样的把柄，这样的摇钱树，一定要抓在手里啊！我们以后，我的业绩、你的前途，宫灏，你想一想……”

宫灏脸上的那一丝哀伤和痛苦渐渐地消失了，他疲倦地后倾，靠在沙发上，苦笑一下，释然地说：“也许，这才是我们不能在一起的原因吧！苏茉，我不是什么圣人，我也会做错事，也会犯糊涂，但我希望以后我的人生、你的人生，每个机会都来得光明正大，掷地有声。”

“别为自己找借口了，你的算盘打得好啊！娶了院长的千金，以后前途无量啊！”苏茉怒不可遏，目光如剑，像要刺穿他。

最后一丝愧疚已荡然无存，宫灏一脸平静：“茉茉，也许有一天你会明白，感情不是固态的，空间和时间确实会改变许多事，我们之间，并不是因为她。”

宫灏站起身，打算离开。擦肩而过的瞬间，苏茉咬牙切齿地说：“宫灏，你不要后悔。”

“不要后悔。”

他以为这只是女人一种虚张声势的威胁，一种黔驴技穷的呐喊。当时，他很难过，并没有在意。

苏茉隔几日回了总公司，隔几日又回了 A 市驻地工作，她这样的工作，来来往往，一出差到驻地就是月余，她一脸平静，仿佛什么事都没有发生过。

宫灏并没有整日和林稚子你侬我侬，因为稚子得到一个学习和培训的机会，被公司派往香港出差学习去了。出差前一天，唐细辛请女儿吃饭。她选了一家临湖的餐厅，私房菜，要提前订座。林稚子从公司赶到的时候，唐细辛已等候多时了。她对待女儿，是成人之间的姿态了。

菜是唐细辛已提前点好的，她开门见山："把那张内存卡给我。"

"要我大义灭亲，还是徇私枉法，给我一个理由。"林稚子故作轻松地调侃。

其实，她无意为难妈妈，她找到这段视频，不是为了为难妈妈，她只是为了寻找灏和宫灏的真相；现在，一切疑问已趋于明朗，那么，这张内存卡已经不再重要了。

"你知道，我和当事人已经达成和解了，你留着这个还有什么用呢？"唐细辛苦口婆心地道。

这时，侍者呈上了一道松鼠鳜鱼。这是一家苏帮菜，松鼠鳜鱼是这里的招牌。林稚子小时候喜欢吃外婆做的松鼠鳜鱼，唐细辛有一次空闲了，自己试着在厨房里倒腾，想做松鼠鳜鱼给她吃。结果油溅起来，唐细辛跳着躲避，后来，松鼠鳜鱼做成了黑煳焦鱼，唐细辛的手背也被油烫伤了一大片。

林稚子尝了一口，酸甜软嫩，是记忆中的味道。看到这个，母女俩都不由自主地笑起来。

"小时候，你要吃松鼠鳜鱼，我学着做，油把我胳膊都烫伤了。还记得吗？"

"明明是手，不是胳膊。"

"我记得是胳膊啊！"

"你知不知道你在厨房里跳的样子，很滑稽的。"

"那次下厨对我打击很大的，我的主妇生涯就是在那里断送的。"唐细辛解嘲地笑起来。

林稚子笑够了，放下了筷子，目光落在唐细辛那只清瘦的手上。那只拿手术刀的手，青筋微微凸起，像它的主人一样坚韧有力。她有些感怀，正色道："妈妈，每个人来到这世上，都有自己应该承担的责任和使命，做一个医术精湛的大夫，就是你的使命。”

“从小，爸爸妈妈都忙，对你陪伴太少，你一定有过怨恨吧？”

“还好，孤独让我潜心学习，成了学霸，你不必太自责。”

林稚子玩笑的态度，让唐细辛心里的一块石头落了地——血浓于水，女儿总和娘亲。林稚子看着妈妈的眼神，主动说：“放心吧，那张内存卡我会毁掉的。而且，我和他，打算在一起了。”

唐细辛吃了一惊。那个男孩儿同她谈判时，她是恐惧而厌恶的。如果没有那层恩怨，宫灏确实是一个优秀的男孩子，外表俊秀，工作踏实，家境殷实，和稚子颇为般配。可是——

“不行。”唐细辛突然情绪激动起来，握着筷子的手指微微颤抖，重复了一遍，“绝对不行。”

“为什么不行？你怕什么？我们在一起了，他不会再提起那件事的。”

“不行，反正就是不行。”唐细辛瞬间乱了分寸，她不知道自己在恐惧什么。“不行”的理由太多，他和“前女友”纠缠不清，是不是对稚子另有企图？听说他车祸后有后遗症，算是半个“病人”，文弱书生，怎么让稚子依靠？千头万绪，唐细辛担心的太多，为稚子，也为自己，那种感觉就像是在身边埋了一颗定时炸弹，她不知什么时候会爆炸，会颠覆她现在的生活。

“这件事情，我是经过深思熟虑的。我已经是成年人了，我会思考。有时，我会听取你们的意见，但大多数时候，我会自己做决定。”林稚子夹了一块鱼肉，已经凉了，嚼了嚼，放下了筷子。

这顿饭，不欢而散。林稚子先离开，唐细辛一个人留在餐厅，她说自己想静一静。

林稚子刚出了餐厅，一个穿红色制服的外卖小哥忽然骑着电动车从一旁窜了出来，她躲闪不及，被卷倒在地。那小哥略停了停，怕摊上事，心一横，骑着车慌不择路地逃开了。

林稚子并无大碍，只是摔了个屁股蹲儿，有点儿疼，随身的包包从胳膊上甩了出去，口红啊、镜子啊、便利贴、笔、手机，这些零碎的小物件散落了一地。她恼火地望着远去的肇事者，只好自己拍拍满手灰尘，挣扎着起身，一抬眼，一双手伸向她："你没事吧？"

看到苏茉那张好看的巴掌脸，林稚子一怔，以为自己看花了眼，那双狡黠明亮的眼睛正真诚地看着她，说："能起来吗？我扶你。"

林稚子大腿根有点儿疼，脚也崴了，她心有忌惮，尴尬地报以微笑："不用了，谢谢！"

林稚子尝试着自己站起来，苏茉倒没有强求，转身又帮她去捡东西。她想去阻止，苏茉已把她的东西都捡起归位了，把包包递给她，半开玩笑道："我从小就是'学雷锋'先进个人呢！不用说谢谢了！"

林稚子还是说了声："谢谢！"

苏茉似乎真的彻底放下了芥蒂，轻松地勾勾嘴角一笑："举手之劳。我要是摔倒了，你也不会视而不见，对不对？从小，妈妈就教我，要做一个善良的人。她说，善良，是一种选择。"

苏茉有同伴从一旁的车里下来，彼此呼朋引伴进了隔壁的餐厅。林稚子若有所思，揉了揉疼痛的屁股，微微瘸着朝里边走去。

第二天，林稚子出差了。那张内存卡她没有毁掉，却怎么也找不到了，她怎么也想不起来丢在了哪里。还好，视频她复制了。晚上，一个人休息的时候，她会打开电脑看看，久久地凝望着，影像模糊，大雨和暑气冷热交织，变成忧伤的淡蓝色。她觉得，灵魂就是那种颜色，它和大雨融为一体，然后，潜入隐藏在了地上的少年身体里，他长久地沉睡着、等待着，等她在人海中找到他、认领他。

嗯，就是这样。

这是属于她的童话。

2

林稚子出差的日子，宫灏并没有频繁打电话和发微信。他不会过度表达，而是恰到好处地克制着，但他会关注出差城市的天气，叮嘱她添衣减衣。她穿高跟鞋磨破了脚后跟，在电话里向他抱怨，他会告诉她，在她行李箱的外侧放了几个创可贴。她去拿，在那里还发现了一盒胃药。她去机场时是他送的，就是在那时，他把这些小小的物件放在了她的行李箱里。

林稚子莞尔一笑，把创可贴贴在伤口上，再穿高跟鞋走路，一点儿也不觉得痛了。林稚子从前太过矜持，现在终于渐渐放开，笨拙地讲情话："你为什么对我这么好呢？"电话那头的男友不解风情，说："不，我只对蠢笨的女朋友才会这么体贴周到。"

真是一个猝不及防的表白，这是他们在一起之后，他第一次亲口承认她是他的"女朋友"。这个不经意的表白，让她的心里涌出默默的欢喜。她感受到真切的爱意，这爱纯洁透彻，却令她受之有愧——连她也不知道，她迷恋的是他，还是"他"？

一个月后，学习结束。飞机落地，宫灏驱车来接她。已是隆冬天气，下了冻雨，路况不好，他把车子开得很慢。她一上车，他就递给她一杯奶茶，捧在手里还热着。雨越下越大，车速很慢，林稚子有点儿急，催他，他笑笑说："急什么，前面还是雨啊！"

从前，灏也会这样说："急什么，前面还是雨啊！"他和灏的相似之处越来越多了。林稚子歪着头看他，不说话。他见状，又帮她将吸管插入奶茶里。

车从郊外的机场驶入城中，林稚子觉得饿了，看到熟悉的店铺，便提议去吃饭。其实，她只是馋了，在香港数日，她没有吃到可口的食物。下车进店，点了餐，有一盘她爱吃的酱烧海螺—— 他吃得很少，一直帮她用牙签挑海螺里的肉，细心周到，很会照顾人。

吃完饭，宫灏再次启动汽车送她回家。交通堵塞，他依然开得很慢，过了两个红灯后，路况通畅起来，车少人少，忽然，一位老太太从路口窜出来，她走得很急，宫灏一惊，急踩刹车，那老人也吓了一跳，应声倒地。

雨更大了，天快黑了，半明半暗，雨越大，世界反而越静。林稚子听到雨水打在地上的声音，鸟在远方扑腾翅膀的声音，以及自己剧烈的心跳声—— 出车祸了，撞人了。那老人匍匐在地上，一动不动，如死去一般。

怎么办？

林稚子回头看时，宫灏已下了车，他撑着伞跑到老人身边，招呼林稚子下车帮他撑伞—— 他打算为老人做简单的检查和急救。谁知，那老人睁开眼，揉揉胳膊，扶着他的手站了起来。除了淋湿了，老太太看起来并无大碍。

“阿姨，对不起，您觉得哪里不舒服，我送你去医院吧！”宫灏坦然地说。

没想到，老人微微活动了四肢，竟然爽快地说：“没事，什么事也没有，怪我走得太急了。”

“我还是送您去医院吧！”

林稚子也下了车，心有余悸地走近，老人正急着挣脱宫灏的手，说：“不用了，不用了，我说没事就没事，别耽误那功夫了，我还要去对面超市买打折鸡蛋呢！限时抢购，去晚了就没了。”

老太太挣脱了他，林稚子忙帮她捡起伞，老人撑着伞，朝马路对面走去。

虚惊一场，两人都吓出一身冷汗。二人回到车上，将车停靠在路边。

“会害怕吗？被讹？被诬陷？要巨额的赔偿？无休止的纠缠？”

“会啊！我刚才吓蒙了，这可是一条生命啊！”

“有没有一瞬间，想要逃？”林稚子小心翼翼地问。

“没有，比起巨额赔偿、诬陷纠缠，坦然面对后的心安更重要。”为平复心情，宫灏打开车窗，点燃了一支烟抽，是成年男子的姿态。

林稚子认真地打量着眼前的男子，他不完美，但此刻，他的光明磊落让她自惭形秽。她低下头，思忖着，良久，说：“宫灏，对不起！”

“什么？”宫灏没有听懂她这句没头没脑的“对不起”。

“当年，我妈妈撞伤了你，她没有救你，她逃了，我想要代她说一句‘对不起’。”

烟雾袅袅，飘散在雨中，很快消失不见。宫灏一惊，手抖了一下，烟灰落在了膝盖上，他用手去掸掉。他没有看她的眼睛，迟疑了一下，问：“你，也知道？她告诉你的？”

行车记录仪的事在心里翻了个滚，林稚子没有提起，只是淡淡地说：“嗯！她告诉我了。”

宫灏解嘲地笑了：“那你一定也知道那件事了，我要挟她，她不得不利用职权签下了苏茉的订单，不过，苏茉公司代理的东西我看过，质量很好。囡囡，你看，我也是一个漏洞百出、龌龊的人。你妈妈一定是为了阻止你和我在一起，才说了这些事，她肯定告诉你，我和你在一起是有所企图、居心不纯，对吗？”

“是吗？你告诉我不是，我就信。”

“不是。我是因为……”

林稚子打断了他：“别说了，我相信你。”她不想他为难，可能他也不知道，是宫灏爱着她，还是他身体里的另一个灵魂爱着她。

两人都沉默了。沉默也是好的，从前和灏在一起也是这样，不说话的时候，各干各的事情也不觉得寂寞。

到家时天已尽黑，宫灏送她到家门口，从后备厢里拿出她的行李箱，她没有主动伸手去提，他便提着，与她一同走到院门口，看着她打开了门。经过院子，院中大多数花已衰败，却仍有一枝绣球花绽放着，在路灯和雨影中是幽幽的蓝，气味清幽。他轻轻地赞了一句：“这花真漂亮。”

“这种蓝色的绣球花叫无尽夏，花期很长。你看，它还没枯萎，夏天还没结束呢！”

家里亮着灯，林稚子有钥匙，打开入户门，两人在玄关处站定了。宫灏放下箱子，略显拘谨，但目光从左到右，客厅的两人都被关注到了，他礼貌周到地说：“叔叔阿姨，你们好！”他没有像在医院一样称呼唐细辛为“唐院长”，而是从那种上下属关系中脱离了出来——他只是一个来见女朋友父母的小女婿。

林厚朴见状，已猜到了几分，脸上露出姑婆般的温情和八卦的惊喜，热情地招呼：“是稚子的朋友啊！快进屋坐！”

唐细辛正在客厅倒水，一抬头看到宫灏，像被蝎蜇一般，手一抖，水洒了出来。她索性把杯子往桌上一放，怒目直指宫灏，丝毫不留情面：“你还有脸来？”

林稚子听得心惊肉跳，她知道妈妈反对他们，但未料到妈妈会不留情面至此，一时护爱心切，她厉声反驳回去：“妈，你不能这样对我的朋友。”

“朋友？什么朋友？出尔反尔的小人，龌龊下作的伪君子。”唐细辛毫不顾忌体面，张口就随意辱骂，在场的人都吃了一惊，宫灏不明所以，眼神沉了下来，但依然保持风度，沉默不语。

唐细辛话中有话，林厚朴听出了端倪，又怕双方下不来台，小声地劝她：“有话好好说，孩子刚回来，别这样。”

矛头又指向了林稚子，唐细辛怒视着她，冷笑：“孩子，谁的孩子？我没有这样的孩子。吃里爬外的东西。”

“够了，你吃错什么药了？你看看你现在的样子，十足的泼妇。”林厚朴这只病猫，终于发威了。作为父辈，他觉得很没面子。

今时今日的唐细辛，并不会把他的发威放在眼里，对他也毫不客气：“你闭嘴！你在这儿装什么大爷，都是因为你，罪魁祸首就是你。”

“什么？什么就因为我？你到底发哪门子的神经？看谁都不顺眼，我今天可没惹你。”唐细辛一发飙，林厚朴的威力又偃旗息鼓了。

宫灏努力平复心情，语气平静地问：“阿姨，如果龌龊下作是指我们之间的交易，我不同意，那批医疗器材品质优良、价格适中，我没有让你难做，也给出了交换条件；关于道德审判，我想，你我都不便发言，我们都……我们都不是完美的圣人，至于出尔反尔，我不懂您是什么意思？”

“你还给我揣着明白装糊涂。”唐细辛气冲冲地冲进卧室，拿了一份文件冲出来，怒不可遏地扔在了宫灏的脚下，“看看，自己看吧！”

那是一份检察院的文书，确切地说，叫开庭传票。林稚子迟疑地捡起来，打量了一番，然后递给了宫灏——检察院已对唐细辛五年前的肇事逃逸案提起公诉，近期开庭。

宫灏扫了几眼，终于读懂了唐细辛的愤怒，她以为是他反悔，告发了她。

“不是我。”宫灏心里坦荡，平静地说。

“不是你是谁？”唐细辛像一只发狂的狮子，愤怒的目光扫射着屋里的每个人，殃及每个无辜，“是谁？是你？是你吗？”

林稚子摇头，林厚朴一头雾水，拿了传票去看，他的脸色在灯下如垂暮一般，渐渐暗下来——当年这桩肇事逃逸案闹得沸沸扬扬，他略有耳闻，却万万没有想到，妻子爽快签字离婚，败走异国，原来是为了这个。

“没事，找个好律师，不会有事的。”林厚朴虚无空洞地安慰她。

唐细辛无助地跌坐在沙发上，收回了目光，双目失神地盯着地板，想到可能面临的审判、牢狱之灾、阶下囚，她只觉恐惧无助。两行泪从眼眶里滚出来，她慌忙用手去擦，她不想让他们看到自己的窘态，可是，泪水要落下来，没办法。

尊贵和无耻、善良和邪恶，往往只是一念之差，而云端和谷底，有时也只是一线之隔。留洋归来的医学博士、受人尊敬的妙手名医、手握权力的院长，这一切得来的并不容易。她刚刚在城郊买了一栋别墅，打算过完年一家人就搬过去，现在这套房子太旧了，有太多不适的记忆在里面，她想换一个环境，一切向上向好地发展着。而现在，这些美好，就像一个积木搭建的漂亮房子，风来了，雨来了，房子就要倾倒了。

林稚子轻轻地走过去，把唐细辛刚才倒的那半杯水拿过来端给她：“你不能哭。”

唐细辛迟疑地看看女儿的眼睛。

次日，宫灏约了苏茉。这是他们正式“分手”后，第一次见面。苏茉怀揣了一份欣喜，特意打扮了赴他的约。

他们约的地方，恰好是昨日林稚子吃饭的地方，仍点了一盘酱烧海螺。从前，他也是用牙签细细挑出，全码在她面前的盘子里，现在，她以为他还会这么做。苏茉望望盘里的海螺，他也看看，他知道她的意思，但他没有动手，只是平静地说："这样的事，我不会再为你做了。"

苏茉轻轻地冷笑了，笑里，带着一丝凄楚。

"我不想你凡事总是依靠别人，哪怕是一件很小的事，我希望你不要再任性，想要很多东西，得不到就胡闹。苏茉，你不是孩子了。"

"什么意思？"

"是不是你？"

"什么？"

"唐院长被提起公诉，是不是你做的？"

"举手之劳，不用谢我了。"苏茉故作轻松地说。

"过去的事我不想再追究了，唐院长人不坏，她在医院里可以做更多的事，就当赎罪了。"

"如果人人做错了事，说一句对不起，做一些事赎罪，那还要法律做什么？"苏茉微微一笑，像正义女神。

宫灏拉着脸，灰了心，像看一个陌生人一般看着她。

"他们证据不足，一段录音不足以证明。"

"还有行车记录仪的视频。"一切似乎都在苏茉掌握之中，她说，"我捡到的，你看，老天都在帮你。"

宫灏失去了耐心，有些烦躁地问："你到底要怎么样？什么行车记录仪？哪儿来的？我已经不想追究了，我是受害者，我要去撤诉。"

"晚了，医学院的高才生，麻烦了解一下法律知识，这次是检察院提起公诉，受害人没有权利撤诉，我更没有。"苏茉露出一个灿烂的笑容，她一直是那样好看的女孩儿，有点儿小心机、娇嗔，想要吃糖炒栗子，撒一个娇，他就会跑很远的地方去买。而现在，那样的小事，他已经不肯为她做了。想到这里，苏茉声音低下来，有点儿落寞，又流露一丝倔强："我什么都不要了，你说得没错，我就是要胡闹。"

她"玉石俱焚"，他无力接招，只是忧伤地看着她，所有的爱都有来路，所有的不爱也都不是空穴来风。

宫灏找苏茉求证的时候，林稚子也去找了迟铭求助，请他做妈妈的辩护律师。

迟铭有些意外，但很快接受了这个意外，他答应了她，声音透着冷静和清醒："提起公诉，证明相关部门掌握了足够的证据，那么，我们的诉求，就是轻判。稚子，你要接受这一点，这是我可以做到的。"

林稚子沉默了一会儿，点了点头。

3

开庭那天是个阴天，没有太阳，唐细辛出门的时候，偏要戴一副墨镜，围一条丝巾，挡住了半张脸，像异国妇女，突兀而滑稽。迟铭为她办了取保候审，她已经在家里窝了月半有余，临出门的时候，林厚朴也要去，被唐细辛拒绝了："想看我丢脸的样子？休想。"

好心当作驴肝肺，林厚朴噤声。当唐细辛真的装扮好打开门要离开的时候，他又不合时宜地说："细辛，加油！"

"加什么油？这不是马拉松长跑，你更不是观众；这不是上考场，考一百分有奖，不及格打屁股。这是打官司。"唐细辛带着愤懑，把一腔怒火撒在了林厚朴身上。

林稚子朝爸爸悄悄摆摆手，示意他不要乱讲话往枪口上撞。林厚朴尴尬地笑笑，怎么说都不对，说什么都不对，他只有噤声了。

迟铭亲自开车来接，在路上，询问唐细辛："阿姨，需要你回答的问题都记着了吗？知道该怎么说吗？”

裹着面纱的唐细辛点了点头。

“我想，我们必须清楚一个事实，《刑事诉讼法》第 131 条规定，人民检察院认为犯罪嫌疑人的犯罪事实已经查清，证据确凿、充分，才会向人民法院提出公诉。所以，等会儿在法庭上，我主要是以公诉人提出的量刑进行辩护，我们的诉求是轻判。阿姨，别紧张，你听我的就行，相信我。”

唐细辛的心一点一点往下沉着，如同沉入了黑暗中，她轻轻地闭上了眼睛。车很快到达了，站在法院门口，唐细辛仰头看着刺目的阳光，轻轻地叹了口气，自由如光啊！

快要走进法院大门的时候，唐细辛忍不住问了一句，声音发紧："迟铭，我，真的会坐牢吗？我，我不想坐牢。”

迟铭沉默了一下，没有回答。林稚子为他解围，提醒道："妈妈，时间快到了，我们进去吧！”

走进法庭大门时，唐细辛捋了捋额上的头发，呼了一口气，一步一步走向被告席。环顾四周，法庭庄严，零零散散坐了一些相关的人，有她认识的，也有她不认识的。作为当事人的宫灏借口头痛，并没有来。苏茉坐在听审席，不动声色地笑了笑。唐细辛淡漠地看了一眼，转过头，站在了被告席前。

法庭程序冗长复杂，唐细辛木木的，仿佛置身事外，被法官和迟铭问到问题，会慢半拍地反应一下，然后机械地按照约定的答案背书。她已经预见了自己的命运——名誉扫地，锒铛入狱，从此余生不得翻身。

在法庭呈现的证据里，竟然有那段行车记录仪的视频。这段影像，证据确凿，苏茉声称，影像是从林稚子手中协商合法取得。林稚子坐在听审席，百口莫辩；更令人崩溃的是，龙美开着那辆改装车上路，被以违规改装扣车，数案并查，肇事车也找到了，其间曲折，公诉人一一尽述，形成完整的证据链。唐细辛的目光，一寸寸黯淡下去，最后沮丧地低下了头。

迟铭把辩护的突破口，放在了事发时唐细辛的精神状态上："唐细辛，我是你的辩护人，现就本案事实向你发问，请你如实向法庭陈述。请问，事发当天你几点上班？你做了几台手术？几点下班？"

这个问题在开庭前他们已经沟通过了，唐细辛也知道迟铭问这个问题的意图，希望以她当日精神状态不佳引发的过失进行从轻辩护。但她不能说谎，她知道公诉方也做了充分的调查，五年前医院的病历案宗还在——那天，她难得轻松，只做了一台手术，因为她已经打算签字和林厚朴离婚。她记得很清楚，那天，她要去接高考结束的女儿一起去吃饭，一台手术和她平日的工作强度比起来，微不足道。

唐细辛如实做了回答，让迟铭有些失望。律师辩护刑事案件，如同在公检机关设立的层层城堡中找到恰当的突破口，让犯罪嫌疑人突破重围，获得自由或轻判。开庭之前，他和唐细辛商讨了更巧妙缜密的回答，可是现在，她这样回答，完全封锁了突破口。

迟铭短暂地停顿，似乎是在想他的 B 计划。这时，法庭的大门打开了，护工推着林厚朴出现在法庭上。众人的目光聚焦在了这个不速之客身上，林厚朴抬头欠身向法官和众人示意，平静地说："我是林厚朴，唐细辛的前夫，按照程序申请，我来为唐细辛做证。抱歉，来晚了。"

迟铭和林厚朴相视一眼，了然于心，显然，这就是迟铭的 B 计划了。

林厚朴被允许推到了证人席前，他坐在轮椅上矮了一截，证人席的台子挡住了他的脸，他回头示意了护工，护工将他又推出偏移证人席的地方。他抬起头，环顾四周，看到被告席上的前妻，微微一笑，这情景竟像极了多年前大学时的他站在开学典礼上作为学生代表发言，目光穿越人群投向伊人的那匆匆一瞥，只是因为在人群中多看了你一眼，便结下了半生缘。物是人非，此刻彼此站在自己的位置上，徒增感叹。

唐细辛不想他来，他却偏偏要来，他来做什么证？事发那日的痛苦记忆，像一只埋在海底的盒子，被打捞、被掀开、被攫取。唐细辛目光如剑，狠狠地刺向他，像要活剐了他。

“细辛是一个好女人，是我辜负了她。”林厚朴一开口，就是忏悔。

八卦之心人皆有之，台上台下的人被激起了好奇心。

“我不该……”林厚朴以“我不该”句式开头，说出了一段长长的排比句，五年前的那个下雨的午后，一个负心男和小三逼宫的戏码浮出水面。那时，唐细辛本来已和林厚朴达成协议，同意离婚，却突然因为财产分割反悔。事发当天，林厚朴与情人在一起，窗外大雨滂沱，他在情人的授意下，给唐细辛打了一个电话，催问她什么时候去办理离婚手续。唐细辛借口正在开车，愤然挂断了电话。为了激怒唐细辛，让她死心，情人故意将一组他们的亲密照发到了唐细辛的手机上。他们毫无顾忌，知道唐细辛爱面子，她不会去打离婚官司，更不会闹，她忍气吞声，打碎牙齿和血吞。唐细辛就是在接完电话，看到了那组亲密照之后，情绪激动，一晃神酿成大错，撞人后思绪混乱，选择了逃逸。满城风雨，新闻里，受害者的妈妈声泪俱下地寻找目击证人，人们茶余饭后谴责着无良无德的肇事者，而她，终于对他放手，远走高飞。

“我不该……”

证人席上，林厚朴还在忏悔。往事纷至沓来，唐细辛思及过去，泪流满面，她情绪激动，全身的血液仿佛都冲到了头顶，厉声斥骂：“你给我闭嘴，你这个人渣！”

背叛的耻辱与忏悔的真诚交错，像一记裹着棉花的重拳，击打着唐细辛的心。

众人哗然，这个故事，血腥和香艳交织，又饱含背叛、金钱、奇情元素，具备了一部狗血剧的所有特征。有人窃窃私语，这部狗血剧，让庄严冷漠的法庭不再冰冷。

林稚子很后悔，在远走异国的那几年，妈妈独自承受着背叛和罪行的煎熬，她作为女儿，并没有为妈妈做过什么；现在，妈妈在被告席轻轻地饮泣，双肩微微发颤，林稚子很想走上去，给她一个拥抱。

庭长宣布退庭，择日宣判。

从法庭出来，依然是迟铭驱车送大家回家，一路上，大家都默默无言。林稚子和唐细辛坐在后排，她看看妈妈的脸色，平静如水，没有怨怒，也看不出悲喜。林稚子欲言又止：“妈！”

唐细辛转过头，她的丝巾已经取下来了，露出脸，嘴角似乎还勾着一丝微笑，说：“一会儿吃什么？有点儿饿了。”

这个回应给了林稚子一丝勇气，她答非所问：“妈，那段录像，不是我给苏茉的，其实是……”

不待女儿说完，唐细辛微微一笑，打断了她：“我知道不是你，是谁，是什么途径，并不重要了，重要的是，今天，我终于敢面对这一切了。很多事，今天来看，才知道并不是命中注定，而是因果关系。囡囡，不必自责，我种下了因，这是我应该吞下的果。”

一颗忐忑不安的心，终于放下来了。林稚子知道，对妈妈而言，最艰难的时候已经过去了，日后，无论什么审判结果，她都能坦然面对了。

车开至家门口，迟铭和护工合力将林厚朴移到了轮椅上，林厚朴忙不迭地说“谢谢”。唐细辛独自走在前面，鄙夷地冷笑：“没用的废物。”

她依然不能原谅他。

林厚朴尴尬地扯扯嘴角。

一行人走到家门口，迟铭礼貌地告辞，顺便也捎带上林稚子，他说：“叔叔阿姨都累了，好好休息，我事务所还有工作，稚子说她也要回公司加班，我顺便载她过去。”

“啊！加班！”林稚子正要否认，迟铭一个眼神暗示，她马上懂了，点头道，“对对对，我要回公司上班。”

一旁的护工也眼明心亮，马上附和道：“我想起来下午要去学校给儿子开家长会。”

唐细辛烦躁地摆摆手：“走吧，走吧，都走吧！”

关上门，屋里只剩下这对前夫前妻。唐细辛确实累了，打算回房间休息，忽然听到“扑通”一声，一回头，林厚朴从轮椅上跌出来，跪倒在地，抱住了她的双腿，抱得很紧：“细辛，原谅我。”

唐细辛身体一紧，仿佛心被重重地揉了一下，又酸又痛。

忏悔的话，他在法庭上已说了一遍，现在，又重复了一遍，唐细辛听着，又气又恨，她想挣脱，双腿却被他紧紧地箍住。她气急败坏地说：“我不会原谅你的。”

林厚朴的脸贴着她的膝盖处，一低头，看到她脚上穿着那双米色的小尖头皮鞋。他惊喜地摸着鞋尖，像是得到嘉奖和鼓励似的，念叨着：“不，你原谅我了，你早就原谅我了。”

一双鞋子，将她的记忆拉回刚刚结婚时。刚结婚时，他们都没有钱，蜗居在一间九平方米的出租屋里。有一天林厚朴接她下班，回家路上，她的一只鞋的鞋跟断掉了，他背着她走了很远，最后决定去路边的鞋店里给她买一双新鞋。她看中了一双浅粉的小羊皮浅口鞋，有点儿贵，两百块。两百块是他当时钱包里所有的钱，是一个月的生活费，她犹豫了，懂事地去拦他，但他还是买下了。那时，她是一个刚刚毕业的实习医生，每天跑前跑后，要站很长时间。他说："你需要一双舒适的鞋子。"后来，他常常买鞋给她，她的鞋码、她喜欢的样式、她喜欢的品牌，他都记得，她都会乐不可支地穿上，赞他会买东西。再后来，他有了钱，也会买包包和首饰送她，她倒不甚上心，常常放在抽屉里忘了戴。再后来，他就去给别的女人买了。他已经很久没有买鞋给她。

唐细辛举起手，一记耳光落在了他的脸上，他没有躲，清脆的一响，在客厅里回荡着。她劈头盖脸地骂他，用最恶毒的语言。过去，她发泄无门，他从来没有给过她这样的机会。

林厚朴任打任骂，什么也不说，知道自己说什么也不对。唐细辛骂着骂着，觉得自己的手指尖在发抖，她骂得酣畅淋漓，好像有什么东西从胸中破壳而出，像一个高压锅"滋滋滋"地冒气，最后，终于偃旗息鼓。她的心里划过一丝难言的悲凉，又伸出一只手，犹豫着，本想再扇他一个巴掌，手落下来，却捂住了自己的脸。

林厚朴艰难地直起身，松开了她，去拉她的手，把那只手握住，包裹在自己的掌心里："细辛，原谅我。"

这一次，唐细辛没有挣脱。

4

从小区里出来，迟铭问："你去哪里？一起去吃午饭吧！"

林稚子这才从出神中回过神儿来："什么？吃饭？啊，对啊！我应该请你吃饭。”

迟铭略有歉意地道：“受之有愧，今天的辩护，我觉得差强人意。”

“这不怪你，你表达得已经很完美了。”林稚子沉郁了一会儿，问，“她还是会坐牢，对吗？”

“你爸的证词，会起到作用。我想，会比预期的判决结果好一些。”迟铭如实地说。

迟铭找了一家干净幽雅的餐厅，在路边停了车。林稚子伸手去打开安全带，不知为何，半天也无法解开。他见状，侧身过去帮她查看。身体骤然逼近，呼吸可闻，林稚子像一座雕塑，僵在那里不动了。

“这里卡住了。”迟铭轻松地解决了小小的难题，一抬眼，看到她僵硬的表情，忍不住笑了，笑过后又有些酸楚，“和我在一起，会让你这么不适吗？”

“没有，没有。”林稚子忙不迭地否认，“我，我只是，我只是……”

说你是个好男孩儿？发好人牌？说我一直把你当哥哥？攀个亲？这些话，她都已经说过了，她不知道再编什么样的瞎话了，事实就是他说的那样。

“不用说了，吃饱了再好好想一个理由吧！”迟铭自嘲道，带她进了餐厅。

点了简单的午餐，两人对坐，迟铭说：“今天在法庭上，听到你父亲提到过去的事情，我想了很多。阿姨不能释然和放下，才使得自己陷入那样的情绪泥潭里。听书上说，父母婚姻不幸福的孩子，长大后，在选择婚姻时，也常常会重蹈覆辙。”

林稚子已经加了一块鱼，又放下了，有些愠怒：“你咒我？”

“所以，我希望你不会遇到一个不对的人去体验一段糟糕的关系，如何避免重蹈覆辙，如何避免走弯路，我想，你可以选择我。”迟铭说话大喘气，总算将自己的意愿表达清楚——他再次对她表白。

不被接受的表白，如同田里丰收滞留的大白菜一样，徒增烦恼。

“我……”林稚子不知道该如何回复他。

迟铭也放下手中的杯子，认真地说：“你不用马上回答我什么，我也不希望给你增加烦恼，但请你记得，我是认真的。”

既是认真的，她更不敢抬头了，只好低头吃饭，“嗯嗯”地胡乱应答着。

吃完饭，迟铭送她到了公司门口，然后就离开了。

林稚子在办公室里呆坐了一会儿，无心工作，坐立不安。宫灏生病了？是真生病了？还是不便出庭的借口？她不得而知。她翻出龙美给她的调查报告里他的家庭住址，打算去看看他。

为避免唐突，出发之前，林稚子打了个电话给他：“听说你生病了，在家吗？我去看看你。”

宫灏没有反对，轻轻地说：“好！”

她打车前往。

位于××博物馆旁的一栋安静的三层小楼，爬山虎爬满半壁灰白的墙，颇具民国特色。这一条街多是民国时期保留下的民居，有历史留痕，安谧、清幽，旁边就是本市知名的大学。宫灏的父亲，是大学教授，省内知名的物理学家；他的母亲，是一位画家，真正的书香门第。林稚子从门口的台阶拾级而上，青石小径，雕花的门窗。她敲了门，心里有些打鼓，有人开门，是一位五十多岁的女子，她揣测应该是宫灏母亲，便叫了声：“伯母好！”

宫妈妈微微一笑，大约知道林稚子的身份，并没有太热情，也没有太冷淡，说：“请进！”

林稚子余光扫去，室内是简洁的美式家具，墙上挂着几幅油画，看似简单朴实的家居，却深蕴气质风韵。较之林家那种粗糙、暴发户似的审美，她不由得气短起来。这个临时起意的探望和拜访显得随意而困窘，她手足无措。

不料宫妈妈很善解人意，说："他在楼上，你自己上去吧！我要出去一趟。"

"哦！"林稚子如临大赦，点了个头，假装平静地上了楼梯。芒刺在背，背后仿佛有一双眼睛盯着她。果然，她走到楼梯中间时，身后的女人开始说话："我知道你。"

一个"我知道你"，包含了许多，知道你是谁，知道你是谁的女儿，知道你要干什么，我都知道。

林稚子背对着她，一只脚踩在一层台阶上，登也不是，收回也不是，只好保持着这个姿势。

"我们不会同意的。"简单的一句话，却不容置疑。

"同意"什么？同意他原谅肇事逃逸的凶手？同意他和凶手的女儿交往？……

林稚子收回那只放在台阶上的脚，转过身，不敢对视，嗫嚅着："伯母，我，我妈，我……"

就在这时，楼上响起脚步声，宫灏下楼来了，他语露惊喜："稚子，你已经到了？怎么不叫我？"

"我……"林稚子站在这对母子之间，人生第一次有了想遁地逃走的念头。林稚子啊林稚子，你为什么会想到今天要来这里？

宫灏走到她身边，拉起了她的手："上楼吧！"

那手汗津津的，湿暖有力，指尖相握的那一瞬间，林稚子忽然有了勇气，并小小地撒了一个谎："我其实，是来道歉的。本来，今天在法庭上，我妈妈要向宫灏道歉，他没有来，我就……"

谎话从不善说谎的人嘴里说出来，很容易就露馅儿了。唐细辛确有悔意，在开庭之前向迟铭表示过，要在法庭上向宫灏道歉，但休庭回到家后，再没有提起这件事。

客厅中的宫妈妈轻轻地笑了，对林稚子的话置若罔闻，目光越过她，对宫灏说："我要出去了，苏茉约我喝下午茶。"

宫妈妈一语道破，表明立场，打击得林稚子体无完肤，她此行完全是自取其辱。说完，宫妈妈拿起手提包，依然笑意盈盈，自顾出门去了。

宫灏却是不管不顾，甚至略有厌烦地说："不用在意她的话。来！"回到家里的宫灏，一反平日的稳重，像一个被宠坏了的大男孩儿，对家人的态度随意而嗔怪，是她从未见识过的他的另一面。

宫灏牵着她的手，一步一级，她这才注意到他的脸苍白如纸，没有血色，她握紧他的手："你没事吧？"

"老毛病了，天一热就眩晕，今天有点儿严重。"宫灏轻描淡写地说。林稚子听着，心里却仿佛被揪了一下，微微一疼。

"宫灏，对不起！"林稚子说。她知道，这个难以治愈的后遗症是拜那场车祸所赐，这个病痛可能会伴随他一生。

"什么？"

"对不起。宫灏，我是真诚地代我妈妈向你说一句'对不起'，也为我的自私，说一声'对不起'。"这一句"对不起"，是她对眼前这个叫宫灏的男人说的。

"傻瓜！"宫灏宠溺地摸摸她的后脑勺，看着她的眼睛，认真地说，"事情已经过去那么久了，真的已经淡忘了，我已经向法院提交了被害人谅解书，不管有没有用，这是我能做到的了。这件事对我最大的影响，就是让我忘记了许多事，所以，连仇恨、怨恨也忘记了。如果，你一定要觉得愧疚，想要补偿也可以。”

他的嘴角流露一丝坏笑，揽着她往房间带，一进门就拥住她吻了上来。林稚子猝不及防，微微挣扎了一下，站立不稳，同他跌倒在了床上。

如果一个男生家里父母不在，女生千万不要只身赴约；如果一个女生对父母说，她今晚去同学家住，那十有八九没有在同学家住。这是龙美少年时给林稚子的忠告，她在这一刻才体会到其中奥妙。她感觉到他身体里冲撞的热情，像灶膛里“噼噼啪啪”燃烧的木柴就要爆裂一般，他喘息着，说：“我也经常会生气，气这个后遗症，气那个撞我的人，如果有什么能够补偿，那只能是你。”

林稚子知道这是表白，似是玩笑，但所言不虚。她闭上眼睛，给了他一个热烈的回吻，然后，用一丝理智推开了他，嗔怪道：“你不能剧烈运动，应该好好休息。”

“谁说要剧烈运动了？”没想到，宫灏不正经起来，她完全招架不住。

林稚子咬咬唇，脸绯红着，推开了他。

下床君子。林稚子整整衣衫，像个客人似的参观他的房间。他的卧室亦是简约的美式风格，有一面照片墙，挂着的是他从小到大的照片，她走过去驻足欣赏，一边看还一边点评。

“这张，是水景公园吧？小时候我们学校组织春游常去。”

“哇！拉小提琴获得了一等奖，这是在少年宫拍的吧？真巧，我小时候也去少年宫学过一段时间舞蹈，我们说不定遇到过。可惜，后来没人接送我，没有坚持学下去。”

“这张很帅哦！只是学士帽有点儿歪了。”

被夸“很帅”，宫灏得意地挑了挑眉毛。

“看着这些照片，总觉得，我们认识很久很久了。”林稚子慨叹道。

“傻！我们本来就认识很久很久了，我给你看一样东西。”说着，宫灏打开五斗柜的抽屉，拿出一个老旧的手机，开机，输入密码时，他输入了她的生日，并解释道，“你的生日。”

“你怎么知道我的生日？”

“我偷偷看的。”

林稚子抿嘴一笑，心里无比甜蜜。

手机打开，宫灏点开了相册，一张张翻着，照片里是同一个人，十六七岁的年纪，花一般的年纪，双瞳里有光。那些照片，有些是正常摆拍，有的是偷拍，有的是俯身给花浇水，一个纤弱的背影，有的是正在吃饭，龇牙咧嘴地咀嚼的丑样，有的是早晨刚睡醒，张嘴打哈欠的憨态——一个直男摄影师的作品，而模特全都是她。

那段时光像从深海中打捞起的黑盒子，记忆开始在脑海中回放。林稚子抚摸着那只手机，她记得这只手机是她买给灏的，白色的国产手机。那时，他整天拿着手机瞎拍，后来，他走失了，那只手机也随着他不知所终。手机上只保存着她一个人的电话号码，她拨打过很多次，永远是无法接通。

林稚子声音微微发颤：“你怎么会有这个手机？这个手机……”

“出事后，手机似乎摔坏断电了，后来，我修好充上电，却怎么也想不起开机密码；后来，放到抽屉里，我渐渐就忘了。前几天，收拾屋子又翻出来，我试了试你的生日，竟然打开了，手机号码太久没用，已经被注销了。手机上只存了一个电话号码。”说着，宫灏拿出自己常用的手机，拨打那个电话号码。

林稚子的手机响起来，她吓了一跳，手哆嗦着，拿出手机，按下了接听键。

“灏！是你吗？”

“是我。”

电波仿佛把两段不同的时空连接了起来，她在这头，他在那头。无数影像在她脑海中浮现，那段年少的陪伴如同一缕光、一颗火种，迷茫又温暖，引领着她，跌跌撞撞地长大了。

“原来，我们已经认识这么久了。囡囡，让我们重新开始，把我丢失的记忆找回来，好吗？”

“把丢失的那个人也找回来。”这一刻，林稚子已分不清眼前的男子是宫灏，还是她的雨伞精灵；是失忆的雨伞精灵灏，还是失忆的宫灏。他们融为一体，不分彼此，成了一个谜。

宫灏一抬眼，看到她已泪流满面，她嗔怪道：“你也要补偿我，这五年你不在我身边的日子，你要补偿我。”

“我用一辈子补偿，好不好？”他说。

5

对女儿的恋情，唐细辛采取了“三不”政策：不过问，不反对，不赞成。倒是林厚朴常常在饭桌上絮叨：“我觉得那个迟铭啊，真心不错的，以后爸爸的官司、爸爸公司的法务，还要麻烦迟律师……”

他的话未说完，唐细辛先嗤之以鼻，林稚子也绷着脸偷笑，林厚朴恼火地道：“笑什么笑，听我说，那个宫灏啊！不是说人不好，人家还专门写了谅解书，对你妈妈的案子确实有帮助，可是，有这层恩怨，日后总会觉得尴尬……”

这话引起唐细辛的共鸣，她微微点头，还夹了一块肉以示鼓励，林厚朴就大胆地说了下去："律师多好啊！高收入阶层，找个医生有什么好，整天累死累活，加班没日没夜，对家庭照顾不到，你看你妈，就是例子，从小对你就是放养，整天操劳，这几年见老啊！"

话音刚落，唐细辛脸色一沉，厉声斥道："林厚朴，吃饭也堵不住你的嘴！"

言多必失，一见惹祸上身，林厚朴忙噤声，赔笑着道歉："用词不当，用词不当，我这不是心疼你嘛！憔悴，是憔悴……"

"还说……"唐细辛气得要摔碗了。

要说唐细辛过去憔悴、见老，也是事实，不过这些日子，从取保候审，到出庭，到现在等待宣判，她仿佛经历了一场精神的浩劫，从最初的武火攻心、整夜难眠，到后来反省接纳、平心静气。现在，她已从分院引咎辞职，深居简出，褪去了院长的光环，她像一个普通的退休家庭妇女一样，每天去菜市场买菜，对着菜谱学做饭，夫妻俩互掙互损，竟有一种恍惚之感，仿佛回到了二十几年前刚刚结婚的时光，她被闲适平淡的生活滋养得红润饱满，哪里还有憔悴之态？

林稚子听着，左耳朵听右耳朵出，平静地吃饭，末了，说："你的案件，迟铭会用心的，现在有了证据，机会会多一些。"她所说的证据，其实是那部白色手机里隐藏的秘密。原来，当年灏用手机除了拍她之外，为了帮她和妈妈，拍到了很多林厚朴和情人的利益勾结，倒是留下了一些对她有利的证据。

想到这里，唐细辛倒是好奇了，女儿不可能一个人整日跟踪拍照，肯定另有同谋，她隐约想起一个模糊的身影来，试探着问："囡囡，我记得你上高中时有两个很要好的同学，一个好像叫龙美，还有一个男生，高高瘦瘦的，你们三个经常在家里复习功课，那时候你是不是在谈恋爱啊？那个男生，现在在哪里？在干什么？"

一语勾起伤心事，他去了哪里，她也说不清，道不明，只好随口扯了个谎：“那个，他啊，没谈恋爱啊！上了北京的大学，慢慢就失去联系了啊！”

“那真是可惜啊！那个男孩儿挺不错的。”唐细辛感叹着，看似闲闲地提起，“我们医院刘主任的儿子，刚从英国回来……”

“我再盛一碗饭。”林稚子慌忙逃走。

林厚朴在身后念叨：“女孩子晚上少吃点儿，吃太胖会被嫌弃的。”

不知道从什么时候开始，林稚子的婚姻大事开始屡屡被提及，朋友圈人人自危，单身仿佛成了一种耻辱，一过二十五岁就被冠上“剩女”的帽子，往后的时光就开始了漫长的脱帽之旅，连她回家进了小区，认识她的邻居老太太都想给她物色对象，悲哉哀哉！

等林稚子盛好饭再回到餐桌旁，唐细辛的电话响了起来，她接起电话，听那边说了什么，一开始是拒绝的：“李院长，我现在状态不好，做不了大手术，别耽误了，你安排别人吧！”

唐细辛正要挂电话，那边不知又说了什么，她的脸倏忽变了，手里的杯子抖了一下：“谁？宫灏？怎么会是他？”

“宫灏怎么了？他怎么了？”林稚子坐不住了，登时放下筷子站起来。

“好，我马上就去。”唐细辛风风火火地冲向门口，胡乱套上外套，转头对林稚子说，“他从楼上掉下来，休克，颅内出血。你来开车，医院，脑外科急救手术室。快！”

车疾驰在马路上，晚高峰还未散去，路上车满为患，林稚子开着车一路左奔右突，两次闯了红灯。

唐细辛一下车，便一路小跑起来，一进手术室前那道长长的走廊，就进入了战备状态，询问随行医生病人的情况，嘱咐通知麻醉师，一反连日来的松弛状态。

“患者什么情况？”

“从 × 大教学楼跌落，撞到雨棚缓冲了一下，法医鉴定不是自杀……”对接的那位年轻医生背书一样地说道。

“我问你他伤情怎么样了？”唐细辛有些恼火。

“颅内出血，胸部肋骨骨折，情况危急，需要马上做开颅手术。”

“知道了。”

唐细辛一出现在手术室门口，马上“呼啦啦”涌上很多人，宫妈妈已哭哑了嗓子，一把抓住了唐细辛的胳膊，匍匐着就欲跪倒，被人拉住了，犹在声嘶力竭地喊：“医生，医生，一定要救救他，救救我的孩子。”宫父也来了，一个儒雅的老头子，赤红着双眼，极力克制着悲伤，略显木讷地重复道：“拜托了医生！”

唐细辛没有说什么，干脆利索地消毒，更换手术服，正要进手术室时，林稚子忽然跪下来，仰头望着她，声带哭腔地表示：“妈妈，请你一定要救他，请你一定要救活他，我不能再失去他，不能再失去他。”

这时，唐细辛小声给女儿做了一个保证：“我尽力。”

在场的人都注意到了林稚子，宫妈妈也认出了她，但只是心情复杂地扫了一眼，并没有说什么。

那道门在众人眼前关上了。时间一分一秒地过去了，手术室门上的那三个字始终亮着——“手术中”，像一只无形的手，揪住了在场的每个人的心。

6

宫灏做了一个长长的梦。

在梦里，头顶是幽暗的深蓝天空，夜风猎猎，吹起她的裙子，她站在最高的栏杆上，说要为他跳一支离别的舞。舞姿蹁跹，她像一只大鸟在展翅，夜色如渊，像是要吞没每个人。

“别闹了，苏茉，快下来。”他伸出手去，忽然，一股强大的气流拖曳起他，他仿佛被连根拔起，飞了起来。

……

他在梦里醒来，发现身处另一个梦境。

在梦里，苏茉与他激烈争吵，她哭得梨花带雨，要一个回心转意的拥抱，可他不能再给，她作势要去跳楼，他去拉她，脚下一滑，翻身掉了下去。

飞翔的瞬间，他看到夜自习的灯光里，青葱岁月的他们合上书，走出教室，然后，灯光灭了。

……

他不断地醒来，不断地再入梦。

黑暗中，一个陌生的身影与他相对而立。月光下，那人丰神如玉，忧愁而多情的桃花眼，撑一把伞，白衣飘飘，是谪仙人。谪仙人突然开口对他说话：“你走吧！”

“走？到哪里去？”他问。

“你走吧！”那人又重复道。

……

当唐细辛从手术室出来，已经是第二天清晨，她双腿僵硬，瘫倒在清晨的第一缕阳光里。整夜的手术，复杂精密，精神高度集中，不能有一丝懈怠，终于将宫灏从死神的手里拉了回来。

林稚子从一个短暂的打盹儿中转醒，听到有医护在对患者父母解释："人救过来了，但是大脑皮质损伤，神经细胞受损，病人还处于深昏迷状态……"

宫妈妈一脸茫然，露出复杂的表情，不知是为生的欣喜，还是为病的忧患，口中念念有词："那，是什么意思？让我去看看灏灏！"

倒是宫父清醒一些，试探地问："植物人？"

"嗯，可以这么讲，植物人。"

林稚子一个踉跄，险些跌倒，她扑到唐细辛的身边，追问道："怎么会这样？你答应我，一定要治好他，妈妈，我求你，再想想办法，妈……"

唐细辛脸色苍白，两眼赤红，被人扶到了椅子上。她长长地舒了口气，像是长久的一口郁气终于吐出，说："我真的，已经尽力了。"她太累了。

助手在向家属介绍患者病情和日后护理的注意事项，警方也在向宫灏父母做问询笔录。

林稚子是后来从警方和新闻中才一点点了解到宫灏坠楼的原委。那天，宫灏在晚饭时间接到苏茉电话，随后出了门，两人约在了母校。据监控和目击的学生回忆，两人都很平静，在学校门口的小吃街，苏茉买了两盒关东煮，一路一边吃，一边聊天。后来，他们坐在大学校园的操场上看人打球，再后来，进了教学楼，再没有出来。夜里十一点，有许多同学听到哭声和争吵声，十几分钟后，宫灏就坠楼了，是苏茉打了"120"，但是进了医院后，她就趁乱离开了。

自古痴男怨女空余恨，他们在那栋大楼里争吵什么，发生了什么，不得而知。苏茉连夜离开了本市，被警方列为嫌疑人，开始追捕。而宫灏呢？隔窗望去，此刻，他头部裹着纱布，身上插着各种莫名其妙的管子，静静地躺在重症监护室里。对，像一株濒死的植物，接受着补给和供养，光合作用，无声无息。

灰尘在阳光里沉落，伸手去抓，掌心却空空如也。这多像人生，你拼命想要抓住些什么，却发现最终只会失望。

7

下班后来医院病房陪护，成为林稚子每天的工作。一开始，宫妈妈是抗拒的，表面虽然客气，但不愿意放手让林稚子做什么事，碰他一下也不行，好像她就是病菌，是瘟疫。林稚子只好委屈地站在一旁，愁肠百结地看着他。有时，看到宫妈妈需要搭把手的时候，她就赶紧伸出援手，后来宫妈妈慢慢习惯了她站在一旁，有时忙不过来需要搭把手的时候，会不由自主地伸手或递东西过来，熟稔地指挥：“把这个倒了！”“拿一下毛巾。”她屁颠儿屁颠儿地去做，跑得比兔子还欢。

苏茉很快被逮捕归案了，但据她的口供，她邀宫灏回母校，是为勾起他对过去美好时光的怀念，是求复合的。在楼顶上，她表白求复合，宫灏却拒绝了。她一时气急败坏，闹着要跳楼，宫灏去拉她，脚下不慎滑了一下，才会坠楼。送他到医院后，苏茉吓坏了，才逃回了老家。现场也进行了勘察，并没有蓄意谋杀的证据指向她，而苏茉的一面之词也证明不了什么，案件陷入死局。因为证据不足，苏茉申请了取保候审。

后来，林稚子在医院见过苏茉一面。苏茉站在病房门口，若有所思，却并不进去。

林稚子从外面回来，微微一怔，问：“怎么不进去？”

苏茉的脸上并无悔意，勾起嘴角冷笑，道：“不了，我就是来看看这个可怜虫、负心汉变成了什么样子。”

“负心，你用过心吗？你爱过他吗？”林稚子心里一惊，惊诧于她的无情和冷漠。

“用心？也许有过吧！我做什么事都很用心，想要进学生会，想要一份好工作，想要谈成一笔订单，想嫁一个好老公，我都认准目标用心去达成，但是爱，谁知道呢？他说我是一个内心强硬的人，没错，我不可以动情，先动情者离毁灭只有一步之遥。女人，你就很危险。”苏茉邪魅地笑着，亲昵地勾了勾林稚子肩头的发。

这一刻，林稚子忽然理解了宫灏，他的决绝，不是忽然发生的，一次次失望最终变成了一潭死水，他才决意放手。

“你不配得到他的爱。”林稚子咬牙切齿地说。

苏茉无所谓地撇撇嘴：“对啊！我不要他了，给你了！”

苏茉纤弱却挺拔的身影走入初冬的阳光里，步履依然铿锵，林稚子的心里升腾起一丝哀凉，她第一次感觉到，在爱里，不被爱并不是卑微可怜，而不会爱，才最可悲。

林稚子像尽职尽责的小妻子，陪伴宫灏度过日日夜夜，照顾他的饮食起居，翻身、擦洗、按摩、喂食，事无巨细。她与他聊天儿，有时会聊和灏过去的事情，那孤单时光里的陪伴，他做的那些早餐、搞的那些糗事，于是，她拿起香水瓶，对着沉睡的宫灏喷啊喷啊，他无声无息，像一只虫子，在杀虫剂的威力下，不动了，被镇压了。她想起他的话：“你这种行为就是犬溺为记，画圈占地，宣告此处是你的势力范围。你都宣告我是你的人了，你不会再赶我走了吧？”喷着喷着，她便掩面，无征兆地流下泪来。

春天来临的时候，唐细辛的案子宣判了，她被判有期徒刑两年，缓期两年执行。这个判决对她来说，已经是最好的结果了。

宫妈妈默许了林稚子的存在，每周她们会一起制订一个轮班计划，每次来交接班，宫妈妈会生硬地称呼她：“林稚子，你记住了吗？那个是西红柿和菜花打成菜糊糊，喂的时候要加热，动作要小心。”

林稚子像个听话的小媳妇儿，认真地点头。护士都说，在她见过的所有植物人患者里，宫灏面色红润，饮食正常，是被照顾得最好的一位。

这一天，宫妈妈身体抱恙，不能来医院，夜里的看护工作就交给了林稚子。

初春，天仍黑得早，窗外夜风猎猎，病房内，暖气发出微微的声响。林稚子照顾宫灏吃完西红柿和菜花打成的菜糊，所谓吃，就是饲管喂养。饲管，其实和打吊瓶的管子、导流管没什么太大区别，一端通向口腔，另一端需要护理的人拿流食助推器把食物推进去，一次 200—300 毫升，一日 5—7 次。一开始，林稚子做得很不熟练，宫妈妈一边做，一边严厉地对她说：“看清楚了吗？这就是你以后每天的工作，他可能永远也醒不过来，你还要和他在一起吗？”林稚子就点点头。

现在，她做这些事已经很熟练了，照顾完吃，她又为他清洁了口腔，然后按摩手臂，又读了一段睡前读物。这一晚，她给他读的是《老人与海》。不知是幻觉，还是眼花，她有两次看到他手指动了，但她没有特别在意，因为她太累了，书还没有读完，就趴在他的床边睡着了。

不知过了多久，有人轻轻地拍了拍她的肩，在她耳边说：“囡囡，去床上睡，这样睡对颈椎不好。”

林稚子睁开惺忪的睡眼，环顾四周，只见宫灏依然静静地躺在床上，一回头，地上站着一个穿青衣长衫的少年。月光下，他的脸依然那样俊秀，微微笑着，是她的灏，是她走失数年的雨伞精灵。林稚子几乎惊叫出声："灏，真的是你？"

"是我。来自遥远的南部肚脐山，那里生活着一个神秘的族群……"

惊诧、欢喜齐齐涌上心头，林稚子站起来，与他对视，他那如水的眸光里似是隐藏了一丝哀愁。他向她伸出手："走，跟我走，把你交给我，我带你去世外桃源。"

林稚子伸出自己的一只手，他轻轻一拉，将她拥入怀里，那温热的胸口传来晨露与草木的清香，是熟悉的味道。她微微闭上眼睛，回忆着、沉醉着……良久，她一睁眼，瞥见病床上的人，她似从幻梦中转醒一般，心中泛起难言的愧疚，轻轻地离开了他的身体，喃喃地道："不，我不能跟你走，他……"

爱情真亦假时假亦真，这一刻，她与自己的心对照，却无法分辨，她爱的是宫灏，还是她的雨伞精灵。灏俯身，轻轻地吻了她的额头，说："可是，我要走了，这一次，我是真的要离开你了。"

"不，为什么？告诉我，这一切究竟是怎么回事？"林稚子拉住了他的手。

病房里静静的，空气仿佛停滞了，彼此呼吸可闻，这一刻，如此真实。灏对她讲起那个大雨的午后。高考那天，他一直隐身在教室一角等她，考试结束后，学生们蜂拥而出，宫灏先走出考场，拿了放在水桶里的她的紫色雨伞，等灏发现时，宫灏已走出很远。灏作为雨伞精灵，只好和伞随行，他追上去，想告诉宫灏，他拿错了伞。可雨越下越大，宫灏走得很快，经过一个十字路口时，被一辆疾驰而来的汽车撞倒，雨伞也被碾坏。伞坏了，雨伞精灵的任期也就结束了，他将会回到精灵世界，抹去和旧主人的所有记忆，休养生息，等待下一期的任命。

“为什么没有回去？”林稚子明知道那个答案，却还像一个邀宠的小女孩儿一样，期待他说出来。

“比起失去，遗忘才是最令人难过的。図図，我不愿意忘记你。”他轻轻地牵起她的手，来到宫灏的床前，说，“情急之下，我依附在了他的体内。当时他失血严重，已经昏迷，后来他被送往医院救治，而他身体恢复后，体内的意志力和魂力很坚定，我本是雨伞精灵，附着在人类体内，魔法也消失了，气息和灵魂渐渐微弱，就陷入了沉睡。后来，我闻到一股熟悉的香水味，那味道即使过去数年，依然在记忆里不散。”

后来的事，林稚子也知道了，随着被香水唤醒，灏渐渐越来越活跃，他和宫灏的灵魂几乎合二为一，不分彼此，共同守候和爱护着林稚子。现在，灏告诉她：“没想到，他会发生坠楼这样的意外。也许这样说很自私，可是，我真的以为，等到他的灵魂死去，我就可以永远依附在他体内，做一个真正的人和你在一起，我依然可以像你的守护之神一样，陪伴你，守护你。”

“可是……那，他，他快死了吗？可是……”林稚子望着病床上的这个男人，想起相处时的点点滴滴，她和他亦真亦假地爱着，虚虚实实地相处。在她眼中，他就是灏，灏就是他，她不愿失去他。

“可是，精灵族派出了使者，在到处寻找滞留在人间的雨伞精灵，他们已经找到了我，如果我不回去，我的家人和我都会受到惩戒，所以……”灏的话没有说完，停了下来。

“所以……”林稚子迟疑地重复了一遍。

所以重逢就意味着分别？所以这数年的等待和寻找都是徒劳？所

以，你要离开了吗？她在心里追问着，却不敢问出口，泪水肆意地流着。

灏轻轻地为她擦去泪水，她的眼角又很快滚出新的泪珠，他只好将她紧紧拥进怀里，安慰道：“我母亲是唱歌最动听的精灵，我父亲是精灵族手最巧的木匠，我还有一个妹妹，整天要糖吃的妹妹，他们一直在等我，所以，我必须回去了。”

“不，灏，不要走。”一语既出，林稚子又暗自懊悔，怎么可以如此自私？

灏微微笑着，脸上并无离别的哀伤，说：“母亲告诉我，爱，不是为了永不失去，爱，只是为了爱。”

“已经失去了，还怎么去爱？”林稚子紧紧地拉住他的手臂，投入他的怀中，感受着这一刻真实的心跳。

“既然无法带走我们的记忆，那么，我就将它留下。囡囡，再见！不，囡囡，明天见！”一个轻如羽毛的吻落在她的额头，她闭着眼睛，踮起脚尖。她说过，当爱再次来临的时候，她一定要踮起脚尖，去迎接它，因为一不小心，它就飞走了啊！

当林稚子睁开眼睛，怀中的人已消失无踪，像空气融入空气里，像阳光融进阳光里，像风融入了风里。他消失了。

清晨的第一声鸟鸣划破夜的宁静，阳光正在黑暗的云层中薄发，晨露从叶片上滑落，小贩出动，满城喧嚣，病床上的人眼皮微微颤动，双唇颤抖着，发出微弱的一声呼叫：“囡囡！”

尾　声

日光飞去，不能回头。

宫灏痊愈后，仍回了医院的药房工作，谁说枯燥的工作没有乐趣呢？有人就是喜欢，也许枯燥本身就是一种乐趣。宫灏喜欢在满室药香里气定神闲地为患者取药、称重，分摊在淡黄色的牛皮纸上，然后举止优雅地包扎，就像一位父亲在捆包婴儿一般，手指轻柔，脸色安泰。他是真的爱。

时钟指向下午五点多钟，来取药排队的长龙终于快到了尾巴，宫灏轻轻地舒一口气，想起林稚子来，他们约了一起吃晚饭，她下班早，大约快到了。这么想着，窗口的患者拿了药走开，身后闪出一张笑颜，声音清脆，满溢着开心："医生，我来拿药。"

"别闹了。"宫灏一脸宠溺地看着她。

一张单子递给他："我真的来拿药。"

宫灏看了看，转身去拿药，一边娴熟地称重，一边调侃："怎么不插队了？"

林稚子听罢这话，故作哀怜地瘪瘪嘴，叹气道："唉！家道中落，没有当院长的妈了，没办法，世态炎凉，不敢造次。"

唐细辛现在赋闲在家，每天无所事事，最近倒是忙了起来，开始为女儿准备嫁妆，新被子都缝制十床了。

“可是你还有做医生的男友啊！”宫灏调侃。

“男友？男友铁面无私，岂敢插队？”

说话间，宫灏已捆好了药，耐心地给她讲解煎煮中药的方法，时间、火候，林稚子听得稀里糊涂，又问：“什么？几分钟？”

宫灏又耐心地讲了一遍，她“哧哧”地笑起来，花痴地问：“医生，你对所有的患者都这么耐心吗？”

宫灏这才知道被愚弄了，也故意配合她的演出，正色道：“不，我只对愚蠢的患者和我的女朋友这么耐心。你是哪一种？”

瞅着四下无人，林稚子隔窗噘嘴飞了一个吻，笑得很荡漾：“女朋友来接你下班，龙美今晚请大餐。”

“龙美？”宫灏眯着眼想了想，忆起记忆中有这样一号人物。雨伞精灵灏离开了，把全部的记忆留给了宫灏，现在，他们合二为一，还给林稚子一个全新的爱人。他就像一座藏满宝藏的山洞，捧满珠珂，又一路惊喜，她只能一头栽进去，带着惊喜和好奇走下去。

下班后，两人驱车前往约定的餐厅，龙美和吕晓乐已等候多时了。宫灏见到龙美，皱着眉想了想，开口就问：“你是龙美？后来，你还欺负过我们稚子吗？”

“岂敢，岂敢，一车面包人打我，怕了，怕了。”龙美玩笑着，目光停留在宫灏的脸上，忆起青葱往事，叫了声，“灏哥哥，你还记得我？”

还不待宫灏回答，吕晓乐马上奓毛了，怒视龙美：“龙美，我给你一个解释的机会。”

林稚子也不答应了：“灏哥哥也是你叫的？”

龙美嘻嘻笑，各方求饶：“怕了，怕了，龙姐已退出江湖了，人淡如菊，不争不抢。灏哥哥是你的，你的，我就搂紧我的小乐乐。”她给了吕晓乐一个彪悍的拥抱，吕晓乐才扭扭捏捏地接受了。

菜上来了，酒过三巡，两方开始大秀恩爱，吕晓乐看着宫灏优雅俊朗，无论哪方面都在他之上，所谓异性相斥，他很是不爽，决定给宫灏添点儿堵，于是大大咧咧地问林稚子：“组长，昨天那个开着世爵来找你的男人是谁啊？下楼还揽了一把小蛮腰，那叫一个亲密啊！”

龙美急得夹鸡腿堵他的嘴，可是已经晚了，一语既出，宫灏的脸一改刚才的云淡风轻，笑意渐渐消失，转头看住林稚子的眼睛，冷冷地说：“我给你一个解释的机会。”

没想到宫灏也会吃醋，林稚子知道吕晓乐“居心叵测”，但自己光明磊落，于是坦然地说：“是迟铭啊！就是迟律师，他一直喜欢我，可是，我心有所属了啊！我告诉他，我要结婚了，他来和我告个别，就是这么简单。”说完，她拿着手里的叉子冲吕晓乐挥了挥。

想起迟铭，她心里是有些愧疚的，在法国时他一直默默守候，回国后他又不远万里来追随，其心可鉴。当他听说她要结婚时，说要和她告别，她以为他要离开伤心之地，迟铭却告诉她，他不会离开，放下，才是真正的告别，释然，心才能安。

宫灏依然不依不饶，语气酸溜溜的：“告别就告别，揽着腰是怎么回事？”

“我！”林稚子有点儿急了，狠狠地瞪了吕晓乐一眼，恼火地说，“不就是下楼梯嘛！高跟鞋崴了一下，人家绅士，扶了我一下而已。”

宫灏脸上的表情这才柔和了一些，有些霸道地说：“以后不要穿高跟鞋了，平底鞋舒服，不会崴脚，也不用其他男人扶。”

龙美快要笑死了，一边偷笑，一边捶吕晓乐，作势威胁：“说，今晚上床头跪，是选择搓板，还是榴梿？”

“饶命啊！女王饶命！我的膝盖，只能跪在你的床上。”吕晓乐夸张地嚷着。

一言不合就开车，污得龙美脸红心跳，林稚子半晌才反应过来，低头喝了一口饮料，从包里掏出一张大红烫金的结婚请帖来，请帖上有她和宫灏的婚纱照，她双手奉上：“我们要结婚了，真诚地邀请你们来参加婚礼，祝福我吧！”

龙美接过看了一眼，一脸嫌弃：“我是挺开心的，但我的钱包一点儿也不开心啊！这得包多大红包啊？还好我朋友不多，不然我总这么下去，不得亏死啊！”

“你也快点儿结婚。”

“你也快点儿结婚。”

林稚子和宫灏几乎异口同声，说完，又把目光转向吕晓乐，吕晓乐慌了：“我求了，我求婚了，她不答应。”

龙美抚额，流露出恨铁不成钢的表情，无奈地摇头：“你傻啊！”

“再求一次了！”

“再求一次了！”

林稚子和宫灏再次异口同声地说。

因为结婚啊，真是一件美好的事情。

宫灏和林稚子的婚礼，定在立夏这天。夏天，是林稚子最喜欢的季节，是苍翠满眼和绿荫里的白衣少年，是恋爱的季节，是西瓜最中心的那一勺甜，是一对少男少女拉手穿行的下雨天，是花开了很久很久，在夏天结束之前，再多看一眼。

婚礼前的晚上，天气预报里说第二天有雨，宫妈妈在家里叹息：“天公真是不作美。”唐妈妈也在家里叹息：“这天气真让人生气。”

只有两个新人说“没关系”。他悄悄打电话给她：“明天下雨，在婚纱上套一件外套我不介意，我给你撑伞，一起走过红毯，这样的婚礼一定很浪漫。”

她笑得甜蜜蜜：“没关系，没关系，因为喜欢你，明天下雨，也觉得是好天气。”

后　记

这是一个关于守护和陪伴、寻找和等待的故事。

常有读者问起我每个故事灵感的来源，我有时也不能说清道明，但是我知道，我的每个故事，不是职业化写作的套路使然，不是闭门造车、凭空臆想。没有无缘无故的爱，每个故事，都是空穴才有风，而这个故事的灵感来自一则寻物启事。

有一天，我偶然途经一座大学校园，在校园甬道旁的布告栏里，看到了一则寻物启事——铿锵有力的毛笔字，手法细腻地描写了他（她）丢失的一把伞，焦灼的心情跃然纸上。我驻足停留，思忖了许久。

一把伞，在现今社会绝不是稀罕之物，却令一个人心心念念，难以割舍，我产生了好奇和联想，于是，诞生了这个故事——故事里始终都有爱，但深刻的爱情总是充满遗憾。所幸，我最终以慈悲为怀，手下留情，给予这个故事一个完满的结局。

在故事里，男主官灏与前女友分手时说："感情不是固态的，空间和时间确实会改变许多事。"没错，正是因为爱情的这种迷惘和不确定性，才让它迷人而美丽，让人趋之若鹜；也正是因为这种迷惘和不确定性，使爱情更容易崩坏、失去。它有时徒有虚名，它有时有害健康，常常让我们伤筋动骨，爱情固然美好，但也同样悲哀。

而这种拆穿，需要读者在文中和各自的人生里慢慢体会和觉醒，因此我常常会说，我在言情小说里写到的亲情部分更感人泪下，看看呗！

在我的书里，最常出现的亲子关系是一对母女，像唐细辛和林稚子一样，她们彼此依恋，又仿佛永远疏离，在内心磕磕碰碰地相伴度过。这和我们大部分人的亲子关系都很像，我们和父母彼此深爱，也终身不能达到和解。直到那一天，我为女儿读绘本《有一天》：

那一天，我数着你的手指，轻轻把它们亲遍，

那一天，初雪飘落，我把你高高举起，看雪花在你柔软的肌肤上融化，

那一天，我们一起穿过街道，你紧紧抓住我的手。

……

有一天，你会感受到坚强的脊背上所负担着的小小重量，

有一天，我会看到你给你的孩子梳头，

有一天，很久很久的以后，你的头发也会在阳光下闪烁银光。

当那天到来的时候，

我的爱，

你会记起我。

简单而深刻的文字，读来令人落泪。夜里，看着孩子熟睡的脸，常有时光恍惚之感，我会想到，几十年前，曾有一天，我的母亲也如此一般，深情地凝望着一个婴孩的睡脸。这一刻，我终于懂得她那一刻的心情。而我知道，当我的孩子一天天长大，初见新奇，在风中歌唱，

渐行渐远，有了自己的孩子，她，也会懂得，我此刻的心。

《无尽之夏》是一本奇幻青春题材的小说，“无尽夏”是蓝色绣球花的别称，寓意花期很长。我写了很多青春题材的小说，但我并不愿被贴上标签。这本书，也许是我最后一本青春题材的小说啦！

文字，也是一种修行和抵达。而我，想去更宽阔的地方看一看，是瓶颈中的挑战，还是困境中的突围？会去向哪里，一切都是未知。

请祝福我就好了！